涵芬书坊

〔爱尔兰〕乔治·摩尔 著
孙宜学 译

Avowals

宣 言

商務印書館
The Commercial Press

G. E. Moore

AVOWALS

Boni&Liveright, New York, 1919

根据美国博尼&利弗莱特出版社1919年版译出

涵芬楼文化出品

译　序

乔治·摩尔（George Moore，1852—1933）是一个长期被世界忽视的文学天才。他生于爱尔兰，早期接受的是天主教教育，但他在学校读书时并没有按照老师和家长的期望成为一个好学生，而总是被老师分在最差的班级，而又总是班里最差的一个，颇感无奈的校长不止一次给摩尔的父亲写信说："乔治的情形确实很糟糕。"但他同时也想让摩尔的父亲帮他弄清楚一个困惑：摩尔是学不会（could not），还是不愿学（would not），因为只要是与书本无关的事，摩尔都表现出很高的天分。实际的情况确是如此。摩尔能够学好任何一种他想学的东西，但任何一种别人给他选择好的东西他都学不好。他对知识的渴求来得快去得也快，像田野里倏忽而逝的风。这是一种谁也不能理解的性格。他父亲常常把他关在卧室里让他专心学习拼写，但这一切努力最终都证明无济于事。他父亲最终放弃了对他的努力，并对妻子说："乔治只是个chrysalis（蝶蛹），我们不知道他能不能变成一只飞蛾或蝴蝶"。但令他震惊的是，他的儿子虽然不会拼写，却对"平庸的诗"很感兴趣，如雪莱的诗。他天生不会按照别人给他安排好的道路循规蹈矩地走下去，而是不受任何成规的羁束按照自己的意愿自由发展自己的天才，从这一点说，他显然和王尔德一样，是天生和整个时代不合拍的人物。

摩尔人生观、艺术观的形成，得益于他的巴黎十年（1872—1882），这十年间，恰是法国唯美颓废主义艺术思潮荡漾恣肆之时，这股唯美之风后经佩特传入英国后得以发扬光大。佩特宣扬美有无上价值，要"为艺术而爱艺术"，一批英国维多利亚后期的作家、艺术家群起呼应，先有1848年成立的英国的拉斐尔前派，至19世纪90年代形成高潮，其中代表是王尔德为首的一批作家和画家，如斯温伯恩、西蒙斯、道生、摩尔和约翰逊的文学作品与比亚兹莱的绘画，他们以《黄面志》（*The Yellow Book*）和《萨伏依》（*The Savoy*）两种杂志为中心，招摇过市、特立独行、呼朋引伴、此唱彼和，把世纪末的欧洲文坛搅闹得有声有色、色彩纷呈，形成了19世纪90年代英国文坛的一大景观，人称"紫红色十年"（Mauve Decade）。就是在这样的文学背景下，摩尔形成了以唯美主义为主、兼顾其他艺术风格的艺术特点。在这十年间，他还广泛结交巴黎文人名士，包括爱德华·马奈、克劳德·莫奈、爱德加·德加、卡米尔·毕沙罗、奥古斯特·雷诺阿、埃米尔·左拉，其中与马拉美最为相知。他称马拉美为文坛圣人，说他一生中从未嫉妒过一个人，没有说过一个人的坏话，从没有愤恨和不满；他在巴黎的艺术圈子里，地位就像耶稣死后的彼得和约翰一样。马拉美在当时已是声名鹊起的象征派诗人，摩尔与他志趣相投，从中不难看出他的艺术旨趣。

巴黎十年也让摩尔意识到，自己虽然喜欢绘画，但无法凭绘画立身，于是开始转向文学创作，并很快在文学上初露锋芒、如鱼得水，发表了一系列的诗、剧、小说、评论、自传等，使他可以毫无愧色地立于英国最伟大的作家行列，在20世纪20年代，一些批评家甚至视其为"在世的英国散文作家中的大师之一"。不但他自己所属的文学小团体持此观点，一些著名的批评家也不加掩饰对摩尔的赞美，只遗憾摩尔去世之后，这样的赞美就逐渐减少了，关于谢立丹、盖斯凯尔夫人、王尔德的传记在英国一出再出，甚至一些法国作家和德国作家的传记也都如雨后春笋，而对摩尔，英国的批评家似乎慢慢淡忘了他，更不用说肯定他的文学价值了。

当然，摩尔为人遗忘与他一生结怨太多也有直接的关系。叶芝、哈代、亨利·詹姆斯、康拉德、惠斯勒，这些名人都先后成为他的"文敌"。叶芝视之为"空心萝卜"，叶芝的父亲称之为"老恶棍"，惠斯勒有一次甚至把摩尔从自己家里赶出去。摩尔为人诟病，与他被视为"冷血动物"有关。他行事待人比较冷漠，这自然也被看作是没有人性、可恶。一个匿名者在卡拉湖中的小岛岩石上为摩尔刻下这样的墓志铭，以提醒往来的游客：摩尔为艺术"抛弃了家庭和朋友"。

的确，摩尔性情多变，对友谊和亲情忽热忽冷。他可以完全无视昨天的承诺，也可以毫不留情地抛弃自己的观点和感情，更不用说朋友了。他是典型的"过河拆桥"者，对朋友也是只取己需、实利为先。这种性情用于文学尝试，促使他进行了各种各样的文学探索，几乎维多利亚时代晚期和爱德华时代的每一个主要的文学和艺术团体里都能看到摩尔在进进出出，但都不长久；而用这种方式对待朋友和他人，就自然失之偏颇，导致文敌环伺了。

实际上，有时连他自己都"不认识自己了"。他有时把自己看成一个拉斐尔前派成员，有时是颓废主义者，有时是象征主义者，有时是自然主义者，有时是易卜生的信徒，有时是意象主义者，有时又是印象主义者。他一生的创作表现出了至少七种明显的文学风格，虽然他晚年最终形成了自己独特的文学风格。摩尔的这种易变性使王尔德很是鄙视，这个格言大家送给摩尔这样一句嘲弄性的格言："摩尔在公众中接受教育。"摩尔的这种机会主义与世俗也使其他一些人大为光火，甚至讽刺他"什么也不是"，说这话的就是他的哥哥莫里斯。当然，仁者见仁，智者见智，也有人认为摩尔的这种性情恰恰说明他有一种"自新的激情",称他为那个时代的重要艺术家和作家中一个最富有冒险精神的人。他的一生,就是无与伦比的探索美的旅程,比萧伯纳、威尔斯,甚至乔伊斯和叶芝的探索都还宽广,虽然就某一种探索来说,他都比不上他们的丰富。

而实际上,摩尔的确是一个坚定而务实的探索者,只不过他性格中彼此冲突的各种冲动让他有时言行失常;他是一个把探索看得比实践本身更重要的艺术家,因此有人抱怨他滥用了自己的天才。他也是一个承上启下的过渡人物,既承继了维多利亚时代的痛苦的死亡,也承载了新时代痛苦的诞生。他的一生,概括了整个过渡时代的主要欢乐与痛苦,他比王尔德和比亚兹莱更能代表那个时代。这是他的幸运,也是他的不幸。

与他的小说戏剧等相比,摩尔自传式的作品或许更为人所知。他发现自己具有让别人难以忍受的性格后曾试图控制这种性格,但发现无能为力,于是他就想弄清楚自己为什么总刺痛别人,结果却发现自己可以心平气和地研究自己的性格,并且意识到把自己的性格写出来实际上就是一种文学主题。于是,他把注意力转向了自身,孜孜不倦地探究自己人性的善与恶。但读完他的这些自传性作品的读者不难发现,他实际上算不上大恶者,充其量只是一个有轻微的"作恶"欲念并尝试了一些无关痛痒的"恶行"的人,与纪德和王尔德这样的人根本不能相提并论。

《宣言》实际上是摩尔文学观、艺术观的"宣言",他通过梳理英国文学史上的代表作家、代表作品,如简·奥斯汀、勃朗特姐妹、狄更斯、笛福、斯蒂文森等,并将英国文学与其他国家的经典作家作品进行对比,如塞万提斯、巴尔扎克、屠格涅夫、托尔斯泰等等。他试图借此总结出英国文学的内在发展规律和特色,如概括英国小说"时而轻浮时而浅陋,时而感伤时而博学时而华丽,但从来都不严肃!……英国小说陈腐不堪,法国和俄国小说表现出更高的教养,这是很难否认的"。这种评论似乎武断主观,但至今都仍堪称精准之论,对理解英国文学在世界文学版图中的位置,以及英国文学特有的品性和艺术性,都仍有启发作用。

在巴黎学画经历让摩尔在本书中对艺术依然津津乐道,他与当时画家的交往经历使他笔下的画家及其作品更加栩栩如生。他的"巴黎寻梦"实际上是对自己没成为画家的一种感伤的回忆,笔调中透露出一种无奈、遗憾,甚至嫉妒。愈吃不到口里,愈觉得香。他在对马奈、德加、毕沙罗等这些画家心生羡慕之余,又常流露出隐约的不服气、不甘心,大有可取而代之的豪气。但他并不否认他们的成就,也不吝赞美之词。摩尔想做的很多,也尝试了很多,但在每一方面都未成为引领性人物。从今天的眼光看,他艺术创作的这种多元性,恰使他超越了当时的很多作家、画家。也就是说,从具体的某一艺术领域看，摩尔可能不是最优秀的，但从时代艺术整体看，他是独树一帜、独领风骚的。摩尔的文学价值主要体现在对不断出现的新的创作方法和技巧的成功实验。尽管不能说他在每一个新领域都是最好的，但可以肯定的是，他是许多新领域的开源者。

在一个探索比成熟更重要的过渡时代，摩尔显然更带有一个时代的特征，也更具有文学史的意义。他的这部《宣言》，实际上就是要告诉读者：对他摩尔，要得出这种结论。

孙宜学

2023年7月，同济大学

目　录

3　　第一章　小说家（一）

57　　第二章　小说家（二）

127　　第三章　卫道士的恐惧

157　　第四章　名字的妙用

173　　第五章　托尔斯泰（一）

187　　第六章　托尔斯泰（二）

193　　第七章　托尔斯泰（三）

207　　第八章　地方色彩与艺术

223　　第九章　佩特的面具（一）

235　　第十章　佩特的面具（二）

253　　第十一章　佩特的面具（三）

265　　第十二章　巴黎寻梦（一）

279　　第十三章　巴黎寻梦（二）

293　　第十四章　巴黎寻梦（三）

319　　第十五章　什么是艺术

宣言

第一章
小说家（一）

摩尔：我亲爱的戈斯，看见你真是高兴，而且你的拜访也正是时候，当我告诉你在你开门前五分钟我刚刚停止写作，你就会认识到这一点——你看看，它们都散乱地堆在桌上——我来到这个火炉前（这样的天气根本不需要火炉）想——你以为我会想谁？——当然是想你，我们这样两个迥然不同的人却维持了四十年的友谊。一定有这么长时间了。

戈斯：性格不同的人才会走到一起！

难道我们不是像音乐的旋律那样，
虽然彼此不同，却彼此和谐？

暮春的火炉很容易使人产生很多梦想；但我更愿意听你说你想到的是把我们联系在一起的艺术，而不是那些没能使我们分道扬镳的表面差异。对你我来说，在过去的四十年里，我们没有一天不思考艺术的神秘。但我不想拖延了。我来只是——

摩尔：你一定不能走，你这次访问是最受欢迎的。今天下午我一直想写作，在过去的两周内，每天下午我也一直在努力写作，同一件事情总是不停地重复、重复、再重复，结果又重新开始。正是我文学上的困惑、可笑的困难，促使我想起你，手里拿着笔坐在那里，你的眼睛凝视着清晰的景象，不时准确而和谐地描述下来，文思泉涌、妙语连珠、出笔成章。我不是看过你的手稿吗？只是偶尔有一两个字改动一下。

戈斯：可是，如果我不在纸上改，就会在脑子里改！我拿笔凝思，除非一个句子完整了，我才写出来。我散文的特有风格就是从我笔下流露出来的。如果我像你一样写作的话……

摩尔：我写作就像画漫画，它的特点，就如你所说的，当然说得很对，是在我开始将句子连在一起时才出现的。

戈斯：我无法用这种方式写作。

摩尔：对我来说，我很怀疑有人能事先安排好自己文章的结构，并且一句一句地写下去。你的方法使我想到了70年代巴黎的绘画，这一时代的绘画就是一点一点地画成的，今天将眼睛画一半就结束了，明天再画另一半。画家的任务虽然困难，但一幅作品就是这么完成的，但是，如果我可以畅所欲言的话，我要说你就像半空中的燕子，总是在找自己的出路。当然，你能找到，这是事实，我也相信你没有借助什么"罗盘"或"图表"。我深信不疑，就像虔诚的基督徒相信上帝一样，因为这是不可思议的。

戈斯：我用我的心灵之眼看路。

摩尔：但心灵之眼无法看清路的不同方面，也无法洞悉路上发生的各种各样的事件。我为什么要说"无法"呢？我自己的心灵只有我自己知道，每当我开始一个新主题，我似乎就永远无法成功地表现它。我们的心灵就像我们的生活一样千变万化。你很年轻就结婚了，这样，在一个很早就结婚的人和一个从一开始就决定一辈子做单身汉的人之间就有了一道鸿沟。你的生命一直耗费在家庭和俱乐部方面。你现在看起来就好像刚从俱乐部里出来。你受过教育并懂文学，希腊文学、罗马文学、法国文学和德国文学都懂，对斯堪的纳维亚文学也略知一二。在这个世界上，谁也没有我们之间的生活差异大，气质上也一样。你从未在晚饭后匆匆去看一个朋友，或者说，你甚至想都没想过这样的事。我知道，在今天之前，你从未拜访过朋友，哪怕只是随意的拜访。

戈斯：我妻子请求我——

摩尔：当时促使你离开雅典娜神殿——文学和教士的庄严之所的，并不是要来看一个老朋友的渴望。我很失望。我能看见你和主教一起从大门里走出来，你一走到外边，就注意到阳光下正刮着一股奇怪的微风。你用手指托着主教服饰的下摆，说："这种季节穿这样的衣服显得很瘦。"然后，你请主教坐上他华贵的马车，并且一直等到主教将毛毯围在脖子上才叫了一辆马车，喊道："埃伯利街121号。"——主教的车夫能听到你的喊叫，此时你难道不觉得自己有点虚伪吗？你应该压低嗓门，就像其他男人在这种情况下会做的那样。

戈斯：我不允许你再沉迷于自己的幻想了，虽然这些都很有趣。我必须请求你毫不迟疑地听我妻子的口信。星期天将有一些不寻常的客人来拜访我们，如果你不帮助我们招待这些客人，她将很难原谅你。在这些客人中——

摩尔：包括一个斯堪的纳维亚批评家和一个丹麦诗人——

戈斯：我不想再听你肆意谈论我们客人的国籍，因为这和你根本没有关系！而且我还要进一步说：你的话使我很遗憾打破了自己通常以信而不是靠嘴交流的习惯，因为不事先约好就贸然拜访不是我的习惯。今天发生的一切，使我以后不会再这样做了。

摩尔：今天下午，如果我粗心的想象将你从身边赶走，我真感到很抱歉，因为我以前从来没这样做过。文学需要你的帮助，就如你将会看到的。如果你能原谅你轻浮的朋友——他的轻率，虽然是无法弥补的，却是无害的——那么我请求你回到你的椅子上，因为假如你气呼呼地站在炉前地毯前，我无法和你交流，除了抱歉我允许自己的想象漫游到雅典娜神殿之外，我还能再做点别的事吗？

戈斯：但我不属于那个俱乐部。

摩尔：那你为什么生气？只有听到真话时才有理由生气。我将很乐于尽我所能使你的朋友快乐，无论他们来自哪个国家，如果——

戈斯：你答应我妻子的要求还有什么附加条件？

摩尔：我恳求你不要这样敏感。我没什么附加条件。无论如何，我下周日一定来喝茶，虽然我无法劝你留下来帮我的忙。我想问的只是，你能不能允许我告诉你：我上两周一直在写的一个主题，灵感就来自你的批评文章中最微妙的一句话，在我看来，也是你曾写过的，或所有人曾写过的最有价值的一句话，一句从那以后一直吸引着我、支配着我的话，正是这句话最终驱使我产生灵感，创作出一篇文章。我所要求的就是请你将自己的时间给我半小时，你的思想使我产生了这种需要，你很难拒绝的半小时的需要。我们的艺术要求你这样做。

戈斯：你一定想让我知道造成这些麻烦的警句、格言和真理到底是什么东西，它们正在餐桌上到处蔓延。

摩尔：你写作，但你是什么时候写了那句抓住了我想象的句子却是我不知道的……它一定在某篇随笔或序文中出现过；你可能会认为它平淡无奇，因为你并没发展这一思想。我希望你能这样做，因为若你这样做了，你或许就能改正文学批评常有的一些错误；但你没有，你只是说——似乎它并无什么特殊的意义——英国的天才都去写诗了。正是你这句随随便便说出的话激发了我的想象，我面前展开了一幅似乎永无止境的图景。

德国，我说过，以音乐表现自己；法国和意大利以雕塑艺术表现自己；而英国，正如你所说，则以文学表现自己。我们的诗歌文学是最美的，但除此之外，英国的天才收获很少，或者说一无所获。

戈斯：你不会说英国天才在散文方面毫无建树吧！

摩尔：在英国天才的散文中肯定有丰富的表现。兰多[1]、佩特、兰波，都是如此。你知道我曾多么钦佩这些作家。知道我的这种坚定信念后，你曾不止一次对我说：兰多的《想象的对话》比莎士比亚的剧本更能表现人的心灵。我们的谈话僵持起来了，就像帕克主教与安朱·马维尔的谈话常常陷入僵局一样。你应能记得最能表现性格的那句话：我颤抖了。听到这句话，主教的形象在我们的意识中立刻栩栩如生起来，他成了一种精神实体；在莎士比亚所有的作品里，有没有如此敏锐而有表现力的句子？但我们必须保证不跑题，即英国的散文作品是我国文学中最薄弱的部分。

---

1 沃尔特·兰多（1775—1864），英国诗人、散文家，精通希腊罗马文学，曾用拉丁文写抒情诗、剧本、英雄史诗等，代表作品为多卷本散文著作《想象的对话》。——译者（本书注释均为译者注，后不另注）

戈斯：只有一两部杰作例外。

摩尔：我不认为英国散文中存在着什么杰作，因为杰作只能靠一流的头脑写出，我认为你会赞同我的观点，即在英国只有劣等的头脑想写散文。

戈斯：如果我们拂去伊丽莎白时期那些短小的散文，我们就会遇到一部非常著名的散文：《鲁滨孙漂流记》。但我明白你的观点。笛福心甘情愿将自己的笔卖给任何一个愿意出钱买政治小册子、讽刺文章、粗鲁的小说和各种文学垃圾的人；但你必须记住，一个作家，一旦他写出一部杰作，他就不再是三流作家了。

摩尔：我并不准备谈笛福。菲尔丁似乎会使我的文章有一个良好的开端，因为在《汤姆·琼斯》里，我们第一次在客厅里发现了家庭。正如你所说，笛福是个三流作家，我文章的主题就是：劣等作家将英国散文作为赚钱的手段。事实上，笛福在《鲁滨孙漂流记》的前半部分表现出了灵感，但这一事实并不能削弱或使人怀疑我文章主题的有效性。如果他没有从头到尾都表现出这种灵感，事情就不同了。英语小说的结尾从不直接明确；作者不是突然转向主题就是把结果脱口说出，或者就是伸出他们的脚趾，把主题拨弄出来。请原谅我用职业语言进行描述。英国小说陈腐不堪，法国和俄国小说表现出更高的教养，这是很难否认的。

戈斯：我当然不会否认。

第一章 小说家（一）

摩尔：那么，似乎我的文章必须从笛福开始了，不，不是从笛福开始，而是从他最后一部小说《鲁滨孙漂流记》这一最有英国味的作品开始。我们都是岛上的居民，鲁滨孙也是其中之一。我们以海为生，鲁滨孙时常驾着一艘小船在海上来来回回从失事的船上搬东西。我们是一个毫无诗意的民族，就是法国人所谓的平凡民族。没有比鲁滨孙更平凡的人了。英格兰似乎在她第一次罕见的叙述中表达了自己。你看，我亲爱的戈斯，这个对话已经开始结果了。我第一次读《鲁滨孙漂流记》一定是五十年前了，但这个故事的结构从第一部分开始就很有规律，所以，对我而言，我似乎能循着记忆的轨道去阅读这本书。坐着木筏来来回回从海上取来食物；找到鸟枪和酒。他是多么经常地提到他找到了一桶甜酒啊！我过去常常想弄清楚甜酒是什么东西，以及他为什么将找到甜酒看得那么重要。因为我来自一个祖祖辈辈都很严谨的家庭。我似乎记得他的房子和造船的经过，以及那差点把他带出岛，再也回不来的急流。因为他无法驾船驶出急流，直到他终于升起帆，才化险为夷。对一个孩子来说，他很难理解比急流更迅速地使他偏离小岛的帆船是如何在他的驾驶下离开急流的。当他升起帆时，他几乎看不到小岛了，我读到帆船的速度超过了急流的速度，船收起舵的时候，才感到十分轻松。那个尝试写探险小说的不幸的斯蒂文森只是写了一系列的意外事故，但在

《鲁滨孙漂流记》中，每一个事件都是必要的，每一个事件都很完美、很适当。我们总是在适当的时候被告知鲁滨孙的火药和子弹快要用完了，因此，他不再用枪射杀野山羊，而是开始设陷阱捉。野山羊变得很驯服，并且使他有了羊奶喝，他还用羊奶提炼出奶油和奶酪。我已经忘记还有别的什么了，但他确实用山羊皮给自己做了一套衣服。在这个探险故事中，最奇妙的是其表达的道德思想：只有人与自然。笛福可能是从胡安·费尔南德斯[1]那儿得到一座荒芜的小岛，但完全是从自己的思想里得到令人难以忘记的事件，那沙滩上的脚印，他后来还发现食人族已到了岛上，并举行了一次食人盛宴。在思考这个恰好落在笛福面前的主题时（实际上这个主题也同样落在笛福身边的许多人面前），我们或许会这样想：要完成这样一个主题，就完全需要作者既是一个诗人、哲学家，同时又是一个伟大的叙述作家。但再仔细一考虑，我们就很快开始怀疑到底是不是这样，我们开始认为故事之所以这样写或许是因为它没有宏大风格。这个故事的第一部分完美无瑕，但对我们这些作家而言，小说的结尾则是一个很悲哀的场面——没有灵感的写作者尝试续写一个有灵感者的作品。

1　胡安·费尔南德斯（1536—1604），西班牙航海家，他发现了太平洋上的胡安·费尔南德斯群岛、圣费利克斯岛和圣安布罗西奥岛。

戈斯：实事求是地说，鲁滨孙离岛后，几乎没有人能继续写这本书，当然，我认为你所描述的"没有灵感的写作者尝试续写一个有灵感者的作品"这种情况，必须被看成是对这部小说结尾的公正评价和判断。我必须承认：如果一个人不能自始至终掌握自己的叙述手法，他就不能被看作一个一流的天才。

摩尔：天才可以得到灵感，而一旦灵感闪过，他就会像闪电一样写作。

戈斯：天才之人不是这样，他总是写得很好，他从不回避炫耀。但我目前似乎有必要为使用这些俗语而道歉。我看出你认为《鲁滨孙漂流记》的结尾完全失败了。

摩尔：一个谁也不读的结尾只能被看成是失败的，而真正的结尾在我看来似乎显而易见，所以我感到迷惑不解。在星期五皈依基督教之后，我忘了鲁滨孙是否教过星期五教理问答和主祷文。如果他没有，这种忽略是无法理解的；但是，如果我们首先假定他并没有忘记这种非常具有英国化的特点，那么鲁滨孙会进而联系星期五的生活思考自己的生活。

戈斯：他并没有忘记自己是基督徒。

摩尔：听到这话真令我高兴。在传授给星期五有关耶稣基督的苦难和死的教义之后，鲁滨孙或许会萌生这样的想法：他的生活和野蛮人的生活也许会构成一段高尚的罗曼史。但他可能长期不写这本书，因为他认为不会有人去读，甚至连星期五都不会去读。

戈斯：在荒岛上找不到纸、笔和墨水。

摩尔：海上有失事的船。

戈斯：失事的船早就变成碎片了。当然，他也许在船刚失事的时候从上面抢出来很多写作用品。但鲁滨孙完全不喜欢让自己的生命悄悄流逝而不留下任何记录，这和他的性格根本相反。你甚至可以把他变成一个艺术家。笛福特别注意不犯这个错误，因为如果你读完这本书，你就会看到，他解释说鲁滨孙是在做完自己所能想出的一切工作之后才开始写自己的故事。直到修剪好最后一棵果树，他才坐下来写自己的故事。

摩尔：文学写作是一项劳神费时的工作。如果有必要，我们可以在岛上做这项工作。如果接受笛福自己的解释，那我就要说，除了完成了对星期五的驯服和教化，鲁滨孙自己就几乎没有多少日常工作可做了。星期五替他做了这些工作，所以鲁滨孙觉得下午有点儿无精打采，于是开始做梦，不久就梦到有一艘船来抢救他的手稿。他说，迟早会有一条船来的，无论人们是在他生前还是死后读他的手稿，他都会同样感到高兴。鲁滨孙应该死在星期五之前，因为应用一些漂亮的段落描写星期五的悲伤，其中夹杂着他的恐惧，唯恐他的族人会回来吃掉他——星期五，而不是鲁滨孙。星期五真心皈依了基督教，他会用自己所能记起的所有祈祷文来安葬鲁滨孙的。

戈斯：但谁会写这一段呢？在岛上没有两双眼睛。

摩尔：鲁滨孙一定不能猝死，倒不如让他死在可以使他不时继续自己的回忆的悬崖峭壁之间。我宁愿让手稿的最后一页写鲁滨孙对星期五的忧虑，他预感到星期五会悲伤而死，而星期五的最后一个动作是：将手稿放在坟墓旁边的山洞里。这对故事的完整是必要的，因为正是这部手稿让下一条造访该岛的船的船长知道了坟墓旁的骨架是谁。发现和阅读手稿会让笛福有机会发展一个新灵魂——船长的灵魂。这个可怜的野蛮人一定会因自己的救世主和主人之死而伤心欲绝的！当船长翻过最后一页时，他会咕哝道："真像一条狗！"

戈斯：我能看出，要使你承担为这部古代杰作提供新结尾的任务，一定得费很多口舌。

摩尔：如果我们开始互相开玩笑，那我们的工作就将永远不会结束，这是一项长期的工作，是对英国散文文学史的回顾。

戈斯：你提供的结尾我觉得很好，但需要一个比笛福更伟大的作家来完成它。我很高兴你不准备谈它了。

摩尔：为什么？

戈斯：我害怕的是旧瓶装不下新酒——有了这样一个结尾，他可能写不出故事。

摩尔：你千万不要以为我为完成这个故事提供了一个明确的计

划。我只是想抛砖引玉。但毫无疑问，如果笛福让鲁滨孙一直留在岛上，那会更好。但若按我的想法写结尾也一定很有意思，为笛福做瓦格纳对格鲁克[1]做的事，以及李斯特为许多作家所做的事情，都同样有意思。为什么只有音乐才有杰作？为什么我们不能重新排列杰作的座次？

戈斯：重新排列座次是无法让人接受的。

摩尔：如果重新排的座次比原先的好，我想人们会接受的。

戈斯：《堂吉诃德》是另一部结尾不佳的杰作。

摩尔：我很高兴你提到《堂吉诃德》。笛福和塞万提斯一样，也是一个文丐，后者也写过大量喜剧、诗和毫无价值的垃圾作品，直到有一天他找到自己可以写得最好的主题，而且一直到他灵感殆尽为止。对一个人来说，灵感殆尽总是可悲的，而对塞万提斯来说，灵感的丧失是双倍的残酷，因为它来得突然，去得也突然，就像风。当灵感存在时，风是美好的，也许从来没吹过比这更美好的风了，只除了那能带动剧情发展的风，如《哈姆雷特》和《李尔王》中的风。塞万提斯在一阵狂风中驶离了港湾。他的主人公因为读骑士小说入了迷，就在小阁楼里找到一副已生锈的铠甲，修理修理头盔，出去行侠仗义了。

---

[1] 克里斯托弗·格鲁克（1714—1787），德国作曲家，倡导歌剧革新，主张音乐服从戏剧，对西方歌剧发展有很大影响，作品有歌剧《奥菲欧与欧律狄克》等。

戈斯：太精彩了，对骑士本人的描写尤其精彩。我认为，若说在文学史上从未发现肉体与精神如此一致的完美作品也不过分。你们所有追求这种一致性的人，都会将这个一脸忏悔的骑士看成是体现了肉体与精神一致的典型。

摩尔：屠格涅夫也曾描述过适合巴扎罗夫灵魂的表面，但与最初独自骑马出发，之后返回寻找一名绅士的这个满世界跑来跑去的骑士形象相比，屠格涅夫的思想就简单多了。所以，当我们看着那主仆二人并肩穿过高地时，我们就好像在仰视埃及和亚述的雕塑，它们是那样伟大，以至于使我们眼中的世界显得前所未有的广阔，而我们所看到的那种姿态从未如此永恒。

戈斯：我们似乎在听与他同时期的莎士比亚在说话，这使我想到：他们特有的幽默气质并不仅仅存在于英格兰，而是属于造就了这两个伟人的伟大世纪。他们不可能相识，然而——但我们绝不允许我们的谈话陷入莎士比亚式的争论。你说过：我们眼中的世界显得前所未有的广阔，而我们所看到的那种姿态从未如此永恒。

摩尔：是的，就像堂吉诃德在第一次冒险中驱赶羊群和后来与风车对抗一样。回想起他们正走向当初堂吉诃德被店主册封为骑士的小店，也并不会让人感到震惊。实际上，我不禁想说，堂吉诃德答应替店主守夜是受了店主的挑唆，也正是老板让他回去找个助手的。堂吉诃德回来时身边就多了个仆人桑丘，不过他骑的竟是头驴！在以前的文学中有过这样史诗般的想象吗？对桑丘在酒馆中的描写是多么美妙，还有那个散发着恶俗气味的娼妓，也堪称经典人物：她为了从那个整天缠着自己的车夫身上偷到东西，竟误上了半睡半醒、梦想着杜尔西内娅的堂吉诃德的床，而非那个色鬼的床。读完这几页，我就像中世纪的圣徒对上帝的虔诚那样深深地折服于作者的才华，我想所有人看了都会被感动。然后我继续沉迷于其中，直到堂吉诃德和桑丘来到一处几乎荒蛮但又很美丽的地方。

　　那个时候一定临近傍晚，因为我脑子里一直有落日映照下的光亮山峰的印象，我的耳边不时回荡着堂吉诃德告诉桑丘自己想赤裸下身站在他头上的声音。桑丘祈求他不要这样，并告诉他说自己看到主人的屁股赤裸地暴露在外会感到恶心。

戈斯：请允许我打断你一小会儿。我知道风景描写美轮美奂的赞誉通常是给予卢梭的。但以你对塞万提斯笔下的那种粗线条场景的描述，让我感觉这个荣誉真正应该属于塞万提斯。我记得你提到的那个场景，对它的描写具有萨尔瓦托·罗萨[1]风景画的力量。

1　萨尔瓦托·罗萨（1615—1673），意大利画家、诗人，以其浪漫主义风景画、海洋画和战争画著称，作品有油画《普罗米修斯》《墨丘利和森林中人》等。

摩尔：的确如此，其中许多场面都是这样。但我想提醒你，你曾反对将莎士比亚式的争论带入到我们的谈话之中，并且你很好地做到了。但我在谈到埃及和亚述的雕塑时就违背了这一点，因为这个骑士和他的随从一路上所历经的风景都是虚幻的、非现实的。我们如今已经可以离开我们这颗不幸的、渺小的星球，而去到更大的星球，譬如土星上。所以，当你读到堂吉诃德将脚后跟抛向空中想离开地球时，你一定会为他那时就有这种想法而感到非常诧异。这是塞万提斯最后的灵感。哦，不，最后的灵感应该是：桑丘拿出马鞍，看见堂吉诃德将小腿伸到上衣之上，沉迷于自己的幻想之中，想着他和杜尔西内娅的关系，因为他正在回忆自己最后拯救杜尔西内娅的英勇行为。

　　这本小说到这里其实就应该结束了，因为我认为在这以后就再没有更美妙、更神奇的冒险故事了。哦，我忘了，堂吉诃德还遇到过一群罪犯，并且把他们误认为是好人，将他们从囚笼里放了出来，结果反遭一顿暴打，不知道这件事是发生在桑丘离开之前还是之后。为了将具有灵感的塞万提斯和没有灵感的塞万提斯明确区分开来，我宁愿这件事发生在桑丘离开之前。但它也许出现在故事中，这样自然就成了真正的作者，而塞万提斯只是它的传话者罢了。大自然注重细节，却缺少节奏。结果，它经常会推迟或糟蹋收获。它可以出现在第二部，但我至今都没看出为什么会这样，因为作者给我们介绍了没人会记得的新人物和新故事——最终变成了基督徒的摩尔少女等等。我还隐隐约约记得一个牧师。你还记得吗？

戈斯：噢，我可怜的记性，不记得了，不记得了。

摩尔：不必沮丧。因为上次我也曾怀疑，即使是费兹毛瑞斯·凯利先生也不一定能清晰地叙述这些情节，虽然他拒绝和我合作写一本能够排除一切无关事件，只密切追踪骑士和其助手命运的作品。他是对的，因为他对这本书的研究比我深入，所以才让他看到了——至少我们希望如此——这样的事实：这本小说的灵感太美妙了，所以无论是神还是人都无法续写，否则只能是狗尾续貂。从此之后，塞万提斯，这个以卖文为生的作家，旋转起他那摇弦琴的一柄，让主仆俩又走到一起——堂吉诃德开始新的冒险，而桑丘则继续做他的仆人。

戈斯：人们通常认为在小说的第二部分，一种更优秀和高贵的气质开始出现在骑士身上；我并不认为这是真实的气质，因为如果我们身上包含着什么善的种子，它会随着我们的生活而渐渐成熟的。

摩尔：骑士身上的变化——如果有什么变化的话——也并不能有助于我们对他有什么新的理解，我就是这样看的，虽然我也知道这样说等于与屠格涅夫产生了分歧。他让莫斯科的研究者将注意力转向堂吉诃德的死——被一群猪踩死——转向这个勇敢无畏的骑士说的最后一句话。我不会问你好些话是什么，我自己也已经忘了，只记得这样几句：虽然一切都会消失，甚至美、侠义和真理，但善会永远存在。无疑这是句蠢话，却真实地表达了一种美好的思想，这个一生都在追求善的人最终应该死在猪蹄之下。但小说中出现一群猪是偶然的——它只是被偶然引入这个由偶然构成的结局，桑丘变成了一个被人广泛接受的聪明人，而堂吉诃德却仍在追求着被大众认为是不切实际的理想。就像莎士比亚笔下的福斯塔夫一样，作者将自己的世界观赋予人物，却让那些扮演他们的人无所适从。但是，就像你刚才所说的，我们一定不能被莎士比亚式的争论所诱骗，那会使我们无法探究英国散文文学中所表现出的一流思想。

戈斯：尽管我们是想这样做，但我似乎无法理解，所以只能请你再准确地说一下"一流思想"的确切含义。康德的思想是一流的，但不是那种指引艺术作品的思想。我常常这样想：马奈和德加画一幅画的话，需要某种纯粹思想之外的东西——我可以这样说吗？然而，在他们的作品中思想却是明显的。

摩尔：我想知道的是：我们是否能辨别出思想和心灵本能的区别？如果能，我就要说：心灵本能在伟大作家的作品里表现得清清楚楚。但我总担心会陷入形而上学的误区，我想说的是：在放下舵靠岸之前，艺术家的心灵本能就是驱使船前进的帆。他的理性则是能让船迎着风浪前行的方向舵，没有方向舵，帆就会在风中迷失。这种比喻抓住了要领。本能可以使艺术家航行一段路程，但是如果没有理智的指引，他就会像没有方向的船一样到处漂流，根本不能前进。

戈斯：我们对这种一直很神秘的东西进行了尽可能好的解释。如果沿着你的思路思考，那么我要说，理性在其中起到太大作用的作品是不能让人满足的。

摩尔：我们的本能要比我们的理性深刻得多，艺术源自我们最本真的天性，最伟大的艺术都是最本能的艺术，记住这一点是很让人愉快的。

戈斯：如果你不认为我太自负的话，我想告诉你，我在我写的《英国文学史》中也曾经提到这一点，我指出乔治·艾略特似乎很肤浅，特别是在那些她急于表现出深刻的作品中，更是如此。

摩尔：确实如此，马奈从来都不急于表现自己，他也从不像德加那样在钥匙孔上浪费时间，但他常常自言自语地说：我们要么具有独创性，要么没有独创性，但是我们不能把送走一个重8英石[1]的模特，叫进来一个重29英石的屠夫之妻，让她脱了衣服站在一个锡制浴缸前，或像贝斯纳德那样，在她一半的臀部涂上绿色，另一半涂上蓝色这样的行为称

1　1英石等于14磅，约6.35公斤。

为有独创性。

戈斯：你把乔治·艾略特看作肤浅的作家，将斯特恩看成严肃的作家？

摩尔：当然，戈斯。你在帮助我，我无法用言语来告诉你这帮助有多大，我的文章似乎有点头绪了。你要走了吗？我不愿意听到你要走的话。回到你的椅子上去吧，因为你对我的帮助比我预想的还多，我希望能得到你更大的帮助……你在帮助我，说出了我想说的话，我想说的就是：英国小说时而轻浮时而浅陋，时而感伤时而博学时而华丽，但从来都不严肃！多么准确的描述啊！英国小说还能呈现出其他的形式吗？在17世纪，我们仍住在有护城河的城堡里，守卫者与他们的首领一起在宴会大厅里用餐，根据情况需要升降吊桥。那时的生活太动荡了，以至于他们无法接受那种在很大程度上总是以社会生活为主题的文学。那些以社会生活为主题的文学似乎是突然出现在英国的，上流社会的客厅或沙龙刚从法国进入英国，它们还未被任何散文文学介绍过。虽然坚持以娱乐为阅读目的的上流社会尚未准备好，就读到了《汤姆·琼斯》。我读过这部小说；它没有什么标准，它来自上流社会的狂热，而这个上流社会的信仰后来发展成了一种传统，《汤姆·琼斯》就这样成了英国典型的古典叙事体散文。

戈斯：乔治王世家的后裔。

摩尔：是的，《汤姆·琼斯》起源于乔治时代的庄园，或者说乔治时代的上流社会。

戈斯：你不可能为你的文章找到更好的起点了。

摩尔：我很高兴你能这么想，我希望你能继续让我谈论这个话题，你不知道你对我来说是怎样的一种帮助。

戈斯：那就继续吧。

摩尔：我是在刚才提到的传统影响下读《汤姆·琼斯》的。

戈斯：我希望你没有忘记将这本书再读一遍，因为如果你没有再读一遍，我就没办法帮你。

摩尔：是的，我将这本书又读了一遍，它似乎比二十年前我第一次看时乏味多了。它现在就像一棵苍老枯萎的树，苍白的枝条、干裂的树干……

戈斯：眼看着就要落下来了，在过去的二十年里，它已经老得快让人认不出来了。这部正在衰落的杰作给人留下了非常深刻的印象；但在一篇评论文章中不能只谈印象，还应有其他一些东西。

摩尔：我只能写出我自己的感受。我不得不说，在读到这本书前一百页的末尾时，书从我的膝盖上滑落，这使我问自己：我们的祖先是如何在根本不了解我们的外部世界或内部世界的情况下去读这本书的。戈斯，要生动地评论一部完全空洞无物的作品是非常困难的，这书像雾一样让人茫然，然而却无任何神秘之处。它没有任何个人化的东西，以至于人们都要怀疑作者的存在。出于自卫，我们极力说服自己不要去相信这本书源自某种奇特的机器，一种在18世纪已流失的发明。机器在1750年刚处于幼儿期，所以我们知道一定是一个活人写或口述了这本书，那种说它被录入留声机的理论是完全站不住脚的。即便如此，这部小说的非个人化仍令我们吃惊，它空洞得没有任何爱恨的印痕。菲尔丁似乎没有任何感觉，无论是精神的还是肉体的感觉，他似乎都没有，他的书因此既是最个性化的作品，也是迄今为止最无个性化的作品。奥尔华绥先生，我们在小说中遇到的第一人，在我们面前一言不发，作者也没向我们做任何介绍，虽然他是一座乔治时代庄园的主人（小说的第一幕就发生在这座庄园里），而且他还是小说的主要人物。我们放下这本书，考虑一下这种奇怪的缄默，最后我们相信这是因为作者感到难以将这个如此透明的普通人，甚至都不会被怀疑是一个可爱孩子父亲的人呈现在读者面前。他回避了这个工作，因为即使他成功地完成这一任务，也可能只会使读者厌烦，所以他求助于一种更简单的描述方式，自言自语地说："最明显的总是最好的，我把这个绅士称为奥尔华绥；这个名字甚至使最容易使人怀疑的东西也不那么可疑了。"这就是我对菲尔丁在创作这部巨著的第一部分时的所思所想，所做的大胆解释，这种观点你可能会接受，或者——

戈斯：请原谅我打断你，但我不会让你落入一个误区，你只是在挑剔一个18世纪非写实主义作家的过失。

摩尔：我认为我说的话是：菲尔丁根本不了解我们外部的世界。除此之外我还要补充的是：菲尔丁甚至根本也不了解我们从让-雅克的作品中得到的那种东西。在《汤姆·琼斯》里，我们处在一个没有草原、树木、花朵的世界。如果菲尔丁本身感情丰富，他对自然的冷漠无关紧要。任何突然的激情动作或感情动作都会引起我们的同情，在我们的想象中我们可以看到太阳在不远处照耀着，而乌云就在它上方。在阿贝·普雷沃的小说中找不到对马农的描述，但他总在我们眼前，因为阿贝·普雷沃对马农的描写很仔细，而菲尔丁对索菲亚的描写则表明他对女人的魔力和对自然是一样冷漠的。

戈斯：可能菲尔丁对男人的描写比对女人的描写成功，你不得不承认，乡绅魏斯登是很真实的人物，也是18世纪的典型人物。

摩尔：乡绅魏斯登有独特的步态和语言，我们看到了他，听到他在说话。但是——如果我这样说并不是在莫名其妙地贬低菲尔丁的话——我要说乡绅魏斯登太过于明显，所以不会被过高地考虑。他几乎不值得得到比吉尔利和罗兰德森的漫画更多的美学批评。我不会贬低一种优点，但我要让人理解：有时自然本身就画得那么好，所以甚至一个很差的美术家也会与别人有相似之处。毫无疑问，乡绅魏斯登是对生活的粗略勾勒，书中虚构的不同情节少得可怜，使我只倾向于相信比较好的一段，即乡绅放弃对索菲亚的追求，追赶一群穿过马路追逐狐狸的猎狐狗。这些，就像乡绅本人一样，是来源于生活的。

戈斯：但你钦佩罗兰德森吗？

摩尔：是的，我钦佩罗兰德森，直到有人提到戈雅[1]。

戈斯：你知道萨克雷说过，自《汤姆·琼斯》之后，再也没人敢描绘虚构的人物肖像。按我的理解，他这话的意思是：菲尔丁是第一个告诉我们一个年轻人可能会真的爱上索菲亚·魏斯登，同时却又可以与莫莉·西格里摩保持暧昧关系。

摩尔：他可能通过观察他的公狗就能获得这样的知识。我所指责的是：菲尔丁没有试图区分人和狗，而且他也似乎没有意识到这么做的必要性，他甚至想都没想到。

戈斯：你对菲尔丁的风格难道没有任何赞美之词吗？

摩尔：他因为兴趣而写作，这是我们在现代文学中很难遇到的品质，可能是我们变得更有思想了。他坚持这样，就如同一个知道自己在演一场很糟的戏的演员一样。

---

[1] 弗朗西斯科·戈雅（1746—1828），西班牙画家，其作品讽刺封建社会的腐败，控诉侵略者的凶残，对欧洲19世纪绘画有很大影响。其代表作有铜版组画《狂想曲》、版画集《战争的灾难》等。

戈斯：但你还没有告诉我你怎么解释萨克雷对《汤姆·琼斯》的偏爱。

摩尔：我发现对自己的思想进行解释太困难了，所以现在我不能解释萨克雷的话。最好的做法是尽力相信他只是偶尔说说。

戈斯：现在我必须批评你太不严肃了，在近两百年以来，菲尔丁始终被确定不疑地认为是我们最优秀的小说家。

摩尔：在我们的文学调查过程中，我们还会遇到其他一些作家，他们似乎和菲尔丁一样是名不副实的。我知道，我感到前景有点可怕，但我们已经点燃灯笼，正在寻找一个严肃的作家。让我们继续吧。

戈斯：但是，如果我们遇到这样一个作家，我们怎样认出他呢？

摩尔：戈斯，现在你正在制造本不存在的困难，我必须批评你，因为难道不是你将劳伦斯·斯特恩和乔治·艾略特看作文学史上严肃而肤浅的典型例子吗？只有我们心中记住这些作家，当我们的灯光照射到这样一个作家时，我们才不会与他擦肩而过。我所需要的只是一点点耐心，戈斯。其他的例子我们以后会找到，但我们不能预知是哪些，因为我急于提醒你，在你的《英国文学史》中，你谈到了斯特恩风格极端的美，我很满意你用的形容词。我不能告诉你为什么，但在我看来你似乎发现了真理，或者说其中一部分真理，我只想补充说：没有哪一个作家能像斯特恩那样始终不变。

戈斯：我很欢迎你的补充。我很高兴我们对斯特恩有相同的观点。

摩尔：但是，我亲爱的朋友，我们的观点并非总是一致的，除非你谈到斯特恩不体面的生活。如果允许我指出你的一个缺点的话，那就是你的话缺乏要点。因为我们谈到斯特恩的风格时，不可能不同时谈到他的生活，我们接受这一个是因为这一个，就像我们接受基督教的不体面实际上只是因为耶稣的话而已，而并不在意伦敦的主教，谁——

戈斯：恐怕你不知道伦敦的主教。

摩尔：我的作品已使我被禁止了一切宗教活动。唉，戈斯，你也一样。你提到你不是主教那个俱乐部的成员，却忘了说如果你没写那部杰作，你就仍是基督徒。这是事实，戈斯。

戈斯：雅典娜俱乐部正变得让人厌倦，我必须坚持我们应立刻再回到斯特恩身上。我很高兴你认可我的形容，但我无法想象它为什么会那么完全吸引住你的想象——最起码现在不明白。

摩尔：你说他选择的要素吸引了某种类似的精神进行模仿，这意味着他选择的要素激发了某种类似精神的模仿，这种批评对我有一种特殊的吸引力，因为在我读《特里斯特拉姆·商第传》或《感伤的旅行》之前，报纸就开始说我的散文集《致敬与告别》使人想起斯特恩。我最好的片段应该使人想到《感伤的旅行》中最差的片段,因为如果能在一部充满灵感的作品中分辨出缺少灵感的一段,那么我很乐意聆听,因为我们可能乐于被奉承,却不会被奉承欺骗。人们在评论我的作品时不断提到斯特恩,这就把我的好奇心唤起来了。我从一个普通朋友的书房里拿了一本薄薄的红皮书,自言自语说:在我面前有很多空闲时间,虽然我不能在火车上读书,但我可以在船的甲板上读。尽管螺旋桨不断发出有规律的声响,不时将我的注意力从精美的文章吸引到美丽的大海,我仍坚持在读。遗憾的是,我不能在挂着三角帆的小船甲板上来读。你引述的法国批评家将斯特恩与古代青铜色的森林之神相比,在后者中空的身躯里,蕴藏着甜美的气息,在我看来这是向真理迈近了一步。因为《感伤的旅行》或许比现代世界的任何作品都更能唤起人们对古代的回忆。我读《达佛涅斯和克洛伊[1]》或《金驴记》或其他一些作品,就像翻译一些短小的拉丁文或希腊文作品。因为虽然我不像许多古人那样博学,但我认为我有古人一样的眼睛。

戈斯:我想知道为什么《感伤的旅行》让你想起了古代的文学。只是一种感觉——

摩尔:当然只是一种感觉,但绝不是模糊的感觉;正是他那种

---

[1] 古希腊田园传奇中被后人视为楷模的一对天真无邪的情侣。

从来都不会出差错的触感,而不是那种常常出差错的语言,将我的思绪带回到了从地下挖出的城市,去感受那些花、树叶、壁柱和白色的蝴蝶这些只有通过照片和来自威尼斯的玛丽·亨特的餐厅才能知道的东西。

意大利永远不会失去其异教信仰,从某种意义上来说,发掘庞贝城并无必要。意大利从未忘记,也不能忘记它的古代——它的每一寸海岸都被蔚蓝色的大海冲刷着。同样,如我所讲,我渴望乘坐由三角帆操作的小船,因为它的六个粗犷的意大利水手在传说中的海里总是那么协调一致。传说中的海是一切美丽的欧洲之神的诞生地,就像乘客们不听我的劝告穿过墨西拿海峡,而忘记了正在爱娜平原采集花朵的女神普洛塞尔皮娜[1]。我告诉他们粗鲁的波吕斐摩斯[2]正俯瞰着悬崖,在泡沫中发现了伽拉苔亚。我警告他们要记住朱庇特,他化成一头公牛,将欧罗巴驮走了,随后这就成了另一个人间故事的最后一个来源。我还提到了正在非洲海岸啼哭的狄多[3]。

戈斯:没有招募新成员吗?

摩尔:船上没一个人会听。

---

[1] 罗马神话中的朱庇特之女,后被冥王抢走,强娶为后。

[2] 独眼巨人,被禁锢于其洞穴中的奥德修斯将他灌醉后弄瞎了其独眼。

[3] 罗马神话中迦太基国的建国者及女王,拉丁史诗中说她落入了阿涅斯的情网,后因阿涅斯与她分手而失望自杀。

戈斯：你没有用你的理论——艺术就是接触——来赢得游客的同情吗？

摩尔：为什么不呢，戈斯？所有的听众都非常好。我宁愿和主教交谈也不愿保持六天的沉默。当然，我想用最蓝、最美的大海的传说来吸引游客。我谈到悲惨的美狄亚，斯温伯恩[1]最好的形容词，或至少是最好的形容词之一。

戈斯：所以用我现在津津乐道的这种文学评论就无法取悦游客了。真奇怪……

摩尔：这是很奇怪，比你想象的更奇怪的是，发现自己和自己的思想完全无法交流，因为在我所乘的这艘将带我去远方的船上，没人认识我，没人知道我的作品，没人读过我们曾读过的书，或看过我们看过的画——这是一种奇怪的隔膜感，一种和荒岛与野人联系在一起的那种感觉。所相同的是，我和游客说着同一种语言，但与思想隔离的语言对我们毫无意义。当我告诉你，在船上最能引起我思想共鸣的是一个介绍自己的发明，即不用混凝土造码头的人时，你就能理解我的惊慌了。这种发明好像在印度的什么地方成功过。我对他的介绍很感兴趣，因为在船上也听不到别的什么了。不幸的是，《感伤的旅行》篇幅不长，只有一个

---

[1] 阿尔杰农·斯温伯恩（1837—1909），英国诗人、文学评论家，主张无神论，同情意大利独立运动和法国大革命，作品有诗剧《阿塔兰忒在卡吕冬》、长诗《日出前的歌》、评论集《论莎士比亚》和《论雨果》等。

人和我说到它,我已忘了他是干什么的,但我还记得他的无知。有一天他问我:"你在读什么书?"我回答《感伤的旅行》,并且开始告诉他我在读到书中的这一精彩片段——"上帝用微风抚慰被剪了毛的小羊"——时所感到的惊奇和快乐。我说,许多人相信这句话出自福音书,因为它听起来像是耶稣说的。但它不是,也不是斯特恩说的。斯特恩从一个蠢笨的牧羊女口里听到这句话,但没给她法文的解释。这句格言在法国好像被遗忘了,但斯特恩的小说则使它在英国获得了新生。"上帝用微风抚慰"比法语词"上帝驾驭着微风"要好。然而,并不是这种改变使这句格言获得了不朽的生命——而是因为说小羊时用了 yoe。一个牧羊女不可能说到一只剪毛的小羊。毫无疑问,被剪了毛的是 yoe。我根据发音拼写了这个词。戈斯,我喜欢按照牧羊女的发音拼写这个词。斯特恩把 yoe 改成了小羊,因此给这句格言增添了一些感伤的意味。因为我们都是感伤之人,所以,我正和那位游客说话时,他突然打断我问:"你真想告诉我他说过上帝用微风抚慰被剪了毛的小羊吗?"我回答说是的。"这表明,"那位游客嘲弄地回答我,"他对羊的了解并不比野鸡多。"当他说野鸡吃饲料甜菜时我真要向他咆哮了,但更糟的是,谁听说过被剪了毛的小羊?

我那心不在焉的同伴以为我在说劳合·乔治呢!他以为是劳合·乔治说的"上帝用微风抚慰被剪了毛的小羊",

向他指出他的错误似乎一点用也没有。

戈斯,这儿有茶,为什么不和我一起喝一杯?

戈斯:你已耽搁我很长时间了,我妻子还等着你答应来取悦我们的客人呢。

摩尔:但是,我亲爱的朋友,你答应要听完我的话。正当我们刚说到故事的精彩部分,你却说得走了,你这不是帮我,而是让我迷惑,就像给落水的人扔去一根绳子,却在他快上岸时又抽回了绳子。还有约翰逊[1]的《拉塞拉斯》和哥尔德斯密斯[2]的《威克菲尔德的牧师》也值得一谈,但这些作品不会耽搁我们很长时间的。我准备和你谈的家庭生活小说也不重要。《拉塞拉斯》甚至根本没有家庭生活,《威克菲尔德的牧师》也只是很模糊地提到一点。下一个声名狼藉的作家——尽管也不重要,我对他知之甚少,只了解一些段落,我要感谢你为我提供了很多关于《罗德里克·蓝登》《彼尔格林·皮克》和《汉弗莱·克林克》的看法,这些作品看题目就不像我们正探究的有诗意、严肃的文学作品,我猜想都充满了大量恶作剧和猥亵的笑话。

---

1 塞缪尔·约翰逊(1709—1784),英国作家、评论家、辞书编纂家,编有《英语词典》《莎士比亚集》,作品有长诗《伦敦》《人类欲望的虚幻》等。
2 奥利弗·哥尔德斯密斯(1730—1774),英国诗人、剧作家、小说家,塞缪尔·约翰逊博士文学俱乐部的成员,主要著作有小说《威克菲尔德的牧师》、长诗《荒村》、喜剧《委曲求全》、散文《世界公民》等。

戈斯：斯摩莱特[1]两种毛病都没能避免。但你从未读过斯摩莱特的作品吗？

摩尔：若说读过那是假话，但要说没读过也几乎可以说是假话。我对他的记忆就是热情，充满热情，以及与他的风格严格一致的生活观。

戈斯：毫无疑问，斯摩莱特是最不体面的作家，但鉴于他对英国小说曾产生过影响以及仍在产生影响，我建议你比以前更仔细地思考他，因为斯摩莱特不仅翻译了《吉尔·布拉斯》，而且是这种特殊的冒险小说的主要奠基者。他从西班牙接受了这一小说形式，他说自己曾到西班牙旅行过，对这个国家有彻底的了解。我认为他有点言过其实了，我想他脱离了类似于《堂吉诃德》的那种精神和形式。流浪汉小说——

摩尔：在我们进一步探讨之前，你能给我谈一谈流浪汉小说都包括什么吗？

戈斯：我想我可以为它下一个定义。在流浪汉小说里，读者会看到快速变换的场景，并从中得到愉悦。情节只是松散地联系在一起，无论多么松散都没关系，作者的目的是用不断变化的场景来取悦读者，而根本不管在这之前或之后发

---

[1] 托比亚斯·斯摩莱特（1721—1771），英国小说家，以行医和写作为生，曾写过诗、医学论文和《英国通史》，代表作有小说《罗德里克·蓝登》和书信体小说《汉弗莱·克林克》等。

生了什么或将要发生什么。在这一章我们可能在盗贼的厨房，而在下一章我们则被带到街上听一个年轻男子向一个年轻女子求爱，或者看到人们在一起跳舞，或者任何一个既发挥了作者的活跃想象力又能愉悦读者的场景。在我看来，值得你注意的好像是《吉尔·布拉斯》里的某些内容曾传到法国，但在法国文学史上却没留下任何痕迹。对这一点，批评家很奇怪地忽略了，都对此表示沉默或接近于沉默，但它却深深地影响了我们的文学。因此，在我看来，如果你能从斯摩莱特到狄更斯一路追溯它的影响，那会很有意思。它还渗入了爱尔兰。我们在利弗[1]和洛弗的作品中都能找到它的影响，例如《汉迪·安迪》。

摩尔：你说的这些使我深受启发，使我不能不想起它。对你提出的批评，我要补充的是：已经发生的可能早已在预料之中。一个伟大的种族心理学家，同时也是位伟大的美学家可能会说：法国人的综合判断力不会被流浪汉小说吸引，但英国人因为没有这种判断力，所以就像苍蝇看见蜜罐一样被吸引住了。戈斯，我邀请你留下喝茶真是太对了！现在还有一个问题，在斯摩莱特和沃尔特·司各特之间还有没有值得我们关注的作家？

---

1 查尔斯·利弗（1806—1872），爱尔兰小说家，在都柏林大学杂志上连载《洛雷克的自白》获得成功，后任该杂志主编，作品有长篇小说《格温爵士》《罗兰·卡希尔》等。

戈斯：这之间没什么重要作家了，没人能阻碍你想象的翅膀。

摩尔：那我就从我刚才停下的地方接着谈菲尔丁的小说。乔治时代的庄园对客厅的娱乐提出了要求，菲尔丁只是偶尔与我们第一个客厅的幽默发生了联系。他是约翰逊和哥尔德斯密斯的老师。他们写故事，当然都希望他们的故事能愉悦某些人；作者可以写任何他认为公众会买的东西，但读者并不愿意根据作者的意愿而接受。斯摩莱特可能靠写作赚了很多钱，但他写作只是为了愉悦自己。我想，最重要的是，文学还没变成一种交易。

戈斯：是沃尔特·司各特把文学变成交易的。

摩尔：这并不让我感到奇怪。他的名字总是令我反感；甚至在我父亲大声朗读《末代歌者之歌》的日子里，我都无法赶走我脑子里那个和蔼的商人形象，他正用他沾满沙子和糖的手数着写诗赚到的钱。我父亲实际上几乎能背下来最前面的两节，而我母亲则能将《玛米恩》的很多长段都背下来，当我们去卡若古堡野餐时，她会在拱廊下背诵这些诗。一定是付给司各特这首诗的报酬欺骗了他们。你在你的《英国文学史》中提到《末代歌者之歌》的稿费是1000英镑。

戈斯：《玛米恩》的稿费是4000英镑。阿波斯福德在倒塌之前无疑是一座充满罪恶的大房子，但你不要忘了，它倒塌后司各特不再像卡莱尔所指责的那样为买农场而即兴创作小说了。自那以后，他的笔一直在为抵债而写作。

摩尔：所以我一直认为商人的道德也同样适用于艺术家，这种看法的荒谬性我一直没有充分认识到，直到有一天，我的一个朋友从代理人手里撤回了自己的手稿，就是因为这个代理人冷落了自己的妻子而和他的职员住在一起。代理人也用同样的理由指责小说家。而小说家则辩解说：不能将艺术家的道德标准和代理人的道德标准混淆起来。代理人，作为艺术家和公众之间的媒介，一定应是一个在道德上无可挑剔的人。难道你没看到？当然，可怜的人看到了，但阿芙洛狄忒在他身上施展了魔力。

戈斯：看呀！纯洁而无法抚慰的阿芙洛狄忒。但我们好像偏离了话题。

摩尔：只不过是从司各特转到了文学代理人而已。阿波斯福德！文学代理人会为这个词欣喜不已的。阿波斯福德，阿波斯福德，他会说，这是一个有魔法的名字，我可以在想象中听他正在屋里咕哝："沃尔特先生一定得有钱维修一下它，只要合理管理一下他在新西兰的一系列权利就能做到这一点，而且必须这样做，因为公众喜欢自己的作者住在高塔里。"戈斯，在阿波斯福德有很多高塔，否则司各特的文学代理人不会允许他住在那儿。我已经忘了那儿的建筑物了，但那里肯定有高塔，因为只有维护高塔才能迫使一个人没日没夜地继续写他的浪漫篇章。

戈斯：但是，在谈到司各特时，你能肯定没有遇到欺骗、借口，或者我能说是幽默吗？在你的批评中，我似乎没遇到仔细、直接、简单的思想，而英国小说中缺乏这种思想一直让你很痛苦。我想请求你注意一下自己的兴趣，当你坐下写文章时，必须有一个清醒的头脑，要拥抱你那复杂而困难的主题的各个方面，而某些我相信属于司各特的小说和诗歌的缺点（我假定你既不喜欢小说也不喜欢诗歌），并不能归因于司各特就像中世纪的男爵想靠掠夺为生一样想靠文学生活。

摩尔：我们成功作家的作品不允许我们相信他们写作只是为了愉悦自己。公正地说，他们也并未掩饰他们的作品能愉悦任何与他们一样地位低下的人。

戈斯：我不敢肯定你说得不对，但若对这一问题进行研究则会使我们脱离自己正在进行的任务。我们也不会对成功作家的心理有什么明确的了解，因为我们知道的作者不会告诉我们，即使他们想也不能。我们只能通过我们共同的人性来了解成功的作家；我倾向于认为每个人都是为了取悦自己而写作的，尽管他可能知道自己的书并没自己头顶上书架里的书好，他会继续从自己的作品中获得快乐，同时还会因它不是太好而后悔地叹气。很可能你看完兰多的《海伦与阿喀琉斯》后也会叹气；但你不会因此而毁掉自己的手稿，你会因此将自己置于最差的作家之中，懂得了他也和兰多一样，都只是尽可能写好，并从中获得愉悦。

摩尔：我相信你是对的。我记得我旧时的一个朋友对我说："我知道我不能写得像易卜生那样好，而且就算我能我也不会这么做。"他是一个成功的剧作家，他——

戈斯：他喜欢取悦他的观众，就像你喜欢取悦你的读者一样。

摩尔：你是一个出色的心理学家，比我想象的还要好。戈斯，你最后的忠告包含了写作《父与子》时思想的标记和痕迹。

戈斯：每个人都写能取悦自己的东西，除此之外他别无选择。司各特无法呼吸到艾达山新鲜的空气——在它静穆的山顶，知识分子坐着受人膜拜。

摩尔：就在连鹰爪都不曾光顾过的皑皑白雪之间，声音在光滑的海面上留下了印痕。但是，兰多可以随意地谈到闺房并且言语诙谐。无疑，你记得德·封丹戈斯女公爵是多么快乐地与博叙埃交谈，你会同意我的观点：巴尔扎克很少表现真实的东西，或者说安格尔[1]很少表现美好的东西。你还记得那个忧郁地注视着佛兰德斯的原野，出神地梦想着巴黎热土的姑娘吧——她只是模糊地意识到自己的想法。但我不是要主张什么错误。我只是在思考很少有人看见或听到的美好东西。时间无济于事。佩特和兰多的读者也不可

---

[1] 多米尼克·安格尔（1780—1867），法国画家、古典主义画派的最后代表，其画法工致，重视线条造型，对素描有独到贡献，尤擅长肖像画，名作有《浴女》《泉》等。

能增加，但总会有一些。你了解预言，它总是早来晚归。然而，有这样一种悲哀的想法，即认为下一代可能更关注我的作品，而不是兰多或佩特的作品，只是因为它们比较差。啊，这真是个难题。

戈斯：你的忧郁是不是蔓延到我的作品中了？

摩尔：不，戈斯，我还没有考虑到你的作品，但我肯定你哪怕流尽最后一滴血也会让下一代知道兰多和佩特的。

戈斯：我想知道你会不会先流第一滴血，但我们正在浪费时间。

摩尔：浪费时间！你就这样急于回到司各特的问题上去？他似乎从未有过作家常有的那种头痛。我父亲常常告诉我：司各特每天早晨要写三到四小时，下午则在马背上度过。这种生活方式在我看来似乎很丢脸，在我十岁的想象中，需要留下诗人浪漫的一生，就像蚕蛹需要留下蚕的一切一样。几年后，我看到一幅画，上面画着一个慈祥的老绅士，坐在紫色的窗帘下，手里拿着笔，既不在写什么，也不在想什么，因为当一个人思考时，他的表情是空洞的，没有任何表情。这又激起了我对适于家庭阅读的诸如攻击、进攻类的作品的厌恶。司各特没有在思考，他没有多少时间思考，他一直要写作还债。他给了一个肖像画家一个小时，他的右手拿着灰色的天鹅羽毛笔，与此同时他的左手爱抚着一只未请自入的猎狗的头。后来我父亲去世之后，我见到了他的另一幅肖像，画上的人长着一张乏味的脸，拉伯恩证实这就是《艾凡赫》真实作者的脸,这更增加了我的疑惑。

戈斯:我们最好忘记以貌取人得出的推论。你已被画了很多次,但我不敢肯定你的一些肖像不会导致对你作品的不利解释。关于这一点我们就不再多说了,我们还是回到散文方面来吧。当然,《艾凡赫》会被放到你手里,而你也非读它不可。

摩尔:《艾凡赫》《布克的演讲》《麦考利》都记载着不幸的童年记忆。但我喜欢《拉美莫尔的新娘》。其中有这样一段浪漫的前言:

当这个罗文斯霍德的最后一名继承人

将骑马去向一个死去的少女求婚时,为了让她成为自己的新娘,

他不得不在凯尔普特河流前勒住坐骑,

而他的名字将永远被遗忘。

这则前言在大多数人的心中(在所有人的心中)引起了共鸣,因为这是一部真正的小说,一部能给人以强烈震撼的小说,即使是卡莱尔也不可能不被它深深吸引,尽管他在自己报复性的文章中很少谈到这一点。在这浪漫的一页快结束的时候,司各特披上一件绿色的短外衣,骑上一

匹矮马，准备出发去狩猎；但一天上午，一头猪赖在猎狗身边怎么也轰不走，沃尔特先生不得不干预，他把鞭子甩得噼啪作响，在侍从们的忍俊不禁中赶走了这头猪。卡莱尔对这一段的叙述几乎等同于暗杀。这段描述远远优于他对柯勒律治的描述，他笔下的诗人拖着脚步走过平台，嘴里喃喃自语："主观的、客观的。"但是，戈斯，在听完威弗利在一个爱情故事中的表白之前，你一定不能走。我今天早上才打开这本书。

戈斯：而它打开的地方正是你准备读给我听的那一段。真是太不寻常了。

摩尔：

请原谅，威弗利先生。如果我缓一步表达我真实的想法，即我永远不能将你看成一个有价值的朋友，我会感到深深的自责。如果我隐藏我目前的真实情感，那应是我对你最深程度的不公——看到我使你痛苦，我也深感悲伤，但晚说总不如早说。噢！威弗利先生，你现在感到暂时的失望，总比以后因为缔结了一段轻率而不相配的婚姻而忍受漫长且伤心的痛苦好吧？

仁慈的上帝啊！但你为什么要创造这样一个世界，在这里人们生来平等，财富创造福利，如果我可以大胆表述的话，可以说在这里人们的趣味也都相似，在这里你不会有什么偏爱,你甚至可以向一个你一向排斥的人表达友好的观点,这样的世界在哪里?

　　威弗利先生,我就抱有那种友好的观点,而且那么强烈,以至于尽管我更愿意用沉默来表达我的决心,但如果你强求我标显出我的尊敬与信任,你将能得到它们。

　　戈斯,我常常听你抱怨女性的无用,但是,你能不能摸着自己的良心说,即使是刊登在女仆所看的杂志上的连载故事中,你也不可能发现比我刚才所读的那一页更乏味、更没有人情味、更陈词滥调的文字——除了让人想起两只毛皮光洁、圆圆胖胖、无害的天竺鼠之外,就再也引不起人的什么想象了——但我看出我使你痛苦了。

戈斯:使我们产生分歧的不是我们的观点,而是我们的脾气——你的脾气允许你对一名曾经占有文坛最高位置的人,怀有一种学者式的蔑视。你知道巴尔扎克是一个伟大的司各特崇拜者,而事实上大众对威弗利小说的趣味已经改变,这至少使我觉得不可理解。我已经听你读了一段无疑会使我们的祖父、祖母感动得流泪的爱情宣言,还听你评论说这只使你想起几乎是沉默的、完全毫无必要的天竺鼠。你所读的加重了我的感觉:说真话,我觉得你所读的很可笑。

摩尔:这样的段落还有很多。

戈斯:如果你允许我再继续一小会儿,我将让你把注意力集中到一件你将发现在你的文章中很方便提及的事情上来，那就是：虽然我们崇拜雪莱的诗，我们却不可能崇拜雪莱崇拜的诗。他崇拜拜伦，但我恐怕没人能向我们解释，雪莱那敏感的耳朵如何能从《阿比道斯的新娘》《莱拉》《海盗》和《恰尔德·哈洛尔德游记》的韵律中得到快乐。雪莱和歌德的崇拜都让人无法理解，除非我们认为拜伦在1820年拥有他在1918年没拥有的品质。我承认，人们很难相信文本必须被视为本地产的葡萄酒——那经年后丧失了风情的葡萄酒；但如果我们不把诗歌提升或降低到葡萄酒清单的水准，我们怎么来解释得和失？而拜伦亏了，莎士比亚盈利了。就像波尔多上好的葡萄酒一样，他似乎已经集风情与芬芳于一身，他如今是比在伊丽莎白时代更伟大的诗人。

摩尔：你说得太棒了！戈斯。我们知道，若根据1603年的审美眼光来看，莎士比亚是很粗糙的，在五十多年时间里，博蒙特[1]和弗莱彻[2]一直坐着英国戏剧的头把交椅。

戈斯：王权复辟以后，他们开始失去自己的芬芳，并且一直在丧失；如果一部分作家"江郎才尽"地出现在我们目前，那我们有什么理由相信其他作家已经有所收益？何况，既

---

1 弗朗西斯·博蒙特（1584—1616），英国剧作家，与约翰·弗莱彻密切合作，创作剧本十余部，独自创作及与人合作的剧本共五十二部。
2 约翰·弗莱彻（1579—1625），英国剧作家，与博蒙特合写了十余部剧本，尤以悲喜剧著称，主要有《少女的悲剧》等。

然好或坏的改变在一切事物中都是可以观察到的，那么是否可以肯定，只要在英国还有读者，任何作家的作品都一定会有人读呢？浪漫主义运动把蒲柏[1]吹走了，而英国作家中谁的名声也没他的建立得牢固。谁又能说再一次变化不会把华兹华斯和雪莱吹出潮流之列呢？

摩尔：所以你认为，戈斯，趣味是没有标准的，每一代人趣味的变化都是可以理解的，无论它崇拜司各特还是巴尔扎克。

戈斯：你认为有这样一个标准吗？

摩尔：我认为古代是有的。如果我们将维吉尔、贺拉斯和卡图卢斯[2]从睡梦中唤醒，问他们对《昆廷·杜沃德》的看法，他们一定会茫然地注视着我们，谁能怀疑这一点呢？我们不需要多大的想象力就能知道阿普列乌斯[3]会用什么话来回答我们。他会说："在我的时代，基督教充斥着大地，我们对此没有多加考虑；但我们并不怀疑它会引导你崇拜司各特这样枯燥乏味的人。"但阿普列乌斯和朗格斯、维吉尔、卡图卢斯、贺拉斯、荷马、索福克勒斯和阿里斯托芬，都

---

1 亚历山大·蒲柏（1688—1744），英国诗人，长于讽刺，善用英雄偶体，著有长篇讽刺诗《夺发记》《群愚史诗》等，并翻译了荷马史诗《伊利亚特》和《奥德赛》等。
2 卡图卢斯（约公元前84—前54），罗马抒情诗人，尤以写给情人莉丝比娅的爱情诗闻名。其诗作影响了文艺复兴和以后欧洲抒情诗的发展。
3 阿普列乌斯，公元2世纪罗马作家和哲学家，著有长篇小说《金驴记》《论柏拉图及其学说》等哲学著作。

会向莎士比亚脱帽致敬。他们中的每一个人都会理解《哈姆雷特》《麦克白》以及《李尔王》。《暴风雨》将会使他们迷醉，而他们也会欣赏我们所有伟大的散文作家——兰多、德·昆西[1]、佩特。因此，如果我们的叙事作品有什么价值的话，他们为什么不能理解呢？

戈斯：但你是否认为，这些古人感兴趣的东西对司各特或任何现代作家来说是完全公平的？——现代生活与古代生活如此大相径庭。你是否认为维吉尔会理解奥斯汀小姐的作品？

摩尔：你提出了一个很有趣的问题，我有必要回答你的这个问题，而我的答案在谈话的过程中会很自然地表达出来。《傲慢与偏见》是在完成许多年后才出版的。你记得是多少年？

戈斯：十四年。你可以借助它来支持你的观点，即认为让下一代人感兴趣的文学都不是为钱而写的。

摩尔：我写文章经常换地方，这种写作方式是我通过西蒙斯[2]从佩特那里获得的。在我看来，不可能再有比这更好的试验了……我能给你读读我刚写的东西吗？就几句。

1　德·昆西（1785—1859），英国散文作家和评论家，以作品《一个英国瘾君子的自白》而闻名。

2　阿瑟·西蒙斯（1865—1945），英国诗人、文学评论家、法国象征派诗人的支持者，他将象征主义引入英国，作品有诗集《剪影》《伦敦之夜》和论著《象征主义文学运动》。

戈斯：我很荣幸。

摩尔：司各特的百年庆典没有达到预期的效果，因为人们对此什么都不记得了，不过我对纪念奥斯汀小姐的文章倒是印象深刻。赞扬比比皆是，如果这些文章的作者没能找到能激发他们热情的特质，那是因为他们不是写记事散文的。可以说没有人内心真正明白他所从事的行业，虽然来自外行的赞誉很受欢迎，但真正有价值的是内行的批评。尽管我有些迷惑，也无法解释这些绅士怎么能说那么多却做这么少，我还是觉得对奥斯汀的这些赞扬都是对的，我也感到很高兴，因为主角是奥斯汀，而关于她有很多有趣的事可谈。我不该希望他们忽视一个明显的事实：奥斯汀是一个快乐的作家，她描写了自己作为其中一分子和一部分的社会。当然，讨论这些很有必要，却很难明白这些平庸的评论为什么能扩展成那么多专栏文章，而同时还有很多关于这个快乐作家的文章都还没有写。在我第十次提到她描写了自己作为其中一部分的社会之后，我应该希望评论家已经指出奥斯汀小姐发明了一种新的文学表达方式。评论家如果听我说奥斯汀发明了一种描写日常生活的方式，毫无疑问会感到吃惊。我们中的每一个人，包括巴尔扎克和屠格涅夫，以及亨利·伍德夫人和安东尼·特罗洛普[1]无一

---

[1] 安东尼·特罗洛普（1815—1882），英国小说家，以虚构的巴塞特郡系列小说著称，包括《养老院院长》《巴塞特寺院》《索恩医生》等，其他重要小说还有政治小说《首相》《你能原谅她吗》等。

例外都受惠于她。

戈斯：她是一朵完美的花。她的技巧——

摩尔（继续读道）： 关于她的技巧，已经有很多评论了，我们一定得承认这种技巧很好。我们记起是她发现了这种技巧真是太好了。若说她是自己的陶工、装饰家、葡萄酒商一点也不为过，她做的罐子的形状最好，她的画很美，酒很纯——无疑是本岛出产的最纯的美酒，也是最美味、最有益、人人都觉得好喝的酒，尤其是男女作家，这是被他们尤为推荐的好酒。虽然在其他所有方面分歧很大，但在这一点上我们还是意见一致的，如果不是因为我的房间太小而无法容纳整个团体，我会很高兴邀请所有人来到我这里，对这件事进行投票表决——这是选择事物的唯一确定无疑的方式。但因为我不可能以整个团体的名义说话，我也没这个义务，所以我所能说的是，我们都一致认为，如果伟大的死者可以被重新唤醒的话，奥斯汀酒可以提供给阿普列乌斯、朗格斯、维吉尔、卡图卢斯、贺拉斯、佩特罗尼乌斯[1]品鉴，而不必害怕他们跑到窗口呕吐，露出一脸苦相。

我是很久以前读的《傲慢与偏见》，不过我仍然清晰地记得两个主要角色柯林斯先生和伊丽莎白。我还想得起班

---

[1] 佩特罗尼乌斯（？—66），古罗马作家，创作了欧洲第一部传奇喜剧小说《萨蒂利孔》，描写当时罗马社会的享乐生活和习俗，现仅存部分残篇。

耐特夫妇。而且，除非我的记忆只记住了好的而忘了坏的，我记得这本书更倾向于成为花瓶而不是洗衣盆，这在英国小说里很少见；不过我这么说《理智与情感》会更保险一点，因为我最近才读过这本书，从这本书里，我总觉得奥斯汀既处于最佳状态也处于最差状态。

她的主题是所谓的乡村，她的叙述在应该开始的地方开始了，场景是一幢离大路很远很远的一片空地中间的大房子。在这本书中，奥斯汀的目的是要刻画出一个非常浪漫的女孩，这个女孩相信恋爱的年龄应该在二十岁或更早，因为二十二岁的年轻姑娘就已经度过了如花的青春。当然，玛丽安相信，无论是谁，爱过一次，就永远不能再爱了。但在安排她笔下年轻人的思想时，我觉得奥斯汀小姐陷入了某种像威弗利先生一样的感性。她没看到这样长篇累牍地写常识是不恰当的，要让读者逐渐理解主旨，需要花上好多页纸，埃莉诺代表常识，玛丽安代表浪漫。心灵是无法用言语来传达的，尤其是那些我们刚熟悉的女孩子所说的话。

"关于他的理智和善良，"埃莉诺继续说，"我想凡是常见到他也熟识他的人都不会有任何怀疑。天生的腼腆使他羞于表现自己卓越的见识和坚定的原则。你对他有足够的了解，这使你能对他真实的人品做出公正的评价。但关于他微不足道的爱好，就如你所说的那样，有些特殊的情况，你可能还没我了解。我时常和他在一起，而你却被我母亲最充满爱的原则拴住了。我一直能见到他，也一直在研究他的情感，听到他在文学主题和趣味方面的见解；总的来看，我敢说，他学识渊博，想象力丰富，观察敏锐而公正，情趣高雅而纯洁。他在各个方面的能力和他的人品一样，你越是了解就越会对他有良好的印象。乍一看，他的风度的确不是很引人注目，而且相貌也算不上漂亮，不过只要你看到他那无比动人的眼神，你就会觉得他的表情十分可爱。现在我就很了解他，我觉得他其实很漂亮，或者至少可以说很漂亮。你看呢，玛丽安？""我想我马上就会觉得他很漂亮，埃莉诺，如果我现在还不觉得他漂亮的话。你让我把他当作自己的哥哥一样看待，我就不会注意到他外貌上的不足，就像我现在看不出他心灵上有什么欠缺一样。"埃莉诺接着想将事情的真相向妹妹解释清楚。"我不想否认，"她说，"我很在乎他，我是说我很尊敬他、喜欢他。"玛丽安忽然勃然大怒起来："尊敬他、喜欢他？冷漠无情的埃莉诺。哼！比冷漠无情更糟，你这么说只是因为怕羞。你再说这些话，我马上就离开这个房间。"

从这段对话中，我们可以看到埃莉诺与威弗利的相似之处是十分明显的。我承认我一直认为奥斯汀屈从于她所处时代的影响力，而且曾一度想把这本书搁在一边，但当我继续读下去的时候，很幸运，因为我一读到她们一家搬到德文郡，我就开始明白那令人困惑的开端是怎么开始和发展的：奥斯汀已经发现自己无法抵御那种去表现一种严格来说与她主题无关的场景的诱惑。这是一个我们不得不表示同情和理解的严重错误，是文学作品中最机智的情节：继承人达什伍德太太的儿子和她年轻的妻子之间的一次谈话，谈论的是他们应该拿出多少来给约翰·达什伍德的母亲和他妹妹。如果没有这一段，那将是多大的损失，但这本书应该获得自己的形式，如果将这段对话用于表现埃莉诺和玛丽安不同的思想态度，《理智与情感》会获得一种整体感，虽然也会失去一些东西。

"亲爱的，亲爱的诺兰庄园，"玛丽安问道，"我什么时候能不留恋你呢？什么时候能安心于异土他乡呢？哦，幸福的家园！你知道我现在站在这里打量你有多么痛苦，也许我再也不能站在这儿打量你了呀！还有你们，多么熟悉的树木，你们将依然如故。你们的叶子不会因为我们搬走了而腐烂，你们的枝条不会因为我们不能再观看了而停止摇动！那是不会的，你们将依然如故，全然不知你们给人们带来的是喜是哀，全然不知在你们阴影下走动的人发生了什么变化！可是，谁将留在这儿享受你们给予的乐趣呢？"

这种情感——这是真实的情感吗？——在书中延续了四十多页，直到那些修女和她们的修道院院长去了德文郡，才让我们的注意力得到充分的休息。但是，奥斯汀马上又把这个话题搬上了舞台。一个年轻的男子出现在玛丽安面前，并且玛丽安从小就认定这个男人就是她所追求的对象。经过几周的接触，玛丽安开始确信他就是值得自己共度一生的男人。在最后，故事的主题更加清晰了。我们清楚地认识到作者有意安排了玛丽安幻想的破灭，使她最终和一个毫无激情的年迈男子结了婚。个人的激情要受到约束，玛丽安也这样认为，而且我们也认识到那个年轻男子与玛丽安断绝交往的阴谋。故事也是有意这样安排的，而且我认为，这种描写才能表现出作者的高妙之处，否则故事就无法叙述下去。大约三周后，这个年轻男子就表示想离开这个地方，而他给出的回伦敦的理由也是让人无法接受的；事实上，他的态度也已使玛丽安产生了警惕，而不断发生的小事也使她的忧虑越来越重。到目前为止，一切都还算顺利，但问题不得不回答：是作者有意让读者充分理解了她的意图之后，再讲述这个年轻男子只不过想玩弄一下玛丽安，而他的思绪都专注于一桩富有的婚姻，还是作者为了吸引读者的好奇心而迟迟不让读者知道答案呢？尽管这看起来似乎很奇怪，奥斯汀还是选择吸引读者的好奇心，而且我们也早已意识到这个年轻的绅士已将自己变成了金钱的附庸。在我看来，这样的动机是作者有意想隐藏什么东西，而且这样可以更好地将读者带进她的安排之中，然后讲述这个年轻男子追求的只是富有的婚姻，他根本就不会对一个穷姑娘产生任何兴趣。接着，奥斯汀在她未曾经历的事件中犯下了一个不可原谅的错误。她写到，这个年轻的男子在婚后来找埃莉诺并做了深深的道歉，当我看到这一幕时，我感到很失望，并祈祷这样的事没有发生。但她是第一个这样做的女人，是女人中的乔托[1]。当她写作的时候，还没有任何一部叙事作品可供她借鉴。对我们来说这样的错误则很容易避免。一个能力有限的作家——我们可不可以说莫泊桑？——也知道这样的事情是不应该写的，因为生活中有些事情是不能写出来的，即使可以证明这些事发生过。作为一个作家必须选择一个写作的界限，比这个界限糟糕的事情就不能写进小说。这个男子道歉并泣诉，然后便离开了，在这以后我从这本书就找不到任何错误了。

记住这篇文章的主题讲述的是一个悲惨的爱情故事，而且从来没有人写得像这样充满辛酸和戏剧性。我们知道这个故事到底有多么悲惨，书中的人物是如何将他们的一生像逝去的尘土一样粉碎。受害者没有看到也没有听到，而是像一个梦游者一样穿梭于一个空虚的世界。玛丽安就是这样，她不想放弃希望，因而达什伍德一家去伦敦寻找

---

[1] 乔托·邦多纳（1267—1337），意大利文艺复兴初期画家、雕塑家和建筑师，他突破中世纪艺术传统，创造了叙事性构图和深入刻画人物心理的绘画风格，作品有教堂壁画《圣方济各》等。

那个年轻的男子。她不断地想寻找他,但是每一次尝试都只能使她的心更加疼痛。一次,她得到了那个男子的消息。她立刻容光焕发,恨不得立刻摆脱姐姐的手而去找他。最后,她在原来的一个小屋里找到了他,但从那以后她就再也没有见到他了。在这一页半的文字中,奥斯汀给我们充分描述了人类心灵经受痛苦时的挣扎。她是第一个做到这样的,而且从来没有人像她这样把这一幕描写得如此真实。即便是巴尔扎克和屠格涅夫更精心地重新写这本书,他们也做不出更大的改进了。奥斯汀采用的手法如此简单,然而所引起的效果却是如此惊人。让我们再回顾一下:一个二十岁就被恋人抛弃的女子,跟她母亲和姐姐一起来到伦敦。在一次集会上,她见到了以前的恋人,他在众人面前与她姐姐谈话,对她却冷漠寡言。就是在这里,我们找到了在英国叙事文学里对人燃烧着的心灵前无古人后无来者的出色描写。

奥斯汀小姐的想象力并不仅仅体现在这一精彩的情节里。她可以不断发展她的想象力,故事在进进出出闲谈着的女人中间进行着,客厅里来来往往都是人,进出的人们都在谈论着玛丽安的婚姻。他们所提出的每一个问题都深深地刺痛这个女孩的心,然而她只能用一种僵硬的表情去面对这一切。她只能忍受着所有这一切,听着这些人的谈论,直到她希望自己死去,让一切都发生在一个寂静的世界里。而奇妙的是，当读者对这个女孩满怀怜悯时，他正愉快地与人闲谈着，这样美妙的闲谈许多伟大的作家都已经写过很多，因为描写闲谈的能力是判断作家水平的明显标志。或许法语词boniment（吹嘘）可以更好地解释我的意思。闲谈是一个抽象词，没有boniment表达得好。boniment一词经常使人联想到一个大众娱乐的主持人，这个词总会在我们脑子里唤起一个语无伦次、语速极快、夸夸其谈的人，他站在摊位的一角，叫喊着："快来看，快来瞧，我的把式真正好！"拉伯雷是一个伟大的描写闲谈大师，仅次于他的就是莎士比亚。巴尔扎克也是描写闲谈的行家，但《理智与情感》中杰宁夫人的闲谈也写得同样出色。奥斯汀有时在闲谈中放进去一段重要的话，一段对理解故事很必要的话，这是真的，但在我看来却是一个错误，因为我们在闲谈中得到的快乐只是迅速连接起来的词语的快乐。你很久没读《理智与情感》了，戈斯，请让我给你读一段奥斯汀小姐描写的闲谈：

好啦，亲爱的，这里倒真正用得上"恶风不尽恶，此失而彼得"那句俗语，因为布兰登上校就要从中捞到好处了。他最终要得到玛丽安啦。是的，他会得到她的。你听我说，到了夏至，他们不结婚才怪呢。天哪！上校听到这消息会多么开心啊！我希望他今晚就来。他与你妹妹多般配呀。一年

2000英镑,既无债务,又无障碍——只是真有个小私生女。对啦,我把她给忘了。不过花不了几个钱,就能打发她去当学徒,这样一来有什么要紧?我可以告诉你,德拉福是个好地方,完全像我说的那样,是个风景优美、古色古香的好地方,条件舒适、设施便利、四周围着院墙,墙上遮盖着这个国家最好的果树,墙角长着一棵桑树!天哪!我和夏洛蒂就去过那儿一次,可把肚子撑坏了!此外还有一座鸽棚、几方可爱的鱼塘和一条非常美的河流。总之,只要是人们想得到的,那里都应有尽有。何况,又靠近教堂,离公路只有四分之一英里[1],什么时候也不会觉得单调无聊,因为屋后有一块老紫杉树荫地,只要往里面一坐,来往的车辆一览无余。真是个好地方!就在村里不远的地方住着个屠户,距牧师公馆只有一箭之地。依我看,准比巴顿庄园强上一千倍。在巴顿庄园,买肉要跑三英里路,没有比你母亲再近的邻居了。好啦,我要尽快给上校鼓鼓气。你知道,羊肩肉的味道很好,吃着这一块就忘了前一块。我们只要能让她忘掉威洛比就好啦!

---

[1] 1英里约为1.6千米。

第二章
小说家（二）

女仆：乔治·摩尔先生来了。

戈斯：亲爱的摩尔，真没想到你会来，我真高兴！

摩尔：听你这样说我真高兴，因为我不敢肯定在不会客的日子里来找你会不会受欢迎。既然我这么荣幸地受到你的欢迎，我得承认我很高兴看到你在厅堂一样大的阳台上，双膝上搭着一条毛巾，像往常一样靠读书打发时间。

戈斯：你知道有这样一句谚语：不论5月来早来晚，都会让老母牛害怕。

摩尔：我喜欢这些日常谚语，而当我不能待在我们的小路和街区时，我就去摄政王公园，它是我们这一代伦敦的典型。我也会来到你家，交流我们的思想。在我来的这条路上，到处都能呼吸到快乐的70年代的气息：罗塞蒂[1]，马多克

---

[1] 丹特·加布里埃尔·罗塞蒂（1828—1882），英国诗人、画家、"拉斐尔前派兄弟会"创建人之一，创办"拉斐尔前派"杂志《萌芽》，作品有诗作《神女》《生命之屋》和油画《少女时代的玛利亚》等。

斯·布朗以及一些遗迹。看到这些，你不由得会联想到拉斐尔前派。

戈斯：联系70年代的诗歌运动想到他们。我的妻子是位画家，她对他们都非常了解，甚至去年去世的相距很远的一个画家。

摩尔：在你接触到拉斐尔前派运动之前，你是英国另一种思想流派——普利茅斯兄弟会[1]的支持者。我可是和你一样的英国人，戈斯，但是如果我是你的话，我一定放弃很多，比如新雅典娜派。正是在我从那家咖啡馆到伦敦的一次冒险中，我带着我写的无韵诗式的青春剧《马丁·路德》，来到一所俯瞰着一条运河的房子，在房子和运河之间生长着很多白杨树。但戴勒梅尔街几乎已被我遗忘了，我只能想到你在摄政王公园的情景，虽然我的本能告诉我并不是你而是你的妻子和女儿发现了这所乔治王时代的房子。你欠你的夫人和女儿很多。除非你比她们活得时间长，否则你远不会知道你欠她们多少。但话题转到这个俯瞰着公园的阳台多少有点沉闷，你注意到充满紫罗兰香味的微风了吗？过不了几天，它就会带来山楂的香气。你在读什么书？

戈斯：兰姆[2]的《随笔集》。

摩尔：你总是知道这些人。在我从秘书手里发现这本书并从他

---

1 基督教新教派别之一，19世纪初由英国国教某些教徒在英国普利茅斯成立。
2 查尔斯·兰姆（1775—1834），英国散文家、评论家，以笔名伊利亚发表的随笔触及社会矛盾，曾与人合编《莎士比亚故事集》，著有《伊利亚随笔集》等。

手里拿来读之前，兰姆对我来说只是一个名字而已；一读他的书，那天早晨我就无法写作了。

戈斯：你以前曾这样说过一次，但你尽管崇拜他，却没像我请求你做的那样通过通信加深对他的了解。

摩尔：如果我们想好好品味一些食物，就必须得让许多好菜与我们擦肩而过。

戈斯：这是一个无力的借口。

摩尔：我不会冒险污损《随笔集》给我带来的印象。你告诉我通信只会加深这种印象。但目前这种印象没必要再加深了，也没有可能再加深了，因为就是在昨天我还在对自己说："没有哪个国家像我们这样拥有一个兰姆，甚至希腊也没有。"接着我又奇怪地补充道："直到他变成狗一样。"难道你不明白？你应该明白，因为斯温伯恩是他的替代物。什么？还不明白？《新约》中不是有一个兰姆吗？现在你明白了，我们可以回到兰姆身上来了。在你的历史里，他好像是作为一部田园作品《罗莎蒙德·格雷》的作者出现的。我看到这部作品时有点震惊，我仍然想把他与牧童、牧羊女、林中精灵、罗莎蒙德联系起来，想看到他出现在丘陵和林间，但是，在我的想象中，他仍一直待在封丹法院。关于这首田园诗，你可能会坚持你的看法。但他与牧羊人和羊的联系，不管多么短暂，都让我们很容易回想起我们自己的羊，或说得更准确些，亲爱的戈斯，令你想起你自己的小羊——那种英国天才在诗歌中表达得那么充分，使得其他艺术都没有表现的余地，尊严尽失。如果西德尼·科尔文听到我们的谈话，他一定会一夜无眠，因为他认为斯蒂文森直到开始在萨摩亚群岛写小说才算开始他真正的工作。

戈斯：我不认为科尔文会认为斯蒂文森没有觉察到他朋友的天才之处在哪里，即使在早些年头也没有。当时斯蒂文森在我的印象中就像一只蝴蝶，他在每一朵花上都流连忘返，却从不能选择在哪朵花上驻足；他像蝴蝶一样反复无常，却没有定性。他忙于轮流写诗和剧本。他不敢肯定自己不喜欢传记。他读了黑兹利特[1]的书，也研究了惠灵顿公爵的战术策略。曾有广告说他将出版一本关于公爵的书，但他最后还是放弃了——公爵和黑兹利特都被放弃了。不久他的思绪转向了苏格兰史，但因为找不到什么有趣的主题，他决定接受爱丁堡大学文学教授的职位。你知道他曾向我建议我们应该将奇异的凶杀案放在一起重新写。

摩尔：如果他有什么文学本能的话，那这本能也一定会被他根深蒂固的疾病击得粉碎。

戈斯：难以想象他会有一个好身体，我不敢肯定他糟糕的身体状况不是他天才的一部分，我们必须承认，他常常不是得

---

[1] 威廉·黑兹利特（1778—1830），英国作家、评论家，著有《莎剧人物》、评论集《英国戏剧概观》及散文集《席间闲谈》等。

肺病就是发烧。

摩尔：我想我们可以预测身体非常健康的斯蒂文森会从事什么职业：无休止的冒险旅行。中国的西藏、日本、阿拉伯，不断给他提供所需的精神刺激。如果上天给了他一个健康的身体，我们应该得到更多最奇妙的旅行故事，其中充满着令人惊奇的故事和性格各异的人物。但健康的身体不会带给他他不会带给世界的东西——一颗充满同情心的心灵。他是一个用眼观察世界的人、一个流浪者，他只要从地上捡到半枚便士，就可以用精巧的工艺将它变成一枚完整的金币。

戈斯：属于洛蒂[1]这种优秀的作家。

摩尔：优秀得无与伦比。

戈斯：在这一点上我同意你的观点，即他永远不能真正找到——如果你允许我用两个法语词的话——自己的范围。

摩尔：西德尼·科尔文促使他从本不存在的内在本体中推演故事，一切都是这样明显，使得我为批评仍围绕着他纠缠不休感到奇怪，他的作品难道不是一个不会写故事的人写的吗？他具有一切文学天才，但一粒老鼠屎坏了一锅汤。

戈斯：我想我可以告诉你为什么他不会写故事；因为他对奇闻逸事不感兴趣，而且——

---

1 皮埃尔·洛蒂（1850—1923），法国小说家、海军军官，到过中东和远东，其作品充满异国情调，主要有《冰岛渔夫》《菊子夫人》《北京的末日》等。

摩尔：你的这个观点很好，戈斯，可能比你想象的还好，因为讲故事者真正的天才就在于，他有能力通过奇闻逸事来激发和启发读者的兴趣。巴尔扎克——

戈斯：巴尔扎克的创作总是即兴的。但是，我想告诉你另一个斯蒂文森的故事之所以枯燥乏味的原因：在他的作品中缺乏他的个人魅力。这一点我永远不会忘记，另外我本应该在这之前就打断你的话，因为如果你不想在这方面再讨论下去，我想我们最好将注意力转向迪斯累里[1]和利顿。

摩尔：利顿的小说是我最早阅读的作品，在我患百日咳期间，我的朋友极力推荐我看他的《最后一个男爵》。正如你所记得的，百日咳让你的胃里容不下任何东西。得这种病的人被迫不断地跑出房间，而每次我回到房间重新阅读，都不能和我刚才离开时所读到的情节联系起来。但我的朋友说这是一部伟大的小说，于是我夜以继日地读，但与此同时，我并不知道自己读到了些什么，我害怕被人问及，但又预料到会被人询问，因为我似乎开始感觉到有人在监视我。有人会问："你看完这本书了吗？你喜欢这本书吗？"我回答说："非常喜欢。"另一个人会问："你最喜欢哪一部分呢？"我回答："都很不错。"那一整天他们不停地取笑我（我在这里用"取笑"来表达我所受到的针扎般的折磨，可

---

[1] 本杰明·迪斯累里（1804—1881），保守党领袖、作家，曾任英国首相，写过小说和政论作品。

见我们在童年时对痛苦是多么温柔、多么敏感啊），直到他们感到厌烦了，或者可能觉得我已经麻木了，不能再被刺伤了。他们开始想听一听，当我听说每次我离开房间时，我的书签总被往前放二三十页的消息后有什么反应。

戈斯：既然我们已经了解了你在这段生病期间的文学经历，那么我们也有兴趣继续听听你另一段生病期间的经历。那次你得的不是水痘就是麻疹，在康复期间，你一定读了很多书。随便聊聊，让我们了解你的整个发展史。

摩尔：我恐怕自己变成了一个让人讨厌的人，戈斯，我最好对你说再见，当然，感谢你好心听我说话。

戈斯：你不是小说中幽默的主角，但你不可能将经历从生活中抹去。坐下吧。你读过《庞贝的末日》，和我们一样都被克劳库斯吸引住了，他对一个盲女孩一直彬彬有礼。

摩尔：这要归功于佩勒姆，是他使我一直能有异想天开的想法，而且我相信这本书的风格也将影响很多人。有一天，佩勒姆和一个朋友走在路上，他的朋友突然请求他立刻穿过马路，他说他想避开正在向他们走来的一个人，他无法忍受和那个人说话，甚至决定与他形同陌路。佩勒姆不禁上下打量那人，想弄清楚他为何让人这样强烈地反感，结果发现这个人在伦敦倒是个受欢迎的人。于是佩勒姆问道："为什么你不想和那个人说话？"当他们安全地走到马路对面时，他的朋友才回答："刚才朝我们走来的那个人上周曾与我一起吃晚饭，由于我的厨师在烧比目鱼时错用了普通的食醋，我向他道歉，他却回答说他并不知道醋和醋之间有什么区别。"我想我不记得利顿最后一句话是什么了，但之前我引用的话都是正确的。但为什么要怪罪厨师呢？佩勒姆应该替男管家道歉。比目鱼不是用醋煮的，这段话表明利顿是个知识肤浅的人，而不是熟悉生活技艺的专家。文人模仿上流社会的人，处理事情很公正，但这只是表面上的公正而已。在十五岁的时候，人都会忽略细节，佩勒姆的朋友正是这么一个值得模仿的典范。这个典范我想在我们这个时代已经找到了许多支持者，而每个支持者都发现自己只不过是追随利顿这样卑微的原型，这使他们感到痛苦和震惊。

戈斯：但难道不是所有的原型都卑微吗？我们每个人都生来粗俗，而且大多数人都一直如此。

摩尔：在公众面前，没有人取得的成功比利顿的更大。他写的每一本书都是成功的；当然，其中一些书比其他书更成功，但所有的书都取得了成功。

他还有一部小说激发了我的想象，这本书和佩勒姆的《巴黎人》有异曲同工之处。利顿的死中断了小说，故事刚写到一座被围困的城市里，一群人正准备吃掉一条宠物狗，狗的主人却还在尽可能忍受饥饿，与爱犬分享残羹剩饭，但结果是显而易见的，如果这条爱犬不被马上吃掉，以后它就再也没有被吃的价值了。

戈斯：在小说结束前它被吃了吗？

摩尔：我不记得了，遗憾的是，他并没描写这顿饭，因为利顿善于表现喜剧场景，不善于评论真善美。戈斯，我敢肯定，你我青年时期另一伟大事件是看《金钱》，是在老威尔斯王子剧院上演的，当时剧院的老板是班克罗夫特。你还记得克夫汉和福特小姐在读遗嘱那一幕中的表演吗？如果真像我记忆中的那样，这是一幕喜剧，不比任何喜剧逊色。即使你已经忘了这一段，我也永不会忘记，我也不会忘记乔治·奥尼和他的妻子在开头演的短剧。剧院从未引起你的兴趣，但在我心中却有一个兰姆；如果在《金钱》演完之后我被带到后台，并被介绍给利顿，我一定会拜倒在地的。

戈斯：幸亏你没这样做，因为记忆会是不愉快的。你对迪斯累里没有任何印象吗？

摩尔：没有。我的父亲要求我读《维维安·格雷》，但它没给我留下任何印象，或者正是因为是他让我读的。我只记得亨利埃特·坦普尔令人无法忍受的愚昧，这使我不想再读《洛萨尔》，虽然新雅典娜派中也有很多人想听一听我对这本书的看法。"有那么多书值得一读。"我回答维利耶——维利耶·德·利勒-亚当。"有吗？"他困惑的眼神似乎在这样问。维利耶忧虑的眼神萦绕在我的脑海，那是其他人所没有的，这对我来说太珍贵了。你也有类似的回忆，戈斯，你仍记得你在丹麦和挪威遇见的那些大人物。有位诗人提醒我们要尽可能保存我们的回忆，他应该再加上一句：随着时间的流逝，回忆会淡化，从而变得不值得记忆。女人惹的麻烦首先开始消失，我们的愚蠢先让我们沾沾自喜，随后就会让我们后悔不已，因为我们现在除了和出版商约会，与其他人就完全没有交流了。我们是非常孤独的两个人，读了太多书，也看了太多美景，尽管这个世界上仍有很多东西让我们感到愉快，但我们已感到厌烦了，甚至有些厌烦自己了。

戈斯：如果你感到有些厌烦自己了，那是因为你已失去了阅读的习惯，如果你读它是为了从中得到一些东西，而不是因为书本身。如果我可以冒昧对你的生活进行一种很个人化的批评，那么，我应该说你从未关心过绘画、音乐或文学，而只是将它们用作自我发展的工具。

摩尔：虽然你说得很正确，但我和别人有什么不同吗？我们除了关心吃喝之外，还能再关心其他什么东西吗？但在这方面我同意你的观点，戈斯，即我在艺术方面投资太多。你的生活方式或许明智得多或幸福得多。你不是独自一人，你有妻子，有女儿，有儿子和小孙子。这栋乔治时代的房子里充满着你对自己和他们的生活的回忆。你没什么可抱怨的了，戈斯。在文学界，在你的妻子、你的孩子方面，你也是一个幸运者。当你对为了生活而写作感到厌烦的时候，上议院恰就在此时落到你的怀中，与上议院相伴而来的还有飞来横财。实际上，在我的记忆中，你唯一的坏运气是年龄限制迫使你离开了上议院。甚至这次退出也并非纯粹的痛苦，因为它是在你可以留下永久记忆之前发生的。你仍然是上议院幕后文学的有生力量。议员们开始写作了，每一个写作的勋爵都是你文章的债权人。我们也是，戈斯。我们也打算为了那些纯粹、优美的英国散文而去上议院；议员们即使不是音乐家本身，至少也是用于吹奏乐曲的芦笛。

戈斯：听你说喜欢我的散文真让我高兴。但你不会认为我写这些文章只是因为我评论的书都是议员们写的吧？

摩示：天啊，戈斯，我从来没有这种想法。谁能像为自己的图书管理员辩护一样为这些议员辩护？如果他不愿意，那谁应为他们辩护？谁能比他更有资格为他们辩护？

戈斯：我自己以前从没这么想过，但我现在明白了，我应该始终感到他们的老图书管理员仍然应感激他的服务。

摩尔："服务"一词并不能包容你全部的同情心。你对上议院的回顾就像我对新雅典娜派的回顾一样；一踏上那两个门槛，我们就似乎走入了真正的自我，至少我是这样。你可以判断一下今天的我，是不是和当初给你带来《马丁·路德》时一样，是一个典型的新雅典娜派。

戈斯：你这样说真是太好了，因为我有时想，我对议员们的态度或许会被人误解。但你对我这样理解，使我觉得或许还有人比我想象的更理解我。

摩尔：谢谢，戈斯。我不认为有人会误解得这样深，但可能是我对人类行为的过度兴趣，使我能比一般人对其他人的生活看得更深切一些。

戈斯：既然我们谈到这个话题了，我想对你说，我与上议院的联系在很多方面都很有用，这你可能不知道。它向我开放了一些图书，而如果我没得到特许，我可能永远都不会看到，当然也永远不可能详细了解。新伯爵写了一些不错的诗。你对文学的细枝末节不感兴趣，但我不是。除了写大量的诗——这些诗，以我的浅见，并不是毫无价值的，他还是位伟大的图书收藏家。他的图书馆在全英国也是数一数二的。在爱情文学方面，他的图书馆收藏的图书肯定最多，因为他热衷于收集这种书，收集那种出现在图书目录上的书，因为好奇心是没有任何限制的。甚至有人这么说，我不知道这种说法对不对（这可能只不过是一些怨毒的流言），他在运走自己苦心收藏的图书之后，经过精心策划，他告发了那些给他供书的书商，目的只是为了增加他自己所藏图书的价值。在他死后，这些藏书使他的家庭陷入尴尬境地，因为这些书不可能在英国出售，而书又很难损坏。煤油引起的一把大火也许可以使它们化为灰烬，但在平坦的院子里点起一把大火——而且就我所知，这事也只能发生在这里——一定会引起很多询问。所以他们最后决定，处理这些书的最好方式就是把这些极有价值的书送到比利时，在布鲁塞尔处理掉。

摩尔：我希望他们把卖书得来的钱用于慈善，也许可以资助一所孤儿院。

戈斯：你想的是易卜生的剧本《群鬼》中的那种孤儿院。我并不完全赞同其中的象征主义，威廉·阿瑟甚至比我还不喜欢。但关于这些书，我上周在洛顿府，立刻去图书馆查阅，正好看到一份原本应已被烧掉的目录，因为它上面包括很多在布鲁塞尔被处理掉的书的名字，其中就有《爱的秘密》。这本书曾消失过，但我从目录上抄下了书名及内容简介。上面的词都很简单，从前面几行我似乎可以慢慢摸索出其中隐含的思想潮流，但读到最后一行时，我似乎搞不清和以前有什么联系了。情人们肯定是在寻找秘密通道；我不了解法国生活，这无疑应受到批评，我很想听你解释一下所有这些古怪而模棱两可的出版商广告——嗯，就好像《乔治·奥耐》上的一页那样。

关于爱情秘密武器的外国编年史

马刺与盾牌

阴谋和诡计

还有符咒、法器和药膏

行为与处方

适用于所有的仪式和娱乐活动

在宫殿附近有独角兽标志处出售

海牙

1745

摩尔：你已经听说过布朗斯威克公爵的故事,就是那个住在日内瓦死于60年代的公爵。你肯定听说过他。我肯定他是60年代去世的,因为就是在70年代,住在夏多布里昂大街7号夹层的苏珊娜·拉特斯常常告诉我有关公爵的一些事。公爵给她留下了一大笔财富,但日内瓦的所有人都质疑这份遗嘱。可怜的苏珊娜!诉讼,无休无止的诉讼。我不知道最终她是否得到了钱,那是她用自己的嗓音——就如你将会听到的——得到的。她嗓音优美,漂亮的女低音可以唱到A和中音C下的三个音符。

戈斯：但广告的模糊不清可以用苏珊娜的音域来解释吗?

摩尔：我认为可以,不然我就不会说到苏珊娜。她是一个娇弱、身材姣好的女人,这在唱女低音的女人间很少见。

戈斯：公爵是一个音乐家?

摩尔：在某种程度上来说是,但我们只听过他一首套曲,常在每星期日晚上由他的唱诗班演唱。公爵穿着饰有孔雀羽毛的服装,在客厅里欣喜若狂地欣赏着那些等待表演的姑娘,姑娘共有24位，个个身穿礼服环坐在大厅里，右边是女高音，左边是女低音。苏珊娜的歌声确实给这首纯粹只是文学与音乐的简单结合的曲子带来了灵气，但我想如果苏珊娜现在在这里公演的话，那一定很有趣。我们曾一起去过意大利。听她用意大利语演唱听得我简直要发狂了。她以中音C起头，女高音用高五个音的G回应，女低音略强，从第五个音开始重复乐章，当然就很自然地带入高音，接着是高音再次重复，然后是女低音，再是女高音。公爵的那首曲子我只记得这么多。等等，还有一点。因为乐章被带入下一个八度时，对姑娘的嗓子来说实在有难度，因此便用短笛带过。

戈斯：太不同寻常了！你再想不起来什么了吗？这确实是文学的一种直接表现。

摩尔：我敢说我还能想起一些，姑娘们的名字有助于我回忆：布兰奇、玛德琳、卡门、玛侬：

  哦，这只美丽的公鸡！看它如何拖着翅膀

  来追逐我们中的一个：哪一个？

  它渴望酥胸！它是否梦想女人的小腿肚？

  你的屁股是白色的，像牛奶。

  玛德莱娜很优雅，爱丽丝张开嘴。

  你的舌头像黄蜂或苍蝇一样在偷吃。

> 在天空之外建造的宫殿里,
> 卡门的肚脐使诸神人性化。
> 但是弗里昂公爵还不想选择,
> 他离开了伊丽莎白,没有看劳尔一眼,
> 他追求着他的梦想。

    我实在想不起多少了。后来唱诗班失望了。

戈斯：唱诗班为什么失望?

摩尔：因为它没能激发起公爵血液里那种异想天开的东西。但就当公爵准备离开时,苏珊娜的声音响起来了,她忧郁地呼唤着玛侬：

> 愿你的声音,玛侬,让我们的公爵感到高兴,
> 在我们中间穿过,充满辉煌的成功。
> 赤裸裸地,像蚯蚓一样离开,
> 除了背上挂着孔雀的羽毛。

    我忘了短笛刺耳的声音是否最终使公爵做出了选择,但如果他没有,就会有一招更绝的,姑娘们围着公爵跳舞,慢慢拨去他衣服上的羽毛,当最后一根羽毛被拨去时,门猛然被推开了。

戈斯：太不同寻常了。

摩尔：我想我记起刚才忘记的那一段了：

> 他离开了伊丽莎白，没有看劳尔一眼，
> 他执着地追求着他的梦想——爱情的梦想。
> 在花园边，然后在院子边，
> 一个年轻的爱尔兰女人膨胀着她饥渴的肉体，
> 非常年轻的肉体。大自然停止了脚步，
> 而且……

戈斯：等一下。若关上客厅窗户的窗，我们会更舒服些。这样更好些。我们在谈论一本小诗集《爱的秘密》，这本书无疑是和其他藏书一起在布鲁塞尔被卖掉了。

摩尔：它们现在无疑在一个美国百万富翁的私人图书馆里占有很高的地位。

戈斯：广告中表现出的真正的高卢人的想象让我遐思，在享受了它给我们提供的舒适的乐曲之后，难道你不觉得我们最好还是回到利顿和迪斯累里上来？

你或许记得在我的《英国文学史》中——很多事实都表明你曾认真读过这本书——我将迪斯累里置于比利顿还高的地位，你似乎持相反意见；但是我们不必浪费唇舌于那些，纯粹是为作者赚取竞选费用而创作的盈利文学、小说。现在请举例说明一下你的理论，即认为英国小说只不过是作者和出版商之间的一场商业交易。在这一点上我们完全一致,不过我还想补充一句:迪斯累里很清楚自己的所谓文学才能,只不过是摆弄文字的浮华技巧,他本质上是一个犹太天才,热衷让一切创作都为政治服务,而利顿呢,他坚信自己是一个伟大的文人,听任魔鬼的呼唤,将自己的一半灵魂,不是全部,而是始终陷入沉思的那一半灵魂卖给魔鬼,因为一半灵魂对上帝或人都毫无用处。

摩尔: 你的变态心理学使我的信仰陷入困境,你认为每个人都想尽可能写好,这真是一个令人痛心的事实,因为流氓比骗子更让人感兴趣。然而这些话可以说非常有利于利顿和迪斯累里,因为他们比我们更能愉悦大众,甚至将来也是这样。你无疑常常问自己愉悦大众,是不是不比只得到少数人的暂时认可好,因为一切作品都已成过眼烟云,只有莎士比亚和《圣经》流传了下来。我们夜谈时经常自问,追求宏大的风格是不是比一心追求让内容为大众接受好,因为无论是谁追求宏大的风格,他都是在自寻死路。海登追求宏大的风格,结果却被推进了水池,手里还拿着剃须刀。我们每个人身上都有一个潜在的本杰明·海登,但没有了在巴纳塞斯山上发现基督受难像的崇高灵魂,那晚他原本是为了画一只脚而去公园参考埃尔金大理石雕像的。

戈斯: 我再也找不到比他对他母亲之死的描写更令人心碎的了,在巴尔扎克的小说里、在屠格涅夫的小说里都找不到,也许一个伟大的小说家迷失为一个三流画家了。

摩尔：如果他放下画板而拿起笔，他就会找到文学的宏大风格。尽管他失败了，但他仍是一个高尚的英雄……瞧我在说些什么？正是通过他的失败我们才了解了他。喜欢冷僻旁道的你应该读读他的自传。你忽视了他，更糟的是，你忽视了博罗[1]。

戈斯：确如你所说，我忽视了博罗。我错了，我犯了大错。

摩尔：我很高兴听到你后悔自己忽略了一个很重要的作家，但我并不赞同泛泛而读；当我是为了获得信息而不是为了消遣时我才能有发现。我已忘了博罗的生卒年，发现你曾忽略了他，我只能求助于我的朋友，从他们口里我了解到博罗是司各特的同代人。"他们之间至少相隔一个世纪，这使他们应该有所不同。"我说，并且禁不住想到他的一部作品《〈圣经〉在西班牙》——他一心想着这个主题，只想着他如何才能在英国散文里找到西班牙的方方面面和各种声音，以及其他即兴小说。博罗是我整个主题中必需的一部分，因为我现在意识到，就像斯泰恩一样，他因为拒绝讲故事而保留了自己的才能。

戈斯：但他的的确确写过故事：《拉文格罗》和《吉卜赛男人》。

---

1 乔治·博罗（1803—1881），英国散文家、语言学家，其作品多以他游历欧洲的见闻为内容，代表作有《拉文格罗》《吉卜赛男人》等。

摩尔：这些可爱的书一直被看作自传，在这些书中，博罗介绍了很多充满传奇色彩的逸事。我们似乎有必要指出现实和虚构——这种虚构在他的崇拜者之间已经引起了很多疑虑——之间的奇异结合就是他的天才本身强加给他的，这种天才力量大得不允许他写一部流光溢彩的文学作品，又小得不足以使他创造出超越自身观察和知识的作品。换句话说，不能使他根据自己对人类生活的本能了解探讨人的灵魂。

戈斯：我们刚在几天前就这个话题进行了一次有趣的讨论，你坚持认为主要人物不是塞奇·阿克萨科夫，而是他的父亲，但我把叙述者看作主要人物。不过现在我明白自己错了，因为塞奇不准备像卢梭那样讲述自己的事，他在叙述方面不如写了《拉文格罗》的博罗。

摩尔：与博罗在《拉文格罗》中的表现差得远了，他纯粹是一只话筒。但博罗是一个戴着面具的人，我们应看清他的本质，他总是试图使我们惊奇，他像戈雅一样呼唤着他的世界出现。他在看到西班牙之前、仍留在爱尔兰的时候就是一个戈雅，因为还有什么比他在靠近克隆美尔的一座被毁坏的城堡里，发现的正对着一堆用稻草点燃的火呻吟的老女人，和他遇到的牵着猎狗打猎归来的男人更像戈雅呢？我知道没有哪一本书像《〈圣经〉在西班牙》那样让我一读再读。一道风景紧接着一道风景，到处都是戈雅和他的人民。难道这本书里没有写到一个矮人在博罗家门前翻跟头，抑或是我自己想出来的？当他与自己的马分开时我很难过，在我们读到他与大主教的对话之前，我们一直没有忘记这匹高贵的动物。"你想获得许可，出售没有注释或评注的福音书？"主教问。博罗承认他就是想得到这方面的恩准，但他从主教的举止判断，自己的请求不会得到允许，他看着主教的戒指。

戈斯：他们之间围绕着宝石的纯度进行的短谈多么让人愉快呀。哎，你在想什么？

摩尔：请原谅，戈斯，我走神儿了。就在刚才，我将博罗与戈雅进行了对比，我现在觉得他与戈雅不同的是，他没给我们留下任何女人的画像，而他本应该这样做的，因为他直到近四十岁时仍是个单身汉。而正是这个单身汉却给我们讲述了真实的女性心理。我所能想起来的这条规则的唯一例外是博罗，他的书明显对女性漠不关心。是的，戈斯，就是这样；如果世上没有单身汉，我们对女性就会一无所知。

戈斯：你再想巴尔扎克，他直到死前六个月才结婚，他的作品提供的女人形象非常广泛，从贵妇人到普通女人都有。

摩尔：现在我又想到一点，正是奥斯汀小姐的处女之身，才使她在现代客厅里发现了维纳斯山[1]。

---

[1] 维纳斯山位于德国中部，据中世纪传说，女神维纳斯曾在此山一洞中接受觐见。

戈斯：我想我没能弄懂你的话。

摩尔：我们到社交场所不是为了寻找谈话的快乐，而是为了直接或间接的性快乐。一切安排都是为了这一目的：服饰、跳舞、美食、醇酒、音乐，都是这样！现在我们都意识到了这一事实，但没有奥斯汀小姐的帮助，我们能发现这一真理吗？显然正是她第一个发现了这一真理，她的书里充满着这一真理，就像华兹华斯的诗里充满着对大自然神性的意识一样。难道不正是这种深层的本能认识，使她的客厅似乎比其他任何人的客厅都更真实？玛丽安的爱超出了朱丽叶或伊索尔达的力量，使我们对她的激情更加惊讶的是：即使在客厅里陪伴未婚少女的年长女人之间，这种爱也能表现出来。书落到我们膝上，透过寂静，我们喃喃自语：手段多么简单，结果却又多么可笑。我在这里所说的很多话都是重复我们最近一次的谈话，博罗引发的那次谈话。在博罗的书里从未出现过客厅。他骑马驰过维纳斯山，却既没看到它，也没听说它。我们发现自己置身于一个不停工作的吉卜赛世界和争夺奖金者、马贩、盗马贼之间，以及各种各样稀奇古怪的事情之间。博罗的思路转换很快，却从不混乱，而一个因受到瓷杯、瓷碟上的中文的启发而学习中文的中国瓷器经销商也一直萦绕在我脑海里。另一个同样有趣的逸事我一时想不起来了。我很快会想起来的。在《威尔士荒野》里，我们遇到了一个真实的乡村，里面生活着真实的人，在穿过山丘时，博罗将他的妻女抛在身后，他与旅人的谈话令我们迷醉。他书中的人物数不胜数，来来去去就像《圣经》中的人物一样多。

戈斯：他多么喜欢自己的啤酒，上等的啤酒在他的记忆里固定成了一幅绚烂的画面。我敢保证这是真的，我曾到过威尔士，就是为了验证博罗的观察是否准确，因为我也记得在某个城市的小酒馆里喝过一杯上等的啤酒。

摩尔：那座威尔士城市叫什么名字？

戈斯：你问我这些问题就太不客气了。你知道我不幸的记忆力，我就是记不住名字和日子。但有一些东西你可能还没想到。我们在博罗身上看到的那种几乎可以说是荷兰人式的严肃，可能就是来自荷兰。他是诺福克郡人，而诺福克郡比其他任何地方都更受荷兰影响，特别是在博罗生活的时代。他生于18世纪，我应说他是沃尔特·司各特爵士的同代人，就像你的朋友告诉你的那样。因为你的命题或命题的大部分，是说为金钱而写出来的作品从美学角度，几年后从每一种角度讲都毫无价值，我认为博罗正是你需要的例子。他所有的书，只有一本除外，都是失败之作，商业上的失败。这一例外就是《〈圣经〉在西班牙》，人们阅读《〈圣经〉在西班牙》并不是因为它的文学价值。人们是因为宣传才读它的；如果它写得更差一点，它的读者群可能会更广泛。如果你想坚持自己的观点，即一个人的名字决定着他的生命进程，你可以说乔治·博罗是个会被他的崇拜者赞扬的名字，如果他的书是匿名出版的话。这样的话你可以任意说很多，因为这个名字清楚、直接，没有任何隐晦或逃避，与一个人的文学风格和倾向完全一致。听你说这是个诚实的英国名字，一个随着种族的出现而出现，可以经受一切时代的名字，就像我们的家园一样。你能比我更好地将这些名字分门别类。

摩尔：这个名字（就像他写的书一样）在我看来似乎非常鲜明地代表了人性格的一方面，但人的性格一定还有另一方面，一个在他生命的喜剧中起着巨大作用的一方面，否则他不必费心将它这样彻底地隐藏起来。我感觉到自己渴望用一个小时的时间谈一谈，在那部伟大的著作《〈圣经〉在西班牙》中所表现出来的性格的极端多样性；但我们必须快点从西班牙去见定居在约克郡的三姐妹，因为她们的文学命运是一个有趣的话题：艺术家生活的环境与认识他的作品之间有多大关系。

戈斯：拜伦基本上意识到了他的文学声誉取决于他的行为而不是他的文字。

摩尔：但是，戈斯，总是这样吗？

戈斯：莎士比亚和勃朗特姐妹都是这样。

摩尔：如果莎士比亚曾在乡下用过锄头——这是莎士比亚的批评家喜欢用的一句话——他的同时代人一定会很欣赏他。

勃朗特姐妹在文学史上青史留名；五十年后再回过头来看《简·爱》，我不得不承认我找不到那些促使你和斯温伯恩将它当成杰作评论的特点了。在谈到《呼啸山庄》的时候，你有点太小心了，你很快就略过不谈了，但在写到《简·爱》的时候，你是这样说的——我还记得你的原话：绵延不绝的悲剧激情和浪漫情节与阴暗、险恶风景的融合——你能否认这是当我们屈从于公众意见时，从我们的笔端流出的语句吗？

戈斯：我的《英国文学史》能够对你有用，我很高兴，也很荣幸，但我想说的是，我主要是为一般读者写的。

摩尔：我非常能够理解你极力想把纯粹的个人观点从你的书中排除出去，因为你判断，明智地判断，这些只会使你心目中的读者感到迷惑和尴尬。你写这本书的时候，正是《简·爱》被高度赞扬的时候；因此你要相信自己没有受到当时文学谬论的欺骗，也不要随波逐流，就像你很可能做的那样，而是运用你通常的策略，对事件和地点的判断既不仁慈也不保守。但现在勃朗特姐妹热已经结束，我可不可以听听你的个人意见？

戈斯：你可以问我任何问题。

摩尔：我不想问任何问题，只想告诉你《简·爱》的故事。

戈斯：但一本书除去语词还剩什么？

摩尔：就像一个人被剥去了皮肉一样。

一个带着一个女儿的鳏夫聘请简·爱做家庭女教师，不久简开始注意到罗切斯特先生很注意她。罗切斯特对她的关注越来越明显，他几乎成功地诱使简与他在教堂结婚，但就在圣坛前，这桩婚姻被他疯妻子的亲戚阻止了。几乎不用怀疑夏洛蒂·勃朗特会让罗切斯特这样说："简，我的妻子是个疯子，住在遥远的地方，但如果你愿意和我共同生活，我会尽力使你幸福。"我不应该完全喜欢这段对话，因为谈话的双方地位是不平等的，一个是家庭女教师，另一个却是有钱、有地位的男人。但毫无疑问的是，从道德或者文学的角度看这都是重婚。后来发生了什么？我已忘了。

戈斯：简从教堂回到了庄园，我能断言罗切斯特先生一定马上成了一个忏悔者，一个因为欺骗自己的家庭女教师与自己缔结可耻婚姻而忏悔的人，我想他一定认为建议简与他婚外同居才是更明智的。如果她刚开始没被罗切斯特欺骗的话，她可能会接受这些条件，但因为她刚刚从一次假婚姻中逃出来，所以她感到自己再也不能留在庄园了，于是她跑掉了，既没拿衣服也没拿钱。

摩尔：她后来不是在乡村到处游荡，最后被一个牧师收留了吗？不就是借助于这个牧师，小说才有点冗长地被拉长为必要的三卷吗？

戈斯：疯子放火烧了庄园：她不得不这样做，因为只有摆脱她，罗切斯特才可以娶简。同时小说家理所当然要让她的主人公表现出高贵的灵魂,夏洛蒂所能构思出的最好情节,就是罗切斯特为救妻子被落下来的房梁弄瞎了眼睛。即便如此,夏洛蒂的困难还是没有解决,因为如果罗切斯特不能恢复视力,这个故事就无快乐可言了。因此,让他在失明两年之后对简说:"简,你衣服上好像有什么东西在闪光。""是你送给我的项链呀。你的视力快恢复了!"——或类似的话。太让人惊喜了!

摩尔:奇怪的是,我们的父母们居然没被这些明显的荒诞所震惊。

戈斯:《简·爱》是典型的英国故事。这些故事一代一代地重写着,却永远能吸引读者。新的细节被发明出来,每一代人都发出自己的声音,但最畅销的总是《简·爱》。

摩尔:我们这些有经验的人不难想象,创作《简·爱》这样的故事一定会用掉大量笔墨,它会引发餐桌上喋喋不休的谈话,比如:"当然,罗切斯特把自己当作单身汉是错误的。但他与一个疯女人结婚也是很悲哀的,他无法摆脱这个妻子,他的痛苦也是剧烈的,接着突然爆发了——离婚法应该修订了。""但你难道不怕如果婚姻法进一步放松,它们又可能被废除吗?你是否可以非常肯定,如果他一开始便向简吐露秘密,简就会拒绝与他一起生活呢?如果说话者熟悉法国诗歌,他就会引用几句法国诗:

>荣耀在宇宙中，在时间中，在
>
>永远为了别人的救赎而自我牺牲中。

这个几乎可以说丑陋、好胜、矮小、长着一双充满热情的灰眼睛的女人身上的那种内在的殉道欲望将被描述一番。还有，故事讲述了夏洛蒂的尴尬，那时她刚刚踏进史密斯·埃尔德家客厅的门槛，发现她自己面前有六个伦敦名人，其中两个站在炉前的地毯上，他们将衣服的后摆撩起，以便能更充分地享受炉火。《康希尔》杂志的编辑也在……这时，一个仆人进来给说话者送上几道小菜。他们吃完饭后，两个文学家开始想那六个威风的绅士，一定很喜欢向夏洛蒂提问题，问她何以得到那样丰富的生活知识，使她能创造出罗切斯特这样的人物。

戈斯：夏洛蒂和她妹妹曾在布鲁塞尔上学，坚持一年之后，她们一起回到了家乡。但是，用夏洛蒂自己的话说，她后来又被一种她似乎无法抵挡的冲动拉回了布鲁塞尔。

摩尔：就是这种不可抗拒的冲动，使勃朗特的眼界获得了几乎可以说是无限的扩展，而对文学的发现则更增大了她的眼界，直到她的眼界上升到整个文学平面。学校的校长黑格尔先生为出版商提供适合大众口味的主题。她在去圣谷都勒的途中说："如果我能摆脱我的善良本心就好了。"忏悔者从忏悔室里进进出出。夏洛特是一个新教徒，因此需要一种无法控制的冲动来促使她进到忏悔室。起初神父不听她忏悔,因为她是一个新教徒,但是她不想得不到答案——她忏悔了——忏悔了什么呢?如果我们知道——如果记者们能得到她忏悔的内容,那我们就有理由设想,我们只有在登上审判者的位置时才能讨论夏洛蒂的道德。甚至目前的战争也不足以熄灭人们对是夏洛蒂抓住了校长的手,还是校长抓住了她的手这一问题进行争论的渴望。就在不到两年前,《时代》杂志上再次爆发了关于这一问题的争论。戈斯,你看过吗?

戈斯:没有,我没看过,但我很想听你继续说下去,继续吧。

摩尔:一些流言蜚语,或一封最近刚发现的信使这场争论又死灰复燃;有人死了,有人坦白了,或新发现了信。即使我曾知道,现在也已忘了。我无意中发现了一封只剩下一半的信,作者坚信:夏洛蒂的生活一直是灰色的、单调的,没有发生任何一件事情可以挽回她那由疾病和教书构成的单调生活,作者那几乎可以说充满激情的顽固给我留下很深的印象。我们知道我们并不高尚,我们知道我们也不可能高尚,但我们很想相信别人高尚。我想这不会有例外,赎罪的教义已经紧紧地控制住了我们。但这种解释根本不能说服我,不知什么时候我会突然想:其中一定有比个体本能更复杂的东西。为了探寻人群的本能,一天,我自言自语地说:"当然,如果可以证明勃朗特握住了校长的手,那么，整个国家对待她的态度就会改变。"

戈斯：你今天的状态很好，我很抱歉打断你一下，因为我也被一种不断出现的想法困扰着。我记得你曾说我只是蜻蜓点水般地谈了一下《呼啸山庄》，就像一个不想对这本书明确表示赞同或反对态度的人一样。我想，如果你想说的是我个人的判断，受到了当时流行的斯温伯恩发起的文学观点的控制，我恐怕做得也不过分，斯温伯恩——

摩尔：在我看来，一个为英国文学写史的人必须克制住自己，不要接受已被普遍接受的观点，这似乎是很有道理的。我认为我已把这一点说得很清楚了。而且，按照我的理解，你的思想倾向于认为公众永远不会完全错误，他们只是没能力表达出来而已，你认为这是真理，或毕竟有可能是真理。你希望公众参与进来，但要穿着你提供和固定好的衣服。

戈斯：你对我的思想倾向的看法在我看来似乎表明了超人的洞察力，但也正是这样，似乎表明我带有思想和批评的偏见，虽然我以前从未想到这一点。这是通过另一个人的眼睛看一个人，而你的思想倾向，恕我冒昧直言，是冷漠。我甚至可以进一步说你想将公众拒之门外。而现在，在背对背站着比过身高之后，我们最好回到我们温顺的羔羊——你看我还保留了你的发音——英国小说上去。你对《呼啸山庄》这本名著是怎么看的？

摩尔：艾米莉出生于1818年，死于1848年，《呼啸山庄》据推测应写于她死前的几年，我们可不可以说是六年、七年或者二十年？好，杰作是不应该在这样的年龄产生的，甚至拉斐尔的作品也不是，原因很简单，没有人可以支配自己的才能，不论是什么才能，哪怕是散文叙述这种低级才能，除非他已经将这种才能运用了十年之久。会读书的人只需要看一眼就能知道这是一个天才女孩，还不能熟练运用自己的天赋，也没有生活经验，作品可能是在一所偏僻的牧师家的房子里写出来的，这所房子位于约克郡荒野的高处，荒凉、野蛮、暴烈中透露出一丝真正的美。但是，她在希斯克利夫这个形象身上所表现出的美是确定无疑的，他对自己敌人的妻子、已死去多年的凯瑟琳的回忆一直萦绕在他心头。已经二十多年过去了，但对希斯克利夫来说，这个世界上只有凯瑟琳。她从来没有远去，常常就在他的身边；她来向他倾诉，但一言不发，只是向他示意，希斯克利夫立刻停止了吃饭，站起来跟着凯瑟琳穿过荒无人烟的荒地。当然他最后一无所获，这就不必说了。幻觉在继续，他从自己眼前的每一张面孔上都看到了凯瑟琳的影子，我们和他都感到只有死亡才能将他从幻觉的痛苦中解脱出来，因为即使幻觉以一百种不同的面貌重现，结果总是使他失望。艾米莉的意思是不是说鬼魂是生命本身的象征？她自己几乎也不知道吧？她写作就像我们做梦一样。

戈斯：你认为艾米莉是天才。

摩尔：这个词不适于四十多岁以下的散文作家，而且成为天才也不能只有一部作品。在《呼啸山庄》中，没有什么东西能表明艾米莉·勃朗特的才能会有发展。

有可能发展成一个优秀作家的是安妮，她写了一本《威尔德菲尔庄园的房客》。当然，这是一本给孩子看的书，但我一直到今天还记得它：一个关于激情的爱情变成虚无而又毫无合理原因的故事。在去卡拉城堡的路上——我去那里的时候有点恐惧，唯恐我出生在一个没人犯罪的世界里——我一直想找出一个合理的原因，但一无所获。她使我想到我童年时对没有罪恶的世界的恐惧，她的早夭让人痛惜，她还没有品尝到生活的滋味就死了。处女的死是最悲哀的。安妮向我展现了她的悲哀，我利用这个机会赎罪。

戈斯：你向勃朗特三姐妹各扔了一块石头，从你的表情我能看出你认为自己用最后的一块石头——对《威尔德菲尔庄园的房客》的赞美来贬低《简·爱》。《简·爱》无疑是一个愚蠢的故事，但许多愚蠢的故事都是出现在美丽的篇章之中，《简·爱》也不例外。我是在很多年前读的这本书，但我仍一直记得那对在潮湿的果园或花园里的恋人，还有他们持续了一晚的谈话——我想直到黎明才结束吧。你或许已忘了这些篇章，或者像我一样只记得一半；如果是这样的话，你最好再读一遍。

摩尔：你的记忆力比我好……当然，只是就这部作品而言。我已全忘了。

戈斯：谢谢你的夸奖，能得到你这样一个记忆力惊人，但很少读书的人的夸奖真是荣幸。我现在想说的是，你的批评似乎忽略了一点。那就是在维多利亚时代中期完成的所有小说中，只有勃朗特三姐妹的作品还保留着一点微弱的生命力。《简·爱》和《呼啸山庄》读起来要比利顿和迪斯累里的作品简单得多，也比维多利亚时代后期的作品容易得多，甚至比狄更斯、萨克雷和乔治·艾略特的作品也要简单易懂。作为一个英国小说的批评家，你理应考虑一下这是怎么发生的。不过，你似乎还没有想好答案，所以或许会允许我来告诉你是怎么回事。你对英国小说的指责是：它从诞生一直到现在始终只关心生活的表面而不是生活的深处。如果确实如此，我们是不是需要进一步探讨，我们童年时代喜欢的小说为什么会被更年轻一代拒绝？绝大多数男人和女人对生活的了解都只是浮光掠影，受欢迎的小说家都只关心什么才能吸引公众，只关心生活的表面、所有微不足道的可能性、时代流行的蠢行怪俗、言行方面的小技巧、流行的思潮等，他的读者喜欢这些，因为他描写了他们所看到的生活。但这些生活的波涛和浪花都沉到深处，消失了，当它们消失不见了时，书也随之而去。

摩尔：但是勃朗特姐妹在生前就很流行。

戈斯：在某种程度上是这样，但直到19世纪她们才得到理智的欣赏。

摩尔：我开始理解了——勃朗特姐妹写的是生活的本质，而这种本质就像大海的深处一样，永不改变。

戈斯：阿瑟·梅洛斯先生绝不会全错了，可是他又不能自圆其说。

摩尔：你能为他解释一下吗？

戈斯：他那么经常拍摄的牧师住宅和荒野本身没什么意思，这和他想的一样，它们的价值在于使勃朗特姐妹摆脱了英国文学的传统。在散文故事里，我是不是可以说只有生活的最表面才能得到表现？

摩尔：勃朗特姐妹对社会生活一无所知，所以被迫看生活的深层。

戈斯：他们小说里的人物可能比利顿或迪斯累里小说中的人物少，但有更多的人性。

摩尔：我知道。这就是斯温伯恩写那篇专题研究的原因，他还让你去听，但他给你读着读着就厌烦了，所以他把它放在一边，这样他可以给你读他的小说——一篇他从来不厌烦的小说，但恰恰是你和威斯先生认为永远不应出版的那本。

戈斯：在他的天才之外，再没人是聪明的，而就像我在为一个伟大的诗人——一个我有幸能密切了解的诗人写的传记里提到过的——斯温伯恩在四十岁的时候就丧失了一切接受能力。在四十岁之后，他的心灵就对一切新思想关闭了，它更不灵活了，也更缺少弹性。我想在我的传记里"僵化"这个词几乎时时出现。我不想去掉这个词。在他晚期的批评文章里，他从不争辩、解释或分析。他只是生硬地让人接受。他制造的噪音有时是荒谬可笑的，如他称乔治·艾略特是一个被她那瘸腿且被马刺刺伤的帕加索斯[1]踢翻在地的亚马孙[2]。从他的散文作品中可以找出一百句同样愚蠢和丑陋的句子。我引用了这一句，虽然每次重复它都会给我带来痛苦；因为我相信，他之所以写那篇论勃朗特姐妹的专论，根本原因是他渴望写点可以烦扰乔治·艾略特及其崇拜者的东西，而不是出于真心崇拜《简·爱》或《雪莉》。

摩尔：与这些岛上的其他任何人一样，他将散文故事看成一种消遣而不是艺术，在他写了那么多失败的散文故事之后，这种结论是很容易得到的。

戈斯：在他与世隔绝的生活中，小说是他唯一的娱乐，他每三年就从头到尾读一遍狄更斯的小说，他曾向瓦特斯·杜顿大声朗读过三遍狄更斯的小说。

摩尔：这两个老人在普特尼别墅过着一种很特殊的生活，他们互相给对方读书。

戈斯：瓦特斯·杜顿有一次想逃离这种生活。他结了婚，并且

---

[1] 从被割下头的女妖美杜莎的血中跳出的生有双翼的飞马，其蹄踏出一泉，传说诗人饮此泉水可以获得灵感。
[2] 希腊神话中居住在黑海边的一族女战士中的一员。

带他的妻子生活在品恩斯，但他妻子没待很久，她说她无法忍受两个老人对着彼此大喊大叫。这是一个让人读不懂的女人！但她是一个好妻子，她打扫好房子，并且不时来看一看是否一切都还正常。我们无法确切地知道瓦特斯·杜顿怎样忍受这种分离的痛苦，他显然不允许这妨碍他一生的工作，于是继续照顾着斯温伯恩的文学兴趣，写着所有的商业信件，不择手段地让他免受一切不受欢迎的来访者的干扰。在瓦特斯·杜顿的观念里，生活给诗人的压力就像玫瑰叶一样轻。他读诗，写诗，来来回回于温布莱顿和住地之间，什么都没有发生，直到有一天斯温伯恩不得不立下遗嘱，因为瓦特斯分文全无了。对斯温伯恩来说，一想到自己的朋友老年时一贫如洗就非常痛苦。但谁来立遗嘱呢？瓦特斯·杜顿最早是在英国中部做律师为生的（我相信，他是最后一个律师，在80年代左右这一合法职业已被镇压了），他不可能起草一份由自己继承斯温伯恩全部财产的遗嘱，因为法律规定一个继承财产的人自己不能起草遗嘱；若介绍一个律师到品恩斯，让他知道这一秘密，因为必须让他知道瓦特斯·杜顿是斯温伯恩的继承人，这一公开是他无法忍受的。这种两难境地真难以让人做出选择，一定会让老律师度过许多不眠之夜。

摩尔：就像巴尔扎克！

戈斯：但最后他决定冒一下险，自己起草遗嘱。瓦特斯·杜顿采取这一步骤的另外一个原因是他很关心自己的穷亲戚。从英国中部来了一长串人，他们每人得到了一小笔钱，每份10英镑。这是一群奇怪的人，时间的遗物，像尼伯龙根一样充满渴望和妄想，他们拿到自己的那一份钱，就像来时那样很快消失在黑暗之中。

摩示：没人对遗嘱表示异议吗？

戈斯：瓦特斯·杜顿似乎是人性的法官，是比我们根据他的小说所理解的还优秀的法官，因为斯温伯恩当然绝对想不到要讨论一下自己的遗嘱。他们为什么要讨论呢？它代表着远亲们的意愿，没人会怀疑这一点，这对他们来说已足够了。但人性，总是很奇妙的人性，在它最善良的时候做出了一个小小的贡献。当伊莎贝尔·斯温伯恩小姐来到别墅时，她看到瓦特斯·杜顿正忙于工作事务，她忍不住说到继承人的事："你知道，瓦特斯·杜顿先生，你就是继承人。"这个词就像在老人衣领处结成了一根冰柱，冻结了他的思想，在伊莎贝尔走后仍让他颤抖不已，他问自己她是不是知道了遗嘱无效。

摩尔：一个很让人愉快的故事，戈斯。读狄更斯的作品得到了婚姻，却又几乎不可能实现，一群衣衫褴褛、抽着鼻子的亲戚来拿他们的钱了，随后一个伟大的女人乘坐着一辆涂成蓝色的纹饰马车到来了，用一只天鹅绒的爪子玩弄着可怜的律师。你不介意我改变这个比喻吧？我以为天鹅绒的爪子比冰柱还好，我希望瓦特斯·杜顿夫人在诗人死后没回到那栋别墅，因为我愿意想到他坐在台灯下给他死去的朋友写一首颂歌。不，不是颂歌，是挽歌。

开始吧，你这温布莱顿的缪斯，开始你的挽歌吧。

戈斯：你的想象很生动，但你不会介意我说大自然讲故事比你还好。瓦特斯既没开始写颂歌也没写挽歌。在斯温伯恩死的时候，他最感兴趣的是自己的回忆录。但他老了，几乎不能胜任这项工作了；他需要一个听写员、一个秘书，他最后选择了一个从军队退伍的军官，让他每天早上来记下瓦特斯·杜顿口述的回忆录。但对他们两人来说似乎都必须清醒一下。中午之前，瓦特斯·杜顿对罗塞蒂的回忆就开始模糊起来——你知道他照料罗塞蒂的时间和照顾斯温伯恩的时间一样多——罗塞蒂吸食麻醉剂，斯温伯恩喜欢喝威士忌，我常常想弄清楚将瓦特斯·杜顿从诗人画家身边吸引到斯温伯恩身边的，是不是斯温伯恩杰出的抒情天才，或者说是因为他相信喝威士忌的习惯可能比麻醉剂更容易治愈。

摩尔：天性确实是一个出色的讲故事者，戈斯，它已经把一个非常适合你性情的主题交到你手里了。留心并感激上帝给予你的一切。普特尼·帕纳索斯：这就是你的标题。如果你还想要个副标题，那就用：诗人和寄生虫。我多么羡慕你呀，戈斯。你将写出又一篇杰作。你能，你一定能！但是你的表情告诉我你不打算写这个主题。让我们再仔细研究一下。或许你没预见到各种可能性。

戈斯：我不想听你说下去了。阿尔杰农·查尔斯·斯温伯恩是我的老朋友，我绝对拒绝将他的家变成嘲弄的对象。

摩尔：变成嘲弄的对象，戈斯！请让我告诉你——

戈斯：你不必再告诉我了，我不会听的，按照我自己的观点——

摩尔：我想给你谈一谈斯温伯恩的一首诗，一首你从未听说过的诗。

戈斯：我从未听说过的诗！

摩尔：这首诗还有一个故事，一篇从未写出的文章。有人建议——我不太能肯定提出建议的是弗兰克·哈里斯还是其他人，但肯定是在他做编辑期间——斯温伯恩应该为《双周刊》写一篇狄更斯的欣赏文章。但这篇文章到最后也没写出来，因为杂志社拒绝了他的一首诗，这首诗的副歌是：微风拂过石楠花。你在研究的过程中见过这首诗的手稿吗？

戈斯：我不记得了，威斯和我仔细检查了所有报纸。你能肯定这首诗是斯温伯恩写的吗？

摩尔：有人告诉我这是斯温伯恩的诗。这首诗在我看来非常随便，如果那篇欣赏文章写出来了，那也一定是采取圣保罗教义的风格，一再地强调又强调。但我们还是不要偏离负责的批评这一点吧，因为我对吹毛求疵感到有些厌烦。你可以向我吐露你对狄更斯最好的见解吗？我渴望听到一些热诚的赞扬。

戈斯：我认为狄更斯是英国第一个天才，他将自己的所有天才都奉献给了小说读者；他能做到这一点，因为他没有接受世俗文化。正像马歇尔·阿诺德指出的，艺术的诞生需要两种东西：人和时机。你已给我谈了那么多英国散文故事，以至于使我的观点很难摆脱你的影响。但如果你还有耐心，我想我能够做到这一点。我能肯定大家都认为狄更斯是个天才；然而对我来说，尽管不那样肯定，但这一点至少是可商榷的，因为他出现的时机是不吉利的，所以我们不但必须清楚他那个时代流行的文学传统，而且还要清楚他的生活环境。狄更斯是一个普通人，没有受过学校和大学教育（正是同样的原因使兰多和斯温伯恩，从狭隘的同情及后来维多利亚时代的偏见中解放出来），更甚的是，他不得不谋生，而他只能靠在客厅里提供娱乐才能做到这一点。你看，我接受了你对英国小说的定义。如果他不是一个天才，他就会延续利顿和迪斯累里的老路，那我们就会有更多的历史乐章、冗长的政治、感伤的纨绔之风和豪华的生活。与此相反，我们看到了中等和下等人民的生活。而在狄更斯之前，英国文学几乎没有意识到这些人的存在！你也许会说他应该少重视一点儿表面的特征——表面的也许是不必要的。你也许要告诉我：虽然巴尔扎克的地位比杜米埃[1]卡瓦尼和莫尼尔高，但米考伯[2]、斯提根斯、多姆贝和小内尔并不比克鲁辛格和菲兹更能代表人性。我要回答你的是（这是我认为很正确的回答），虽然一个伟人总是比他周围的环境更出色，但他毕竟还是出生在这样的环境里，并且带有它的特性，既有善，也有恶。巴尔扎克生活在一个伟大的文学复兴时代，一个对法国文学来说，就像伊丽莎白时代对英国文学一样伟大的时代。但是，尽管有这些突出的优势，正如你也会承认的，这个伟大的图尔人也并没能摆脱情节剧和感伤剧的影响。扪心自问，伏脱冷是不是比比尔·西克斯还好？《小杜丽》里最差的篇章是不是比《三十岁的女人》中的某些篇章更差？

摩尔：你最喜欢狄更斯的哪一部作品？

戈斯：总的来说，最喜欢《匹克威克外传》，因为我们在匹克威克先生身上认识了英国的中产阶级，发现这一阶级的象征是一种成就。在同一本书中，我们还看到了山姆·威勒，他代表着下层阶级的思想，幽默而温厚。一个在一本书中创造了两个这样的典型人物的人，不能因为他的《意大利游记》不能满足新思想的要求，就将之贬低为毫无价值的文学家。因为匹克威克先生和他的男仆——人们原谅

---

1 奥诺雷·杜米埃（1808—1879），法国画家，擅长讽刺漫画、石版画和雕塑，1832年因其漫画《高康大》讽刺国王而被捕入狱，晚年曾参加巴黎公社革命活动。
2 狄更斯小说《大卫·科波菲尔》中的人物。

了狄更斯，至少我原谅了，我可以这样说吗——有点平淡无奇的滑稽表演，像违背誓言啦，以及巴戴尔先生、萨金特·布兹福兹等各种各样不成功的角色，如果你愿意，让我们忘记这些错误和幼稚之处，而记住：如果法国收获的是无与伦比的小说家，那么英国收获的则是无与伦比的诗人。你怎么看呢？

摩尔：不要说得这么尖锐。除了你所提到的，其他的呢？如果我们的小说家将夜晚都消耗在新雅典娜，他也会写出可与我们的散文作品相提并论的小说，会创造出可以与《家仆》的神父高瑞特和菲利普一样严肃的人物。

戈斯：但是如果他去过法国，并如你所说的在那里消磨夜晚，我们就不会拥有狄更斯，而是另一个人了。

摩尔：他的天才比他在法国遇到的任何人都更自然、自发。他比福楼拜、左拉、龚古尔、都德更有天才，但他会向他们学习严肃的价值。像他那样灵活、善于接受的脑子应能理解，在沼泽地里，一个男人等着一个男孩子给他送来一把能帮他打开镣铐的锉刀，这不是幽默的主题。他不应将自己的整个青年时代都消耗在外国的林荫大道上。他只需要几年就足以驱除那种认为幽默是文学能力表现的英国陋习。他应该了解到，其中的商业性要多于文学性，如果在作品中大量引进的话，故事就会毫无生活气息。一个幽默家讲述的一个鲜活、动人的故事很快就会成为嘲弄的对象和笑料，却没有任何意义。当然，我们需要幽默，但我们必须利用我们的幽默感，来避免在故事中引进任何会使读者的注意力，偏离美和我们生活在这个世界上的痛苦的东西。无论是谁，如果能将幽默收放自如，如果他写得好，他的作品就会被下一代阅读，因为不借助于幽默而又写好是最大的考验。我想在我的评论文章中谈一谈对幽默的滥用问题，但我也知道很难让像我们的国民这样缺乏教育的大众，明白什么是幽默的滥用，因为他们的文学感受性只使他们局限于相信有些玩笑比其他玩笑好，但任何玩笑都比没玩笑好。我不希望指责日报和周刊，但在我看来我们之间没有一个批评家准备说幽默仅仅是一根拐杖，任何作家都可以借助它走一段路。我恐怕是在老调重弹了，但这件事对文学来说太重要了，所以重复是可以被原谅的。在我们年轻的时候，戈斯，《雅典娜神殿》是我们的第一份文学杂志，我可以说它一定发表了数百篇文章强化这样的概念：幽默是散文故事的首要条件。我想这样说并没夸大其词，每个80年代伦敦最好的作家都在为《雅典娜神殿》写作，但只有让-雅克·卢梭靠摆脱幽默写出了真正的文学作品。我只记得他的《忏悔录》中有一次微笑，也不过是一句话而已。微笑发生在让-雅克因健康原因进行的旅行快结束的时候，在他回到华伦夫人身边的路上。

戈斯：像《忏悔录》这样的著作在我们不同的人身上会引起不

同的回忆。但我赞同你的观点，一个小小的幽默就可能将一部伟大且美丽的书变成一部粗俗之作，只有伟大的作家才能避免幽默。一想到让-雅克如果不保持自己的严肃态度，花园一幕会变成什么，人们都会不寒而栗。你应该记得这一幕——华伦夫人叫雅克到自己的花园里，向他谈自己为他安排的性教育计划，这个小男孩的窘迫不安她是多么喜欢，心里只感到甜蜜，她告诉他：她将给他八天时间仔细想一想这件事。当她把他抱在怀里时，文学史上出现了一种新人物：母亲一样的情妇。

摩尔：我记得。人们不会忘记这样的描写。但让人非常奇怪的是，让-雅克这样高尚的教育在英国却从未被人记在心上。

戈斯：我将尽力弥补一些遗漏。

摩尔：请也为我弥补一些遗漏。

戈斯：我想指出的是，我们若在希腊和拉丁诗人中寻找幽默，那就是徒劳。阿里斯托芬是一个讽刺家而不是幽默家，莎士比亚可以说也是这样。《哈姆雷特》中掘墓人那一幕并不是为了让观众发笑，克里奥佩特拉与水果贩之间的那一幕也不是。这些情节和《麦克白》中看门人的插科打诨一样，只是为了推迟情节的发展，这样观众才能有时间思考就要完成的悲剧。但《仲夏夜之梦》中有关建筑城墙的那些喜剧情节就不能这样说。从本质上来说，它们可能是幽默的，但我想，人们会认为，如果莎士比亚的人物脱离这些情节，他们就会受到憎恨，而且是正义的憎恨。但我们又陷入莎士比亚式的争论了。言归正传，我要说我们已经误入"小汤姆的地盘"游戏[1]。不，你不要打断我。你没有说发笑的渴望是一种珍贵的品质，虽然每个人都会发笑，而且不需要很大刺激，但这在剧院里特别令人讨厌，因为这样一来，悲剧就不可能上演了。受到严格控制的幽默感的确是一种珍贵的品质，在生活和文学中都是这样：它可以让我们避免将自己的思想强加给我们过于坚决的朋友，它对文学家的作用就好像指南针对航海家的作用一样。我还想进一步说说这个问题；但我们已经点起了灯笼，要寻找一个曾用英语严肃写作散文故事的人。

摩尔： 如果狄更斯没有出现在我们的文学史中，我们失去的不仅仅是几本书，而是我们自己的一些东西；因为狄更斯已经成为我们感觉的一部分，他不但为我们打开了现实的世界，而且还为我们扩大了这个世界。但可以这样说萨克雷吗？如果他没有出现在我们的文学史中，我们就会失去一些我认为很高尚的作品，这样我们的谈话就可以避免一些障碍了。但我不认为我们会失去更多，因为在我看来他似乎隐含在18世纪的文学中，隐藏在菲尔丁身上。人们常常将他和菲尔丁进行比较，这并不是毫无道理的，因为几乎

---

[1] 一种儿童游戏，被称为"小汤姆"的儿童画地为界，捕捉入侵其地盘的其他儿童。

任何熟悉《汤姆·琼斯》的读者都会感到萨克雷的风格模仿了菲尔丁，并使之适应维多利亚时代读者的性情，剥夺了原有的趣味，修订了不同部分的位置和格式。两人都同样对生活表面感兴趣，两人都同样不懂或不愿意看到生活的深处；一个写乡绅魏斯登一次次的酗酒和对打猎的热情，另一个写皮特·克劳雷习惯于在晚饭时间与仆役赫洛克斯交谈。萨克雷的表面常常是高尚的，但他不知道赋予一部艺术作品以神秘和尊严的永恒意识，我也是这样。

戈斯：你说过《汤姆·琼斯》是一部没有四季、没有树、没有花、没有原野的风或光的小说。难道这样激烈的指责不也同样适用于《名利场》吗？

摩尔：是的，的确如此。这两本小说都缺乏思想和感情的亲密感。没有一个人会坐在火炉旁边想着他或她的往事，等着自己熟悉的鸟或动物的到来。我不记得《名利场》中有什么狗、猫或鹦鹉。我几乎可以肯定《汤姆·琼斯》中也没有。看到一只山鸟或画眉鸟被关在笼子里不是让人高兴的事，但鹦鹉也像猫和狗一样，选择了家居生活。我们的一些家禽喜欢我们，穴鸟更是这样。渡鸟常常更喜欢温暖的仓库而不是多风的陡坡。不管怎么样，爱动物和鸟的人总比不喜欢它们的人更具有人性。

戈斯：格里普喜欢巴纳比·鲁吉的肩膀，在戈登暴乱时及之后一直和他在一起，我想他在监狱里时也是这样。你还记得他说了什么吗?

摩尔：很不幸，我忘了。我已经很久不读狄更斯了，我已忘了他书中动物和鸟的名字了。

戈斯：在《大卫·科波菲尔》中有个盖普，他非常快乐地尽力弥补道拉的性格；我们还可以想起其他很多这样的动物形象。

摩尔：狄更斯对比尔·西克斯的狗的描写表明作家观察过狗，并且了解它们的本性。狄更斯的思想无疑是丰富的，比萨克雷的思想还丰富；萨克雷的思想在我看来似乎总是贫瘠的、贫乏的，是一处根本不能多产的土壤，只会产生饥荒。

戈斯：但对萨克雷思想的这种描述与他的人物很难一致起来——只是他的人物、他的作品常常是粗糙的。

摩尔：他只对社会生活中的漂流物和垃圾感兴趣，总是喜欢讲到一个少校或殖民官员在某一时刻到达俱乐部，并且引以为傲；另外就是喜欢告诉我们一个上流社会的女人被迫通过宣布休战，偿还某种东西来满足她的女帽商和服装商，也是她的敌人，直等到女儿的婚姻完全确定下来并取得成功。在《潘登尼斯》和《钮柯谟一家》中，都灵活地写了一个傻瓜，但他被写成了一个可怜的傻瓜，一个那种思想平庸的傻瓜。而在莎士比亚、巴尔扎克和屠格涅夫的作品中，傻瓜都既是傻瓜又是天才。

戈斯：请原谅我打断你的话，但我最好提醒你，你抱怨萨克雷对自然不感兴趣，但现代或古代的一流作家都不是这样。我们现在已经习惯于说我们现代人发现了自然，这是真的吗？维吉尔和华兹华斯都讲述了土地的故事，如果早期的爱尔兰诗人还有什么值得称道的东西，那也不是别的，而是他们对自然的爱。我现在所能想起的唯一一个从未提到一棵树或一朵花、一块土地或一座山的伟大作家是弗朗索瓦·维永[1]。

摩尔：可以肯定的是，在维永的诗歌中，鲜花、树木和人们熟悉的动物之少或许和萨克雷的小说中一样。但维永却并不缺乏人的同情心。现在，如果我没记错《钮柯谟一家》和《潘登尼斯》的话，萨克雷内心是赞同自己笔下的好女人，在发现克拉拉·海吉特和看门人的女儿在抚养潘登尼斯后对她们采取的态度，这表明人就像树、花和田野一样远离他的同情心。他真正了解的只不过是偏见和习俗，这就是他的小说在年轻一代看来是旧式的原因。

戈斯：但他作品中的人物形象代表的，不仅仅是他所生活的那个时代的习俗。蓓基·夏泼就代表着活生生的女冒险家形象。

摩尔：根据50年代的文学标准来看，她是一个女冒险家——也就是说，一个没有什么气质的女冒险家，这就如同一个战

---

[1] 弗朗索瓦·维永（1431—1463？），法国诗人，狂放无行，曾多次入狱，其诗人美名与品行不端的恶名同为世人所知，代表作有《小遗言集》《大遗言集》，被逐出巴黎后行踪不定。

士没有勇气一样。

戈斯：我可以想象一个缺乏肉体勇气的男子是什么样，但他仍可以是一个很好的战士。

摩尔：就是通过道德上的勇气来克服肉体上的软弱。但很难想象一个女冒险家可以通过一种责任感来克服对爱情的憎恶。

戈斯：雷卡米尔夫人被认为是一个冷酷的女人，然而她却仍吸引男人。这样的女人是可以想象出来的：她牵引着男人，使他们痛苦，并从他们的痛苦中得到快乐。

摩尔：这完全可以想象。但萨克雷的脑海里不会出现如此杰出和微妙的邪恶概念，也不会出现这样一个以性作为武器保护自己的女冒险家形象。他的思想并没在庄严、自然的路线上行进；他构思的是一个有点儿小计谋的中产阶级女性，然后决定就这样继续下去，他感兴趣的是她的计谋：当女人们晚餐后走进客厅时，她是如何脱颖而出的，她是如何欺骗年轻的皮特先生的，等等。迄今为止，他对自己的人物都抱有同情，但在我看来，他对人性的兴趣并未驱使他问自己任何关于她的本质问题。在一段著名的描写中，圣保罗一世这样说道："在一个男人向我们展示他的性之前，是没人理解他的。"只要将这句话改一个词，就完全适用在这里了。萨克雷在塑造蓓基·夏泼这个人物时，他遵循的是英国的传统。他观察了，但没有思考。他满足于外在的事物，而对属于我们每个人的人性一无所知。他没有想到通过阐述蓓基·夏泼的宗教感情，或许还有她的迷信——因为人天生是迷信的——来使她人性化。他喜欢性格甚于人性——这种观点是可以辩护的；但忽略了蓓基·夏泼性格中的迷信，他就无法塑造出典型人物；因为没有谁比男女冒险家更喜欢寻求预言者的忠告和相信命运的安排了，但萨克雷从未将蓓基·夏泼送到邦德大街去找算命先生。

戈斯：你认为英国小说家从不审视生活的深层，这个观点你已经谈得有些喋喋不休了，我一直在等着引用萨克雷作品中的一个例子来说明这个问题。他在某处，在《名利场》中——原话我已记不准了——对读者指出：在波浪之上一无所有，如果他想看波浪下的东西，好吧，他，萨克雷，对读者在浪花之下可能看到的东西不负任何责任。

摩尔：萨克雷害怕的是什么东西？是伦敦上流社会的通奸？这样的例子我可以举出一百个，却不会有这样的事：高贵的劳顿将侯爵夫人推倒在火炉前的地毯上，扯下珠宝——他妻子罪恶的象征，扔在一个男贵族的脸上。

戈斯：毫无疑问，这是一个非常戏剧性的场景。这无疑是完全虚假的情节，但要说清楚劳顿在这种情况下应该怎么做也并不容易，除非他在描述时确实采取了与法国骑士编年史描述彼德里隆德侯爵相同的方式：他也是一回到家中，就发现妻子正躺在她情人——一个英国人的怀里。不，我记错了，那是个德国人。因此，他很自然地采取了这样的态度：一等那两人穿好衣服，就宣称他要离开屋子。由于我们语言体系的匮乏，像这样用言语化解尴尬的情况在英国是不可能的。但是，虽然我们语言的语法很简单，能不能写得可以抵制批评值得怀疑。兰多津津乐道于指责西塞罗的拉丁文错误，他以霍恩·图克[1]的身份批评约翰逊博士，并迫使他承认他的句子都是随意编造的。若你改天再来这儿，你会带来一大堆从我、兰多和佩特的作品中收集到的错误。如果我检查一下你的作品，我也不会两手空空。但勤奋作家的错误，也许还包括我自己模糊的错误，如果我可以这样说的话，与在萨克雷作品中发现的粗陋的语言是不同的。萨克雷或许比跟他同样重要的作家更有罪。

摩尔：但他重要吗？

戈斯：恐怕我们应该让历史来决定这一点了。同时，如果不是因为这样微不足道的原因而进行不适当的判断，从而中断一种纯粹文学性的讨论的话，那就只是个人的观点了。你指责我赞扬《简·爱》，说我屈从于大众的意见，但不管你的这一指责包含着多大的正确性，你都得承认我并不是十分肯定地将萨克雷看成一个保持了我们的文学传统的作家。

摩尔：的确如此。

---

1 霍恩·图克（1736—1812），英国激进派政治领袖、语言学家，支持议会改革和北美殖民地自治，最早提出语言是历史发展的产物的学者之一。

戈斯：我们现在可以撇开萨克雷，来谈谈特罗洛普。

摩尔：我与他握手会比和司各特握手更真诚，这是因为并不是他把文学变成了一种交易；而且，根据你的观点，每个人都可以写得像他一样好，那我倒也问你，是否不难找到这样一条路线，一条特罗洛普带到这个世界上的天才路线，这条路线比这些天才自我显现的路线还要清晰。他早晨六点起床，一直沿着通往牧师家的路走着，一直走到该去邮局的时候。主教、牧师和地方法官在适当的地方出现，年轻的姑娘和情人被赋予了高贵的良心和女伴。偶尔，会有几页或是几章用于描写一些娱乐读者的内容：运动、农耕、穷人的房屋和低级神职人员的情况，都被以一种任何读者在阅读的时候，都不会影响他预先想法的方式写了出来。在《巴塞特寺院》中，他对良德美行的崇敬甚至超过了萨克雷，而他据说延续了后者的风格。寡妇博德在一次晚会上偶尔被一个她所不喜欢的人亲吻了一下，毫无疑问，这是一个不幸的意外，但作者一边尽力描写他认为所必需的哭泣和眼泪，一边通过对她的心理进行探索来塑造她：是不是我的什么表情或语言鼓励了那个令人恐怖的丑八怪疑心我对他有意？没有，肯定没有！在50年代，流泪要比现在常见得多。但值得怀疑的是，即使在50年代，年轻的女人依然将没有任何亲吻的晚会看成是完全成功的晚会。眼泪有时时尚有时过时，但就如谚语所说，亲吻却像荆豆花一样永远合乎时尚。

戈斯：他就像个老女人在喝完茶后向侄女进行无聊的说教。

摩尔：这不难，但不可能为牧师写出好散文。一个好作家必须冒险进入多风的黑海和饲养牡蛎的危险的阿贝达斯海峡。

戈斯：我不知道你是一个维吉尔式的人。

摩尔：爱洛伊丝把我领向了维吉尔。我在写《爱洛伊丝和阿贝拉》，但我们目前必须继续谈特罗洛普……船的尾流还没有消失在广阔的灰色水域，我们依旧能看到那片我们来时的海岸线、围环裙、天蓝色的房间器皿、粉红色的细颈蓝水瓶、棱纹平布窗帘、蓝色的洗脸小盆。这些特罗洛普描写过的东西至今仍使我们感到亲切。

戈斯：如果他的名望只建立在这些东西之上——

摩尔：他的名望建立在更坚实的基础之上。特罗洛普，根据他的名字，以及与他的名字严格一致的性情，可以说他是一个伟大的革命者。

戈斯：你的自相矛盾让我想起雨果的一句话："牡蛎壳里的革命。"

摩尔：我不允许你对特罗洛普出言不逊。他能把平凡之事做到极致，超出任何人的想象，并引人追随。当自然似乎被无限地驱逐出艺术时，自然就开始回归艺术了。你，戈斯，已经和你那自然主义者的父亲周游了很多海岸，应记得海藻和这里那里死去的海星，以及其他许多大海的抛弃物一起散落地在海上漂浮。你能比我更好地列举它们，因此你也能欣赏这种比较。地平线上只留下最微弱的一线——我想是1848年吧。那一年，有三个人——约翰·埃弗里特·米莱斯[1]、亨特[2]、罗塞蒂在远离牛津大街、博内斯大街或纽曼大街的一条大街的一间画室里，宣扬和鼓动必须回归自然，而第二年这一潮流就弥漫了散发着恶臭的池塘。我们将拉斐尔前派运动归功于特罗洛普。

戈斯：总的来说你说得有些道理，但最好说成是：1848年开始的回归自然的运动是由维多利亚时代令人窒息的气氛造成的。而米莱斯为特罗洛普的一些书创作了插图。

摩尔：他为《奥利农庄》所画的插图是他拉斐尔前派风格的最好表现，并且几乎使我们相信我们已经读过这本书。

戈斯：你过高估计了这些插图的力量。它们无法劝使我们忍受特罗洛普散文的松散步调。

摩尔：和摩得斯廷娜的步调一样不紧不慢，任何砍断的篱笆枝条都不能使她停步。这是令人恼怒的行走，几乎要成为匍匐前进的步行，一种你觉得最后只会以躺在路边小睡结束

---

[1] 约翰·埃弗里特·米莱斯（1829—1896），英国画家、插图画家，拉斐尔前派奠基人之一，代表作有《盲女》《释放令》等，并为丁尼生的诗歌、期刊《恭维话》等画插图。

[2] 霍尔曼·亨特（1827—1910），英国画家，拉斐尔前派兄弟会的重要成员。其画作色调明亮、处理细致，代表作有《世界之光》《替罪羔羊》《无辜者的胜利》等。

的步行。

戈斯：若知道《奥利农庄》是否放在米莱斯的膝盖上，以及当透过画室的窗户往外看时，他是否曾自言自语"我的插图是对这本书的谴责"，那一定很有意思。

摩尔：他过于急切地关注自己的作品了，以至于根本没考虑《奥利农庄》的优劣，而只是默许了这样的观点：小说就是这样的。他可能会后悔自己没读书就为书画了插图。画家是文学作品的最佳裁判。

戈斯：他肯定会觉得奇怪的是——

摩尔：觉得什么奇怪？继续问我，因为每个问题都有助于我理清思绪。

戈斯：华兹华斯先于画家打破了这种传统。

摩尔：轮到画家为艺术做点儿事了，啊，他们做到了。在一种艺术中被禁止的裸体女人在另一种艺术里却大受欢迎。你一定不会忘记，50年代的小说家几乎是按照流动图书馆的要求写作的。他们的作品的报酬是31便士到36便士，然后用小推车分发和收藏。如果图书管理员认为他们的书不会给会客厅提供娱乐，那这些书就会销声匿迹。图书馆管理员是位独裁者，没人敢有创意，即使有，也不敢表现出来。

戈斯：你是否认为这种审查制度已经使我们的文学中无法再出现散文史诗了？

摩尔：一部散文史诗意味着一个天才之人的存在，我认为天才是不能被审查的。人们都这样说：虽然所有的门窗都被关上了——连烟囱都被封上了——它也能从钥匙孔里找到一条出路。如果这是真的，那么50年代并不存在一流的天才。

戈斯：你或许会赞成我的这一观点：一般来说，俄国人中产生了最好的讲故事者。屠格涅夫、托尔斯泰、陀思妥耶夫斯基、高尔基都是讲故事者，契诃夫也是。

摩尔：是的，的确如此。毫无疑问，俄国人天生比其他种族的人更适合讲故事——甚至超过了法国人。在阔大的画布上，法国人只有巴尔扎克；在象牙书简上，法国人也只有莫泊桑。我们从每一个来到这里的俄国人身上都能觉察到这一点，而在每一个英国人身上都找不到这一点。现在，感谢你再次允许我和你聊一聊我认为不仅仅会引起一般兴趣的事。我想尽力将我们的谈话引入到适合构成一篇散文的方面，但我们在特罗洛普这里停住了；因为若我继续在我们的同代人中寻找讲故事者的话，那将是无用的，或许也是不良善的，但对于死者，我们则想怎么说就怎么说。戈斯，你不知道你怎样帮助了我。你对我的帮助我将永记不忘。

戈斯：等一下，你把佩特忘了。

摩尔：他的《享乐主义者马利乌斯》是唯一一部我们以后的文学家仍会求助的英国作品。

戈斯：他献身于写作艺术了。

摩尔：他写了唯一一部我永不会厌倦的小说；但我想说的并不

是其小说的美，而是或许同样重要的事情。他对人性的描写多于对性格的描写。你该记得名为《白夜》的那一章。在这一章里，他让马利乌斯就像所有时代的典型青年人那样几乎没有任何特征地在我们面前走过。他将佛拉维斯描写成几乎可以说抽象的马利乌斯的陪衬角色，而一般读者则喜欢佛拉维斯，因为佩特对马利乌斯朋友的描写侧重于性格而不是人性。戈斯，你又使我重新思考了一遍。英国文学中不是没有讲故事的人，因为如果我们放眼大西洋，我们就会找到一个，一个奇妙的人——坡。

戈斯：听到你说自己崇拜坡这样一个性情如此病态、只关注极端感情的作者真让我惊讶。他人物的名字似乎把人从人的世界领入魔鬼的领域：丽姬娅、莫雷拉、贝蕾妮丝、埃莱奥诺雷。古人并不迷恋死亡。

摩尔：不错，但古人知道那种正在离我们而去的生活。我将进一步研究并请教你，是否一个农民都可能去爱一个每天生活在他记忆中的女人，如果是这样的话，那为什么坡会被人指责以许多带有女人名字的美丽象征代表人类的生活？坡因为不满意于生活的表面，就像特罗洛普一样，所以他寻找一种更精致的蒸馏法。

戈斯：你不会认为我们应该用艺术来升华人生吧？

摩尔：仅仅把神学公式颠倒过来似乎看起来太简单了，这只不过是一种权宜之计。

戈斯：那你把它摆在什么位置呢？

摩尔：艺术家是不受教条主义约束的，或者说，如果你喜欢用另外的说法，可以说他就是他自己的教条，并且讲述生活带给他的故事……

戈斯：抛弃所有的哲学？

摩示：每一个美好的故事都暗含着哲理。

戈斯：从《伊利亚特》中你能推导出什么哲理？

摩尔：美是值得追求的。

戈斯：在斯蒂文森的作品里呢？

摩尔：斯蒂文森是一只蝴蝶，他只满足于享受太阳的温暖，追随花的香味儿。他从这些东西中获得的快乐如此令人愉快，这也正是我们追求的，就像又一次成为孩子，拥有他们的思想。在室外度过漫长的一天之后，我们在昏睡的梦里重新复活了我们的户外冒险；但当他在塞文山脉遇到那些使他想到苏格兰新教徒的新教徒时，他不经意间说出了一句哲理，说——我认为很肤浅——"天主教徒始终是天主教徒，新教徒始终是新教徒"。

戈斯：你相信那是真的？

摩尔：当然，否则我们就不会有宗教改革运动了。新教徒和天主教徒的不同不在于派别，而在于他们体现了两种永恒的人类思想态度。

戈斯：但我们迄今所谈的并没有支持你观点的内容。

摩尔：我一直在大胆地思考、计算、权衡……

戈斯：在斯蒂文森的作品里有许多你一定会认为真实的东西，例如：当他发现自己再次置身于一种新教气氛中时所感到的快乐，坡是根本讲不出来的，因为后者不是斯蒂文森那样伟大的语言大师。

摩尔：这种说法太不可思议了，戈斯，因为无论如何都只能用语言之美来解释坡的诗歌，他写的诗比斯蒂文森写的还要好，这是所有作家都承认的。如果你不点头表示赞同，我就给西德尼·科尔文爵士写信，他虽然迷醉于修订斯蒂文森的信，但他也不会否认……

戈斯：所以你将坡看成语言大师，他的英语水平与波德莱尔的法语水平一样高。

摩尔：你一定忘了波德莱尔漂亮引言的开头，让我替你回忆一下：是否有一个邪恶的上帝俯身在摇篮边选择自己的受害者，带着早有预谋的恶毒，把最纯洁的精神扔进充满敌意的领域，就像把殉难者扔进竞技场？是否有把自己的灵魂奉献给祭坛、走向死亡、把破坏自己的生命当成荣誉的人？波德莱尔问了这个问题，因为根据坡的生活和思想，他倾向于相信有这样一个邪恶的上帝。去了解这两个人的生活就要像他们一样，相信他们就是这样一个上帝的受害者——坡甚至比波德莱尔更甚，因为直到今天他与生俱来的厄运仍没有停止。这也隐含在你的问题之中：坡的英语水平是不是跟波德莱尔的法语水平一样？"这个世界上最漂亮的翻译，"当代表善良的仙女从云梯上走下来时说，"应该属于你。"但她的话被正回到烟囱的代表邪恶的仙女无意中听到了，她说："我不能拿走善良的仙女给你的礼物，但我要说你的作品只能被人读译本。"他的法语原文与英文翻译本相比总显得平庸，而英语则显得漂亮多了，这样的例子可以举出很多。

戈斯：一般来说，你所说的大多是对的，现在我同意你的观点，所以不会严肃地坚持认为，逐字逐句的翻译作品拥有原作所没有的伟大的风格美。然而，我认为翻译会产生一些问题，你得承认可以找出一些例子说明很多人都不喜欢坡的风格。在关于威廉·威尔森的故事中，坡讲述了善恶之间的搏斗是如何在同一个人身上延续的，直到恶战胜了善。

摩尔：他讲故事时没有借助于魔法药。

戈斯：你该记得《捷克尔先生和海狄先生》。

摩尔：斯蒂文森的故事只不过是坡故事的通俗化翻版。我一直将这个故事看成是隐秘的自传，因为坡是一个诗人，也是一个懂科学的人，虽然在两种身份之间他更倾向于是一个诗人，但科学家的身份有时表现在他的散文中。

戈斯：波德莱尔的工作是减少坡的图表。

摩尔：如果说在坡的作品中有时出现图表的话，那在斯蒂文森的作品中则始终有装饰色彩和半圆饰。

戈斯：作为作家，你认为霍桑比坡更好吗？

摩尔：年轻人不会忽略坡，但能忽略霍桑，霍桑的天才不像坡的天才那么明显；但如果我们的年轻人还值得我们考虑的话，他在以后的生活中将会选择霍桑，同时也不会失去对坡的任何崇拜。一个不能排斥另一个；我们的审美趣味应该包罗万象，甚至能包容米开朗基罗和菲狄亚斯[1]；当我走进《七个尖角阁的老宅》时，我漫步四周，欣赏着希腊式的美。

戈斯：你不认为将赫普兹芭·品恩钦看成希腊人有点荒谬吗？

摩尔：我们先不讨论她的性格，因为我从没看到从莱茵河畔的城镇走出的娇小中世纪少女像希腊少女那样美丽，虽然在希腊艺术中没有任何像赫普兹芭一样丑陋的东西，但此时我也想不起来有什么东西像哥特艺术一样朴实。但对我来说，只要你欣赏她，你称她为希腊人或哥特人都无所谓；既然在她身上混合了这两种风格，我建议在今天这个夏日的下午，我们应将自己的景仰之情侧重于一个方面。

戈斯：上次你在这里谈到她时，曾让塞尔维亚从书架上取下这本书。它现在还在你旁边的桌子上。

摩尔：我想给你读一读对那位老女仆及其痛苦思想的描写——

---

[1] 菲狄亚斯（公元前490—前430），希腊雅典雕刻家，代表作有雅典卫城的三座雅典娜纪念像和奥林匹亚宙斯神庙的宙斯坐像，原作均已无存。

戈斯：一天早晨，她从古老的木梯子上走下来，第一次打开商店的门。我是很多年前读的这一段，现在依然记得非常清晰：

> 老女仆独自一人住在老房子里。就她一个人，只除了某个可敬而整洁的年轻人，一个艺术家，在大约三个月前，他寄宿在远处一所三角墙围成的房子里——当然，它确实可以说是一所房子——房间就在挂着锁具、螺钉以及橡木门闩的背后。因此，他无法听到可怜的赫普兹芭小姐的阵阵叹息；也无法听到她在床沿跪下时，僵硬的膝盖处发出的吱吱咯咯声；同样，也无法听到祈祷者的痛苦，那是无法用人耳听到的，但可以用最遥远的天堂里全部的爱和同情听到——一会儿是低语，一会儿是呻吟，一会儿是挣扎的寂静，这些都是她整天乞求上帝给予帮助的方式。显然，对于赫普兹芭小姐来说，这一天天绝不是一般的苦难。在过去的25年里，她一直严苛地隐居着，出来没参加任何社会活动，交流和娱乐则更少。这个迟钝的隐士并不祈求热情，她渴望的只是像每一个相同的昨天一般寒冷、昏暗与萧条静寂的一天。
>
> 处女的献身是注定的。她现在是否出现在我们故事的门槛上了？不，还没有，还得等一会儿。首先，她会略显困难地用她不断颤抖的手打开那又高又老的书桌的每一个抽屉，随后，就会又烦躁又厌恶地再次把它们关上。可以听到严密

的丝线发出的沙沙声，前前后后走动的脚步声。有人在卧室里来来回回地走动。此外，我们怀疑赫普兹芭小姐上前一步坐进了椅子，目的是为了从挂在桌子上方的椭圆形的、肮脏的梳洗镜里看到自己的全貌。真是这样！是的，的确是这样！谁会想到这一点呢！这难道不是将宝贵的时间，都浪费在早晨的各项准备工作以及对一个从未走出去过，也从来没人来拜访的老女人的美化上了吗？对这样一个女人来说，最大的慈悲难道不是掉头他顾吗？

现在她基本准备好了。让我们原谅她又犹豫了一会儿；因为这是她唯一的感情，或者，我们可以更确切地说，是因悲伤和孤独而加剧和激烈的感情，是她生活的强烈激情。我们听到钥匙在小锁孔中旋转的声音；她打开了写字台的一个秘密抽屉，很可能在看一幅彩饰画，以最完美的风格画出的画，画上是一张完美到不能再有丝毫改变的面孔。我们曾以看到这幅画为荣。画上的人似乎是一个年轻男子，身穿老式的丝织睡衣，睡衣的柔软和华美与人物幻想的表情很相衬。他有丰满、柔嫩的双唇和美丽的眼睛，这些似乎表明他不应该包容那么丰富的思想，而是应该充满文雅又饱满的感情。对拥有这种相貌的人来说，我们无权过问什么，但有一点可以肯定：他可以轻易驾驭这个世界，并从中获得快乐。他是不是赫普兹芭小姐以前的一个情人？不，她从没有情人——真是可怜，她怎么能这样？——她也从来不知道什么是爱，她自己的经验也无法让她知道爱有什么技巧。然而，对那幅画的原型的潜在信任与信赖，对它的新鲜记忆和持续的牺牲，始终是让她的心灵感到满足的唯一东西。

她似乎已经将画放起来了，随后重又站到了梳妆镜前，默默擦去眼泪。她又来来回回地走了几步——又发出一声悲哀的叹息，像一阵寒风吹过，那种从偶然半开着门的狭长、封闭的地下室里吹出来的潮湿的风——赫普兹芭小姐来了！她迈进昏暗又让人忘掉时间感的通道。她身材细长，穿着黑色的衣服，身影时长时短，像位近视者一样顺着楼梯往上摸索。实际上，她就是近视眼。

摩尔：多么严谨，又是多么严肃和高贵的一幅肖像，一幅巴尔扎克会仔细读两遍，并且从中发现一种像他自己的人物一样紧凑但更平衡的画像，而屠格涅夫则会在霍桑的人物肖像中找到与自己类似的天才。

戈斯：听到这样的优美篇章真是一种享受。

摩尔：当我在夏日午后的阳台上给你读这一段时，能得到你的赞同，对我来说也是一种快乐。请你再说一遍，说你的确和我一样，认为英国的散文叙事作家没有人能写得这样美。

戈斯：如果我能确定我的默认不会激发你的一些令人不愉快的嘲弄的话，我会乐于赞同你的观点。我们还要考虑一下乔治·艾略特，若我还没有被霍桑的肖像画所体现的优美比例以及适度的威严完全征服的话，我会很愿意讨论一下人们所议论的关于她的邪恶事情的真相。在你刚读过的片段里，我们就能意识到他那美丽、冷静的心灵，就像我们能意识到云层后面的太阳一样，它穿透云层，使一个美丽夏日的午后充满着诗的光彩。

摩尔：他以充分发掘出的才智写作，这使人想到佩特。他的欲望也像佩特一样，是使每一个单独的句子都自成一部完整的艺术作品。他幻想的天才和对人类生活的理解，也并未在刻画赫普兹芭小姐的肖像中得到充分的表达。它使我心碎，以至于使我无法读完全文。它也太长了。但我走后你一定要读一读格列弗德的肖像，因为在我看来，它的水准太高，在某些方面比巴尔扎克或屠格涅夫完成的任何作品的水准都还要高，将其与英国任何小说家的作品相比，就好像将伦勃朗与弗兰克·霍尔相比一样荒谬。但它值得花上半小时大声读一读。我接受你的建议，就是若我让你单独待一会儿，你就会读这些段落。我答应你。我必须得到你的诺言，就是你也会读《福柏》。一个悲伤的青春少女的肖像永远不会比一幅素描表达的东西更多，它也只不过是一幅素描。但会不会有一幅充满着更多生命气息的素描？书落到我们膝上，我们自问，她这样的女性能在命中注定的幸福或错误中带来什么？如何去激励读者欣赏这种娱乐似乎是霍桑的工作，他做得很好，而且伴随着福柏随着大键琴的声调而高低起伏的声音，其不和谐的声调总是让我们听起来很悲伤。在这所旧木屋里，赫普兹芭小姐的琴声则使我们感受到双倍的悲伤。

他，克利福德，脸上带着高贵的快乐，静静地坐在那里，他的神色一会儿更快乐一些，一会儿更黯淡一些，都是随着弥漫在自己周围的琴声的变化而变化。而当她坐在他旁边的小凳上时，他是最高兴的。

戈斯：这么说，我们碰到我们一直在找的那种叙事作品了。

摩尔：这种和谐与制造它的灵魂一样具有表现性，当我们在一所被靠街的围墙围起来的破败、粗陋的花园中遇到这些灵魂时，它们同样具有表现性。带斑纹的家禽从近边的楼梯走开，爬过破了洞的篱笆时的魅力，也不比它们在破败的房间里时更少。福柏女神在花园中对银版照相师所说的话揭示了她美丽的灵魂，揭示了她灵魂的深处。银版照相师名叫霍格拉夫，他就是现在的房客；在福柏和克利福德之前，他可能就已经住在那里了。

戈斯：因此我们可以说找不到所需要的。

摩尔：一想到我们的寻找会以失败结束，你似乎感到欣慰。想想看也是，在一个没有了美的世界上或许找不到完美的美。霍格拉夫属于故事中不幸的那类，那种作者不能不赋予其理智的人。霍格拉夫太有智慧了，当他结束了与福柏的争论之后，读者被告知，他曾去欧洲旅行，并在回来游览意大利、法国的一部分和德国的一部分之前找到了方法。在后来的一段时间里，他甚至在空想社会主义者团体里待了几个月。直至现在，他都一直是一个公开演说家或施催眠术者，而且他有非凡的科学天才。读过几页之后我们了解到——此时我们已毫不奇怪了——他经常给杂志投稿。他口袋里放着一篇文章，里面就讲到品恩钦家族的故事。他很愿意把文章读给她听，但实际上，如果一定要说的话，这篇文章充满着司各特及其同类应负责任的文学偏见和世俗偏见。

这真让人悲哀，怎么会这样，恐怕永远不会有人解释得清楚。我们要将品恩钦法官归于哪一类呢？他最后是坐在扶手椅里突然惊怖而死的，因为他看到了品恩钦家族祖先的画像，一个烧死巫师的人。还不仅如此；在画像背后就是他一直在寻找的文件，因为有了它，就等于拥有了俄亥俄州的大片土地。这样的情节我们该归功于谁？适合的人实在太多了，以至于我都认为我们最好将之归功于英国文学史上的小说传统。让我们倍感奇怪的是，可以写出这样美的开端的霍桑，却不能写出完美的作品。

戈斯：我很高兴你认为一个人所生活的时代，就像他个人的天才一样影响着他的艺术。

摩尔：我记得你在某个地方说过，如果丁尼生出生于1550年，他也会拥有同样的天才；但他的诗歌，如果他写过诗的话，与我们现在从他手中得到的东西几乎没有丝毫的相似之处。你接着会说：我们习惯于将人的独创性只描述为他所继承的各种因素的综合。如果真是这样，那么就可以说英国小说家天生的平庸也是它所继承的各种因素的集合体了。我们不需要在英国散文故事中进一步寻找艺术性的惊人贫乏了。

戈斯：你的结论无懈可击，除非我们接受这样的说法：故事的完美结构与种族的智力完全无关。

摩尔：这种结论太简单了，我不敢接受，但若说这没有事实根据也是假的，也是徒劳的。其中最引人注目的是霍桑，他从没写完过一部小说。《福谷传奇》开头是一个很好的故事，我是流着眼泪、带着恐惧读的，只唯恐霍桑就像在《七个尖角阁的老宅》结尾部分那样突然失去了力量。这篇小说起点更高，在我看来就像展翅的鸟儿一样美丽。我在读到第二百页时说道："我们身在黄金国了，因为他不会承认自己会犯下如此明显的错误，即允许加入这一团体的人直到小说结尾才返回波士顿或纽约。"我自问：他的才能是否足以继续这一团体的故事？我想看看还要看多少页。"大约得二百页。"我说。他的才能是在《七个尖角阁的老宅》的中间消失的。每过一页，就能感觉到他的才能减弱一点，在写完两个男人之间的精彩情节之后，他就只能罢手了——他没什么可说了。但伟大艺术家对杰作的渴望是如此巨大，所以我仍然希望不可能的事也会发生。他的身上也会发生奇迹。他对不安、精神空虚感的描述如此逼真，以至于使我们以为他似乎找到了克服困难的办法。我的希望在增加，我几乎大气都不敢出地等着情节放松下来。唉！他走向窗边，透过庭院看着对面亮着灯光的窗格玻璃里的人影，毫无疑问那是季诺比娅——我已忘了另一个女人的名字了。她们也来城里了。这之后这本书就该结束了，就像《七个尖角阁的老宅》那样不合理地结束了。

戈斯：你读过《红字》吗？

摩尔：没有，我永远不会读它。主题太令人伤心了。

第三章
卫道士的恐惧

摩尔：在秋夜，靠着火炉思考令人愉快，比写作更愉快；但谈话、审美也是令人愉快的，尤其是在经过了一整天的工作、大脑有点疲倦的时候。我有望得到这种快乐，因为到五点时，鲍尔德斯顿，一个公谊会教徒，几个月前我在国王街偶遇的一个美国年轻人会来看我。一想到这一点就让人开心。实际上，如果他是一个画家，而不是一个作家，我会更高兴。因为任何一个年龄在二十岁和三十岁之间的美国年轻人都会将我的思绪带回到很早很早以前，即我在朱利安的那家工作室——我想是蒙马特玛特美术馆的日子，因为左边第一家美术馆是沃尔特美术馆。就这样，非常清晰地——清晰得都有点奇怪——我们想起了年轻时常常光顾的地方！我记起了通往工作室的路上的商店，以及工作室的每一个细节——通向它的楼梯，位于底楼的朱利安的厨房，一个不时进进出出的老女人。如果朱利安想知道自己的外套是不是已经刷好，她常常对他不客气。"先生，我跟你说，我刷好了你的衣服，你不信我，是吧？"时光流逝，但在这里发生的事情不会死去。楼梯的气息依然萦绕在我的记忆里，还有很多法国人的面孔。布泰·德蒙维尔，以及他的同伴，留着小胡子的勒诺夫，他习惯于穿红色的衣服，而德蒙维尔喜欢紫罗兰色。勒菲布乌尔的一个伟大学生——杜塞特偶尔也来，虽然他竭力要逃避老师所教的东西。丽兹·加德纳嫁给了博格罗，如果她还活着的话，也一定是一个老婆婆了。然而我爱她。嫁给了一个老海军军官的那位金发女郎怎么样了？她的朋友克勒奥尔会说古法语，嫁给了杜塞特，她现在怎么样了？她们透过人群看着我，又走了。但我可以比以前更清楚地看到夏德威克，他高大、优雅、棱角分明，有一双苍白、迷惑的眼睛，不，那不是眼睛，因为我只看到了轮廓，这不奇怪，因为他的轮廓清晰而突出。他的举止如此高雅而独特，以至于使我改变了以前对美国人的看法。这都要怪狄更斯，我对美国人的看法都来自英国人所描绘的人物。年轻人总是轻信漫游者的故事，这是他们的通病。我仍然记得，当我发现某些美国人的举止像是绅士、某些美国女人像是淑女，至今仍使我感兴趣时，我是多么吃惊，虽然四十年已经过去了。但他们在哪里？无疑化作了尘土：所有的这些人都已逝去，离开了我的生活，没有一个回到我的世界中，只除了夏德威克，但也只是几小时而已。大约五六年前，在一家酒馆，他拖过一把椅子坐在我对面。我们互相看着对方。我说:"夏德威克。"他说:"摩尔。"早餐后我们走到码头,因为在我看到老朋友的画之前,我不忍与他分离。他表示抗议,说他的工作室在五楼,但由于我的坚持,他还是把我领到了那里。我们刚看了一会儿对着墙放着的画布,他的妻子进来了,她是一个瑞典人,一个画家,带着女儿。那是夏德威克的女儿而不是她自己的。两人长得一样瘦,长着一样的红头发,外形都像一只奖章。"堪称我老朋友的复制品。"我说。夏德威克夫人似乎看出了我在想什么,她说:"他的女儿漂亮……"

女仆:鲍尔德斯顿先生来了,先生。

鲍尔德斯顿:希望没在你打盹儿的时候吵醒你。

摩尔:哦,不,我没打盹儿。我只是在想我注定要有一些美国朋友。更奇怪的是,我始终与他们是朋友。我和我的英国朋友、爱尔兰朋友以及法国朋友都吵过很多架,但我从来没和美国朋友吵过架,甚至没同任何一个美国出版社吵过,除非,实际上——

鲍尔德斯顿:别想那些已快遗忘了的误会了,因为我从你的态度能够判断出你没有这样的误会。诚如你所说,你从未与美国朋友吵过架,我希望自己不是第一个。你在美国有很多好友。

摩尔:我知道。

第三章 卫道士的恐惧

鲍尔德斯顿：如果我没弄错的话，《半月刊》上你与埃德蒙·戈斯先生的对话在美国会有人欣赏。但是，当你说盎格鲁－撒克逊人没有叙述的天才时，你难道不认为自己不公平吗？

摩尔：我恐怕不能理解"不公平"这个词儿：不公平！你能举出一部合情合理的叙述作品、一部严肃的叙述作品吗？

鲍尔德斯顿：如果除去《伊利亚特》和《奥德赛》，我们将在全世界寻找一部人类的叙述作品。

摩尔：我还没想到这一点，但我想你是对的。《神曲》和《失乐园》采取的都是诗化的神学。但即使如此，世上成功的叙述作品仍是少之又少。

鲍尔德斯顿：没有一个民族像盎格鲁－撒克逊人那样创造了数量那么多而又粗糙的叙述作品。

摩尔：我想我至少已在和戈斯的谈话中把这一点说清楚了。

鲍尔德斯顿：的确如此，但你给出的理由是：英国小说家首先想到的是如何多挣钱。但并不是所有的英国人都是贪图利益的。我们知道在绘画领域他们就不是这样。

摩尔：愿洗耳恭听。

鲍尔德斯顿：众所周知，年轻男人对性考虑得较多。我并不是说他们不应该，但我也没说他们应该。我并不对任何一方多置一词。我只是在陈述一个事实。我们知道在生活中他们的确在性方面考虑得很多。但在英国小说中，一个年轻男人的要求从来不会超过一个吻，即使如此他也会深深地忏悔。我们也知道，在生活中他并不忏悔，也常常不会受到惩罚，但根据小说的法则，他必须忏悔，并且受到惩罚。你很快就能明白我的意思，这并不是说小说中必须要有卑鄙的阴谋，而只是说为了满足某一方面的需要而导致了另一方面的错误。你在和埃德蒙·戈斯先生的谈话中并没提到图书馆给作者施加的压力，正是图书馆实施的检查制度——

摩尔：这就是缺乏杰作的原因。哦，不，我并不是在嘲笑什么。80年代出版的小说都采取了三卷本的形式，这就使图书馆可以指定哪些可以写、哪些可以不写。我所讲的故事中最奇怪的是：图书馆并没有摆脱出版社对作品的评论，虽然《旁观者》——那时由维多利亚时代伟大的编辑、伟大的道德家胡顿负责——用两个专栏的篇幅发表了胡顿对我的第一本书《现代情人》重新进行的赞美性评论，《半月刊》也挑出这本书进行评论，对一个作者的第一本书来说，这可是很少出现的好事。《半月刊》当时由约翰·莫利编辑，现在则是劳德·莫利——几乎可以毫无争议地说，他只关心评论色情文学。那些评论文章的作者是亨利·诺曼爵士，他也像他的编辑一样，在80年代享有纯洁无瑕的名声。但是图书馆绝不愿意承认自己错了，如果环境不允许我以普通的价格向公众出版《演员的妻子》，我的命运可能就是又一个德雷福斯事件。在一家热情的出版社的帮助下，读者以6先令的价格就能买到此书；然而，即使如此，仍不能使图书馆相信它们对文学道德的看法是独一无二的，因为统治世界的是偏见而非真理。正如《演员的妻子》一样，十年后《伊丝特·沃特斯》也以同样的原因失败了，从而使史密斯离开了他那些可笑的图书馆员把他推上的职位。有个图书馆员的名字值得一提，他就是福克斯先生。因为他总是一边对作者们说他不能让他们的书流通，一边用我所读过的最粗俗的故事拿他们取乐：他是一个俗人，这是确定无疑的，但他自认为是品德高尚的。他对记者说，由于某些拉斐尔前派作品的恶迹劣行，所以他不能发行一本，我请你记住，比其他任何书都更能唤起内心的宗教美德的书。当然，这本书偶尔也有很大的实用价值。因为这里有为未婚母亲准备的"伊斯特·沃特斯"之家。"伊斯特·沃特斯"这个名字已成为"美德"的代名词，提到这个名字就会使灵魂升华。你以为我举不出证据？听着：几天前，一个朋友寄给我一张从《沙夫茨伯里》杂志上撕下的一页，上面有一篇金斯福德小姐的文章，谈的是为无家可归的孩子提供栖息之地。文章开头是这样写的：

1898年，一个非常爱孩子的医院护士读到了乔治·摩尔写的《伊丝特·沃特斯》，从此决定放弃自己的人生梦想——将自己的家变成小孩子们康复的住所——转而决定为工作的未婚母亲的幼儿提供住所,因为这些人在生活中很少得到人们的关心。

鲍尔德斯顿:你怎么看福克斯先生所说的拉斐尔前派的恶迹劣行?

摩尔:我看他那些话毫无实际意义,这是他常常挂在嘴上的话,借此他可以为自己拒绝流通一部独创性作品找到托词。

鲍尔德斯顿:《伊丝特·沃特斯》是你的第一部流行作品,获得了普遍的成功。但难道你认为,如果在它之前出现过其他流行作品,图书馆也会不得不做出让步吗?

摩尔:他们很可能会,但不可能任何有志于艺术的作家都能写出很多流行作品。

鲍尔德斯顿:你在海涅曼版的《一个青年的自白》的"序"里引用的一封信中提到,佩特曾遗憾地表示,你的作品中那种阿里斯托芬式的生活的快乐——我想他是这样说的——将你与许多读者隔离开了。

摩尔:佩特则是因为自己执迷于无限的美感,而使得他和许多读者隔离开了。如果我警告他说他就是因为始终坚持某种无限的美感,而将他自己与许多读者隔离开了,因为一般读者无法欣赏这种美感,我可以想象出他的尴尬神色。

鲍尔德斯顿:你认为甚至佩特有时也会写出他没有深思熟虑的话。

摩尔：我相信这是事实，但就目前谈话的主题来看，我们最好还是紧紧围绕盎格鲁-撒克逊人的愚蠢交谈。这一民族的道德行为依赖于最新出版的小说。你知道有一个关于一个老女人的故事，她害怕向大海倾诉烦恼，她害怕这样可能引起一场洪水：从叙述作品的道德影响角度看，盎格鲁-撒克逊人似乎是这个老女人的反面，因为就像老夫人无法了解潮汐的深度，不知道她的一滴眼泪不会激起潮水一样，盎格鲁-撒克逊人无法理解人的性行为不会随着时代的变化而交化，也不可能变化。然而，在其他各个方面，盎格鲁-撒克逊人都是非常明白事理的。

鲍尔德斯顿：莎士比亚和他的同代人在性道德上似乎一直非常自由。杰瑞米·科利尔[1]在18世纪指出，如果作家不停止创作嘲笑丈夫的喜剧，就会导致可怕的后果。

摩尔：我已忘了他的名字，杰瑞米·科利尔！他抨击过康格里夫[2]，后者有点软弱无力地回应说：如果罪恶在剧情中得到宽恕，那么在剧本结尾总要褒扬美德。杰瑞米·科利尔的小册子很快被人抛在脑后，事情依然像以前一样进行，斯

---

1 杰瑞米·科利尔（1650—1726），英国反对向国王宣誓效忠的主教，曾抨击戏剧演出中的不道德行为，写有《略论英国舞台上的不道德和亵渎》。
2 威廉·康格里夫（1670—1729），英国王政复辟时期的风俗喜剧作家，擅长使用喜剧对话和讥讽手法，刻画并讽刺当时的英国上流社会，主要剧作有《老光棍》《如此世道》。

特恩、斯摩特莱和拜伦仍是高兴怎么写就怎么写。拜伦的《唐璜》引起了《我祖母的评价，英国人》一书编者的抗议，因为在这本书中这种病态被强化了。在19世纪，左拉的小说被根据反色情出版物销售法案起诉，亨利·维泽泰利，一个文学家，好几部历史著作的作者，也被投进监狱。我一直将亨利·维泽泰利的死看成是一起司法谋杀。这是一次错误的、伪善的煽动。我告诉你，两年后左拉在伦敦被看成英雄，受到大众喜爱，到处受到邀请，却没有遭到保安委员会的阻挠，而正是这种保安委员会只是因为亨利·维泽泰利说了一句抗议的话，而煽动警署对他进行调查。

鲍尔德斯顿：左拉受到的欢迎恰恰承认了对亨利的不公正。

摩尔：的确如此，我常常在想，保安委员会的人是否会每天一从床上醒来就扪心自问自己是不是凶手。但当我告诉你亨利的案子后，你也许会问：这个很久以前的案件今天对我究竟还有什么意义？那么我要回答你，有些事具有永恒的意义，从来都不会失去意义，它们都是人性的一部分。我相信维泽泰利的案子就是其中之一，其中充斥着诡计、逃避、谎言、虚伪、奸诈，甚至可以说是一个散发着臭气的垃圾堆，人性跌至谷底。这个可怜的老绅士已经七十三岁高龄，却找不到一个为他辩护的律师，听到这一点你一定很吃惊。如果他毒死半打侄子侄女或者兄弟姐妹，他也能得到法院提供的最好的建议,以证明他是清白的;但因为他出版了左拉的小说,他找不到任何人为他辩护。他请的律师是个伪君子,拿了钱,却告诉亨利他不能办理这件案子,因为如果要办理,他就不得不读那些小说。所以他劝维泽泰利先生认罪。维泽泰利先生删掉了小说中几段易遭反对的文字,书出版时没这些文字,但这几段文字还是被发现了;他再一次被立案调查,再一次找不到律师为他辩护,那些拿了报酬的人再次劝他认罪。这个七十三岁的老人,才智已尽,被病魔折磨得衰弱不堪,认了罪,并被送进了监狱。可怜的老人!在汉诺威监狱,他告诉我,陪审团很公正,如果律师继续受理这件案子,他本应被宣判无罪,但是他身心俱损,觉得全世界都在和他作对。这就是他在监狱里对我说的。几星期后,他死了。

鲍尔德斯顿:毫无疑问,这是一个伤心的故事,我能看出它给你留下了深刻印象。

摩尔:无法磨灭的印象。

鲍尔德斯顿:在每一个法庭上,从事书籍出版的改革者都会提出相同的观点,这些观点谁都知道。你是否能提些建议,应该怎样为一本书辩护,以使陪审团明白把道德观建立于文学之上是错误的,同时揭露改革者的自相矛盾之处——为什么他们不像攻击新小说一样攻击古典名著呢?

摩尔:我不是律师,但我懂得法律。不管是死是活,只要我不是唯一一个不能发表言论的爱尔兰人，我就应该能毫不费力地让陪审团做出无罪的判决：

陪审团的先生们：

向你们宣读的几段文字是检察机关用以证明包含这些文字的一本书不道德的证据，如果这项指控成立能使你们觉得满意，那么法庭有责任命令销毁这部书并惩罚出版商。调查指出，如果某些团体不严格监督最新的出版物，那么人类的道德行径不但会摇摆不定，而且可能会走向毁灭。不过，看起来似乎更多的人相信人类天生的道德观和行为准则，是从没有偏见和习俗制约的纯真年代代代相传下来的，自然而然，就像气流的突变、大海的潮汐和由地壳运动引发的地震一样。

我的第一个观点是，惩罚这部书所依据的法案在制定时并不是针对文学作品而是针对色情小说的，这两者之间有天壤之别。并不像起诉书中所暗示的那样，说文学作品和色情小说互有重叠，界限模糊。恰恰相反，它们的界限非常容易界定，容易得即使将所有的文学作品一遍遍盘查，也很难找到一本书，使一个作家不能立刻将之归于这一类或那一类。原因是真正的文学作品侧重于描写的是生活和对生活的思考而不是行为，而色情小说则正相反。然而，同样正确的是，在真正的文学中，作者需要冲破许多藩篱。他必须描写生活的全部而不是部分，他必须写出真理而不是谎言。我想每个人都会同意我的这一观点,所以由此得出的推论是:一本书不能因为包含着一些不文雅的文字就被认为是不合时宜的。如果否认这一推论,那么所有的文学作品都不得不接受起诉。我还坚持认为,一部书不能单凭精心挑选出来的几段话来评判好坏。单凭几段话来评判一部书的文学价值是不可能的,你怎么能仅凭几段话来判断一本书的道德取向呢?为了我当事人的利益,我必须坚持,不能凭几段话来判决一部书。这有助于我获得许多学识渊博的人的支持,因为他们也一直坚持认为,如果一封信的一部分可以公开宣读,那么辩护律师就有权利要求向法庭宣读整封信。我将给你们读完这本书,而如果我这样做了,就会有人指责我说:起诉书作为凭据的这些孤立的段落,是不能因为让你宣读了一部被公认为我们语言的经典作品的书,而就被认为不足以作为证据。

我非常抱歉不得不让你离开温暖的家,来听我自己和我的助手向你宣读从各个时期的英国文学作品中挑选出的有代表性的段落,但这件案子特别重要,比任何谋杀案都重要,与我们民族的道德和精神力量密切相关。要求你们判决的这起案件是以前从未审判过的。就维泽泰利案子来说,各种努力都已尝试过了,并且成功地使他承认了犯罪。据说挑选出来的陪审团成员都是小商贩,都不懂文学问题,所以肯定会宣告他有罪。但我不认为小商人就不能裁决这种案子,前提是:让他们了解整件案子的实情。如果只让陪审团知道案子的断枝残叶，是不可能有什么公正的判决的，而这恰恰就是起诉书希望得到的结果——以偏概全，根据片段对整本书进行判决。我的目的是将这起案子原原本本展现在法庭面前，而做到这一点，我只能向你们宣读整本书，连封面都不放过，向你们读一个已有稳固的名望、人人都会宣布无罪的作家的书。如果你们发现我的当事人已经超越了公众普遍认可的为英国文学巧妙设置的藩篱，那你们尽可以宣判这本书有罪并加以销毁，而他自己也因出版此书而被判有罪。相反，如果你们发现他写作时所冒犯的清规戒律比不上《圣经》的作者，莎士比亚以及其他伊丽莎白时代的诗人、剧作家，王政复辟时代的戏剧家，斯泰恩、菲尔丁、斯摩莱特、理查生、拜伦、雪莱、史文朋——这个名单我已说过是没有穷尽的，我只是提到我说话时浮现在我脑海的那些人的名字，并不假装自己不可能再提出更好的选择了——你们应该宣布他无罪。你们不能坚持说在我所辩护的这本书中，包含着任何超越了言论自由的段落。我将给你们读一些从莎士比亚和其他伟大作家的作品中摘录的段落，看看我所辩护的这本书的言论是不是比它们更出格。读完每一段后，我将要求我博学的朋友否认这一段落比他所抱怨的那些作品更粗俗，如果他做不到这一点，那就意味着你们必须宣布我的当事人无罪，证明他并未出版一部会破坏道德纯洁的书、一部有害于种族健康的书，除非，事实上，你们认为每个人都利用了言论自由的权利写了不道德的书。如果这就是你们的观点，陪审员先生们，作为诚实的人，你们就不得不提出一条附加条款，建议起诉本书的社会也起诉出版《圣经》和莎士比亚作品的人。如果你们宣布面前的这本书有罪，那么我将给你们读的所有书也一定都有罪。你们看到这次起诉将你们置于了两难境地。宣判我的当事人有罪，实际上就等于宣判《圣经》也有罪。

我的第二个观点是——这一观点或许还没有被警诫会考虑过——整个世界的文学都能在卡内基先生或政府创办的图书馆里找到。在这些图书馆里可以借到《圣经》；所有拉丁文和希腊文作家的作品都摆在书架上，一些是原文，一些是译文。乔叟、苏埃托尼乌斯[1]、拉伯雷、莎士比亚的作品都没有任何删改——想想看，没任何删改！——伊丽莎白时代的诗人和戏剧家的作品也一样。我们的图书馆处于多么危险的地位——卡内基先生已经为我们的孩子设置了怎样可怕的陷阱！柏拉图和贺拉斯必须走开，虽然我们强迫自己的孩子在学校里必须读他们的书。所有古代作家的作品中都包含着比这本书中被指责的部分更粗俗的内容。如果我的当事人的书被宣判有罪，那你们所有的人都是事后从犯，因为你们已经为购买荷马、阿里斯多芬、卡图卢斯付了税，而在我们的时

---

1 苏埃托尼乌斯（69—104），古罗马传记作家，著有《诸恺撒生平》《名人传》等。

代，则是购买巴尔扎克、福楼拜、戈蒂耶、雨果、左拉——所有这些作家的作品都是用你们的钱买的。购买包含着很多粗俗内容的《堂吉诃德》所用的钱，也是从你们的口袋里拿出来的。你们会在旅馆里听到其中的故事，陪审团的先生们；你们将会听到这些，那时你就可以说我的当事人是否写了什么超越了浑身散发着罪恶气味的女仆的故事，她本来是去与车夫约会，结果却误上堂吉诃德的床。你们会听到歌德和海涅作品中的许多片段：其中的每一段都可能会破坏我们的社会结构。你们也要听一听薄伽丘的一些故事，如果你不觉得厌烦，也可以听听布朗图姆的一些故事。柏拉图的一两段话就可能说清这件事。贺拉斯的一两首颂歌也能做到这一点。但我们先不这样做。现在，先生们，请听听《历史》中的一些段落……

鲍尔德斯顿：反对！作为起诉方律师，我反对把其他不重要的、与此案无关的书牵涉进来。我们不是在讨论《圣经》、莎士比亚或《堂吉诃德》，而是在讲正受审的这本书。你必须根据事实法则处理这件案子。

摩尔：阁下（我对着自己的黑猫说——它打着瞌睡，就像坐在法官席上的法官），关于什么可以出版、什么不可以出版，并没有任何既成的标准。在这个问题上，没有两个人的想法是类似的，也没有谁在两天内的想法是相同的。因此，判决这些案子不能像审判偷窃案一样。一个人拿了一条不属于他的手绢，每个人都认为他应该受到惩罚，却没有人知道什么东西该印刷、什么东西不应该印刷，除非能够建立一种标准。而且，审判这起案件所依据的法律变幻无常，根本没考虑什么标准，但它应该有一种适用的标准，这一标准就是英国文学，这是一条建立在数代人实践基础上的标准。这十二个陪审员难道要在对这种标准一无所知的情况下审判我的当事人吗？基于法律的审判只能根据以前的审判进行，每一部为公众认可、进入英国文学史的作品都参与了这一标准的制定，都是这一案例的先例。例如，如果一部真正诲淫诲盗的作品受到指控，陪审团可以宣布被告无罪（陪审团可以由不在乎公共道德的人组成），第二天这本书就会在街上的手推车上出售。审判的不公正如此触目惊心，以至于高等法院不得不出面干涉，理由是对这种书只能根据先例进行判决。现在，阁下，我相信雌鹅喜欢吃的东西雄鹅也喜欢，你必须恩准根据先例判决这本书。

鲍尔德斯顿：但是，阁下，即使本书不比过去的书更出格，在过去被免于处罚的罪行并不意味着在今天是被允许的。我们处理的不是过去，而是现在。

摩尔：阁下，我认为对文学而言没有什么过去和现在之分，除非没人再读它，我所提到的书正在印行、出售，人们正在读着它们。

鲍尔德斯顿：很好，摩尔，你对社会大臣的彻底盘问会很有意思。

摩尔：谢谢，鲍尔德斯顿，谢谢你对我的法庭辩论才能的赞许。直接的检查已经表达了他对被指责段落的恐惧，而当我和他在一起时，我会让他告诉我为什么他不赞成它们，并导致他夸大它们的重要性。当我设法让他说以前从未注意到这些出版物时，我就会问他是否读过《圣经》、莎士比亚和柏拉图的作品。他会说读过，然后我会很高兴给他读一读《申命记》中的几段、《温莎的风流娘儿们》和《飨宴》中的一些章节，并问他我刚才读过的这些片段是否没有超越受指控的这本书的"罪行"。不要想回避这个问题，我说，回答"是"或"不"就行。

鲍尔德斯顿：如果你让我扮演秘书的角色，我的回答是：是。

摩尔：那你为什么不起诉出版这些书的出版商？

鲍尔德斯顿：你提到的都是伟大的文学作品，这些书的作者的写作水平高于你的当事人，而且他们是根据自己时代的口味写作的。

摩尔：鲍尔德斯顿先生，我们在这里讨论的不是美学，而是道德。而且因为生活比文学更重要，我请求你同意一点：如果一本书对生活有害，那么就应该阻止它发行，而不管它写得有多好。

鲍尔德斯顿：我不这样确定，因为好的作品……

摩尔：《圣经》和莎士比亚没有被证明是有害的，因为它们写得都很好，这是你的观点；那么，法官大人，我就应该面向陪审团说：证人的证词在我看来使答辩状有必要改变一下。答辩状将不得不这样改：根据美学标准，我的当事人的书必须被指控，但没有一项法律规定一本书因为写得不够好就应该被烧掉，它的出版商应受到处罚。如果真存在着这样的法律，我会拍手叫好，但我相信这样的法律并不存在。

鲍尔德斯顿：我认为法官会从陪审团手里接过这件案子，将它扔到法庭之外。但如果社会胜利了，并且压制了被控诉的书，我敢肯定你的盘问会伤害秘书的良心，并会导致对出版古典主义作品的出版社的攻击。

摩尔：那么就让我们拭目以待到底这些讨伐将导向何方，如果他们仍真诚的话。我们可以假定他们是被一种信念所驱使，即认为所有包含着类似于古典作家作品中常有章节的文学作品都应该受到指控，而且，在成为纳税方面的拒服从者，以支持那些人们可以在里面阅读到薄伽丘作品的图书馆之后，他们已非常荣幸地保证陪审员愿意指控全世界迄今为止，一直被人们以敬畏的眼光看待的作家们，最后他们会完成对文学的审判，仅仅留下奥斯汀小姐。但即使奥斯汀的一些段落里也有粗俗的内容，她很公开地讨论妇女们的家庭生活，而小说应该根据最敏感的道德心进行写作。因此，她的作品也应该拿去烧掉。即使到了这个时候，预示着结局的先兆也不会出现。我们的讨伐军将不得不转而攻击所有刊登了离婚法庭受理过的不幸婚姻故事的报纸。但是查禁"周日"报纸并非任务的全部；很可能那些最精力充沛的、最彻底的"碎木机"——也许我可以这样说——会认为看《皮拉士特里斯的赫尔墨斯》能诱使女人离开她的配偶，因为他的地位没有提升到她所期望的水平。接下来他们会说：我们必须继续反对公共艺术展览馆、敲碎雕像、烧毁绘画，因为没有人否认所有这些平平安安地挂在美术馆里的最伟大的绘画作品——它们往往不需要入场券——是描绘神话主题的——比如卢浮宫里的柯勒乔[1]的《朱庇特和安提俄珀》，同样的题材在英国文学中如果不立刻给作者带来受控之灾，就不可能同样真实地进行描写。然而，可以肯定的是，用文字描写一个行动要比用绘画描述更脱离实际情况，所以很难让陪审团明白用文字描述一尊塑像或是一幅画也会激起不正当的情感，但观赏一尊雕像或一幅画却不会唤起观看者任何这种念头。

但关闭了我们的公共美术馆和雕塑馆之后，仍有许多工作等着我们的改革者们去完成；他们必须走进剧院，每一个人的衬衣都必须延长到脚踝，然后他们必须走进社会——他们也许装扮成侍者，但他们不得不参加晚会——这样好观察人们穿的衣服是否端庄。社会上，女士穿着开

---

[1] 柯勒乔（1494—1534），意大利文艺复兴时期重要画家，创作了大量的油画和天顶画，多以宗教和神话为主题，著名作品有《耶稣诞生》、天顶画《圣母升天》等。

领很低的衣服，当这些衣服被带上法庭时，将很难使陪审团相信这些女士之所以穿这样的衣服并非为了吸引异性。我应该辩解说，没有哪一本书能激起像一个穿着短裙的女士所引起的那种温暖的情感，为了反驳我的观点，陪审团会发布一道命令：从此以后所有女人都必须从头裹到脚。但是不管穿没穿衣服，当一个女人的眼睛从桌子对面看过来时，它们所带来的吸引力都会比一图书馆的书更强烈，所以目光也必须被控制。酒和肉会燃起激情，必须定量配给。讨伐军们也必须在餐桌上安排耳线，倾听人们的谈话，并迅速记录下来，并在传递盘子时将纸条带下去。当消除了香槟酒和谈话的危险后，我仍然为那些讨伐军担心，那就是，不管他们多么警惕，他们都会发现自己不可能除去——春天的日子。

鲍尔德斯顿：这确实是一个大危险，而且看起来似乎没有逃脱的可能，因此，如果你允许的话，我们就回到比"春日应该干什么"更容易解释的话题上来——驱使我们的社会改革者这样做的动机是什么。我听你提到了"敲诈者"一词，但是你并不相信他们都是敲诈者、迫害者、伪君子？

摩尔：我不记得用过这些词，但我可能暗示过，因此我要尽快声明，在讨伐军中有许多真诚的人，真诚但被误导、被控制了，我再说一次，是被一种荒谬的观念即道德取决于最新的小说误导、控制了。毫无疑问，我们的改革者中有许多骗子。但他们并非全都是骗子。很难相信那些成功地发现了一本书应该被指控，并向公众宣布的团体的秘书和财务主管都是骗子。他们发出的通告的论调，让那些能够从字里行间读出深意的人看出了他们的本来用意，而我相信，出版商应该联合起来反对敲诈者，这无论对文学还是对道德来说，都是非常重要的。你看，"敲诈者"这个词一不小心又溜出来了，这个词太切合我们讨论的问题了，因为"敲诈"在讨伐行动中起着一定的作用，虽然可能不是非常重要的作用。他们最根本的动机是迫害的欲望，因为我们每个人内心都有迫害他人的欲望。如果是我的话，我更愿意为难一下那些后印象派画家，我很高兴的是我不知道该采取什么方法这样做。

鲍尔德斯顿：谁敢说自己能抗拒这样的诱惑？只要这种诱惑膨胀到一定的程度，每个人都会成为罪人。

摩尔：人们怀疑一个圣洁的主教管区的消息，是否会在更高尚的道德家心中唤起更多的热情，因为没有罪恶就没有忏悔。那么道德家们要在怎样陈腐而没有生气的世界里找到他们自己，在泰晤士河边渴望着过去充满罪恶的好时光再次回到他们身边。难道没有人说过，没有忏悔我们就无法获得更多的快乐吗？

鲍尔德斯顿：你脑子里在想的《圣经》经文是：快乐将出现在一个忏悔的罪人头顶的天堂，而不是出现在其他九十九个不需要忏悔的正直的人头顶的天堂，快乐只能在《路加福音》中找到。

摩尔：这不像耶稣的话，一点也不像，它是让人完全无法接受的一种经文。我怀疑是一个主教的话。但还是让我们回到维泽泰利控诉案时的警戒会上来吧，因为它为我们提供了一个永远不会过时的范例，在他面前，莫里哀的答丢夫变得毫无意义——他就是维尼上尉。在老贝利法院保留着这个上尉的一幅画像，而我要求去看一看，以免和我脑海中的形象产生差距：一个高而瘦削的男人，双肩高耸，嘴里偶尔会蹦出一两句短促的话。他一定曾是个稍有些华而不实的人，因为要赢得维尼上尉这样的人在其中是著名人物的整个社会的尊敬，非得有点华而不实不可，这样的人受到所有人的尊敬，尤其是女士们。想象一下他走进办公室，并且在长长的桌子旁找把椅子坐下时给委员会带来的小小骚动，这很有趣，实际上也很有启发性。委员们或许正在等他们的秘书，而秘书们去拿那些上尉在其中标出了可疑章节，并希望委员会对之发表意见的书了。想象一下女士们和先生们交头接耳、议论纷纷的样子真是一件愉快的事情："多令人震惊呀。""是的，非常令人震惊。你看看这里，A夫人，看完后能不能交给急着想看一看的B夫人？她早就听人在谈论这本书了。"B夫人与C夫人观点一致，都用赞许的目光看着秘书、一个矮小蓄须的男人。当他分发被怀疑的书时，脸上流露出虔诚的神情。我们无法想象他的声音，如果不是他用低沉的嗓音说委员会认为有必要对某些书提出控诉的意见是非常有价值的话。审阅所有可疑的段落、用平静的语调大声朗读出来、讨论等占用了大量时间，但不会明确解决任何问题，直到维尼上尉迅速地一边翻看，一边喃喃低语："令人吃惊，令人吃惊，真是太令人吃惊了。"于是所有的人都知道要提起控诉了，大家的脸色都开朗起来。但是维尼上尉似乎仍很困惑、不安，不一会儿，他取出表，大家都知道，他的想法成熟了：他找到了问题所在。"我很遗憾，"他说，"但我必须离开了。不必多说，我们都一致遗憾地认为：必须立刻阻止这种肮脏的东西再流行下去。你们都看到了我在页边所写的注解，如果还有什么困难，下星期五我将来这里发表我的看法，不管其价值如何。我很抱歉得离开了。"他又看了一次表。"我会迟到几分钟，但若坐出租车，并开得快一点的话，我或许能准时到。"说完，维尼上尉就起身去赴一个女士的约会了——这个女士在年龄从十六岁到十八岁之间的年轻女仆中有很多熟人。一天，一条消息传到警戒会委员会：维尼上尉被指控诱拐一个年轻的厨娘。"好像说他将她带到巴黎去了。"秘书咕哝道，以回答人们提出的问题。妇女会则声称这一定是想干涉她们工作的某些人精心安排的阴谋："或许这是一个错误。你不这样想吗，X先生？"秘书摇摇头:"恐怕是确有其事。"几天后,地方官员将维尼上尉送上法庭审判。

我在讲的故事大约发生在五年到二十年前,之后没有哪一年我不在沉思非凡的维尼上尉的精神状态,在深夜里徒劳地自问,在毫无睡意的夜晚他是如何证明自己是正确的。要回答他没有证明自己的正确是很容易的,但对我来说,要想象一个过着双重生活而不与自己妥协的人是很难的——如果我可以这样说的话。我上百次地问自己,他是从什么角度开始他那非凡的职业生涯的。

鲍尔德斯顿:难道不是你的好奇心诱使你犯下你所抱怨的罪恶,从对犯人的惩罚中得到快感吗?如果不是从惩罚中,也是从精神上获得快感,因为这样做你就不会始终庆幸自己没有像他那样了。

摩尔:人们常说人性中没有任何外在于我们的东西,但这个人似乎比历史上的任何人都离我们更远。可以肯定的是,人们之间彼此互不了解,就像他对自己在森林中追踪的野兽或他坐在篝火旁边时跳上他膝盖的小动物的了解一样,这就是说正义只是未受过教育的人们的错觉的原因。我很抱歉,鲍尔德斯顿,如果我在谈到维尼上尉的垮台时有任何幸灾乐祸的字眼。如果有,我深表歉意。然而,一个包含着至少一个维尼上尉这样的人的社会,却不得不允许处死可怜的老亨利·维泽泰利,这是一件可怕的事情。

鲍尔德斯顿:难道你就没有自己想指控的书吗?甚至没有一些

自己想收集的书吗？

摩尔：我们在讨论文学，而不是讨论体面不体面，就像我已说过的，我们没有借口把两者混为一谈。文学不会成为色情作品，因为文学作品的题材是人们的正常生活，普通的生活一经天才之光的点燃，就成为具有普遍性的生活。至少还有其他二十个理由能说明为何艺术并不意味着色情。

鲍尔德斯顿：但请告诉我，你否认文学对人的行为有影响吗？

摩尔：生活就是影响。我们被一切所见所闻所感影响着，对手和花的触摸就可能会影响我们的行为，但文学不会或几乎不会，文学的吸引力主要是智力上的。

鲍尔德斯顿：你曾提到我们的公共图书馆里包含着所有现代的和古典的作品，并且还没有受到改革运动的侵扰，当然，你知道，这些用母语写成的作品总是公开陈列在书架上的，或许就与被删改过的英国翻译作品并列摆放，而全本的英国文学作品则被封存在箱子里，由图书馆员少量地分发给他们认为有资格读的人看。如果人们读不到这些书的英译本，就如吉本[1]在自己著作的"序"中所说的，希腊文的脚注都是根据狄奥多拉王后[2]的意旨做出的一样，当它们隐藏

---

1 爱德华·吉本（1737—1794），英国历史学家，著有史学巨著《罗马帝国衰亡史》六卷，记述从公元2世纪起到1453年君士坦丁堡陷落为止的历史。
2 狄奥多拉王后（500？—548），拜占庭皇帝之妻，马戏演员出身，握有统治实权，制定禁止买卖少女的法律，为最早承认妇女权利的统治者之一。

在一种晦涩的高雅语言中时，这些书就只有那些受过高等教育的人能读了。

摩尔：我们的改革者提出的观点是：放荡文学（我这里用的是"放荡"的本意）呼吁激情，燃烧激情，破坏国家的健康。如果真是这样，那为什么还要将这些书借给受过教育的人，却不借给没受过教育的人？我们是不是假设教育消灭了激情？萨福不缺少教育，乔治·桑也一样，这样的例子不胜枚举；每一个唐璜都会告诉你只有有学问的女人才有价值。我们在谈的问题受困于偏见、习俗、逃避和迟钝。你刚才谈到了被删改过的文本，但删改过的《圣经》和莎士比亚、柏拉图的文章是无法接受，也永远不会被接受的，因为没有人知道该保留什么、删除什么。校订者们自己也无法取得一致，如果他们被锁在不同的房间里，他们会拿出不同版本的柏拉图、莎士比亚和《圣经》，他们一被放出来就会争吵不休。将一些书锁在图书馆里，只少量分发给有资格看的人，这使我想起一件趣事。一个图书管理员问一个姑娘的年龄和教育程度，并仔细打量她的脸，想从她的外形和脸部判定她是否有资格阅读未删改过的斯特恩的作品——为不同年龄的人准备了不同的删改本：一种是为十五岁的，一种是为十八岁的，另一种是为二十一岁的。不但如此，当女孩在借书处办理借阅手续时，一个在旁边闲逛的男孩也被问及同样的问题。莫非要这个男孩和这个女孩宣誓，他们不是为了阅读那些敏感的段落，而只是为了了解某一时代的文学才借阅这些书的？男孩或女孩怎能发这样的誓呢？他们并不知道为什么自己想看这些书。动机是很复杂的事；我们不是受一种动机的驱使，而是受许多种动机的驱使。图书管理员仔细观察过男孩和女孩的脸之后，一次又一次地自言自语："这个孩子够资格吗？"接着他把《罗德里克·伦道姆》交给男孩，而给了女孩一本《感伤的旅行》，然后回到自己的桌子后面，一副被劫掠的样子，接着又好像良心受到谴责似的忧心忡忡。难道女孩的眼神不是已向他表明她的性情不适合读《感伤的旅行》吗？那个男孩呢？几小时后，他大叫一声从床上醒过来："我错了，他不适合读那本书，我明早一定要把那本书要回来！"图书管理员本人也不知道自己为什么要读某些书，他的动机也是混杂的，就和你我一样。只有上帝能看透人的心。我的好朋友约翰·埃灵顿可以一直看着借阅者的脸，却始终猜不出对方的动机是什么。图书管理员根本不必费心知道借阅者的动机，只要借阅者愿意读薄伽丘、布朗图姆、拉伯雷的原著就行了。至于文学与道德的关系，人们可以永远不必忧虑，就不会陷入愚蠢的泥潭。

鲍尔德斯顿：在纽约市，你所熟悉的盎格鲁-撒克逊人的态度是并存的，并且与欧洲人的那种宽容态度相处融洽。在纽约有两百万人读着自己语言的书，说着自己本民族的语言，在自己的剧院里听着自己民族的戏。我们让他们随意读自己喜欢的书，看他们喜欢的戏，根本无须顾虑盎格鲁-撒克逊当地的法律，只要他们不涉及英语就行。因为警戒会对英语小说的指控在纽约比在伦敦更严苛，所以其他任何语言的书都不能公开出售，不管是什么性质的书，一旦出售，必受到干涉。

摩尔：我从未听说过伦敦有起诉外语书的案例。

鲍尔德斯顿：纽约的警戒会密切守护着盎格鲁-撒克逊种族的智慧、安息日的圣洁，就像他们密切观察着新的英文小说以维护道德一样。任何百老汇的剧目都不允许在周日上演。就在不久前，一家剧社想在周日晚为本社成员上演一出严肃剧，因为剧院和演员都只在周日晚有空。但警戒会却要求警察占领剧院并阻止了演出。

摩尔：我没看出其中有什么值得奇怪的。

鲍尔德斯顿：只有这一点是这样，在纽约的外国人居住区，就像在欧洲大陆一样，周日都是一周中戏剧演出的高潮日。每次都有两场演出，有德语、依地语和意大利语，都是欧洲最优秀剧作家的作品。这些作品如果在百老汇上演，即使是在工作日上演，也会让剧院经理锒铛入狱或者破产，警戒会从来没有反对过。也就是说，在百老汇亵渎安息日的东西在博维利街就不亵渎了。就像你所说的，不仅道德似乎不是依赖于文学，而是只依赖于英国文学作品，而且我们的警戒会似乎也认为只有英语作品才亵渎安息日。

摩尔：疯犬看到任何猎物都狂吠；一只完全不可靠的恶狗，就在这非常时刻，它正对着某个暗处狂吠。朝什么吠？兔子、野兔或狐狸。"在朝普里阿普斯[1]叫！"穆迪喊道。"朝他叫，放荡鬼！"斯密斯喊道，"他是杂牌货，鲍尔德斯顿。"

---

[1] 希腊神话中的男性生殖力之神，也是果园、酿酒和牧羊的保护神。

第四章
名字的妙用

为了改变我在埃伯利街——一座狭长的贫民窟,王子加冕那一年我在这里买了一幢房子——千篇一律的生活,我最希望的是一种新思想。今天有个新念头来陪我消遣了——英国诗人都有美丽的名字,而英国小说家的名字则都很粗俗,除了乔治·梅瑞狄斯,但他不是小说家,人们记住的只是他的诗。培根比我更早发现名字的力量,因为他知道名字在文学领域的重要性,并且选择了最美的一个名字。随着一部部剧本的问世,莎士比亚这个名字也越来越像他的名字了,越来越难以捉摸,越来越奥妙无穷了。因为名字的缘故,培根的剧本不允许有一部上市。剧本靠的就是名字。另一个名字安德鲁·马韦尔[1]署在诗歌后还可以,但剧本和十四行诗则需要一个更响亮的名字。约翰·弥尔顿,一个可以世代回响的名字,一个适合清教

---

[1] 安德鲁·马韦尔(1621—1678),英国诗人、议员、玄学派诗人代表之一,著名诗篇有《致羞涩的情人》《花园》及长篇讽刺诗《画家的最后指示》等。

徒诗人的名字。要找比华兹华斯更适合做一个田园诗人的名字的名字，我们得长途跋涉、背井离乡了。没有比阿弗雷德更适合做维多利亚女王时代的诗人的名字了，如果有人看不出那些诗有时署名丁尼生，有时署名阿弗雷德，而有时则署名阿弗雷德·丁尼生，这人一定会被怀疑是不是失明了。斯温伯恩也是一个很重要的名字，当我们加上阿尔杰农·查尔斯·斯温伯恩，这个名字就成了每一阵风都能吹奏出音乐的管乐了——《阿塔兰忒在卡吕冬》是斯温伯恩自己的杰作，诗歌和感伤的情歌则是查尔斯和阿尔杰农的创作，作品集中的那些平凡琐事，我们则只归之于阿尔杰农。

作家用的名字可以说明其作品的性质，只有那些从来没意识到名字的价值，从来没像我一样为一个名字激动、振奋——就像我在《一个青年的自白》中谈到的某个早晨那样——的人才会觉得这是无稽之谈。当时我们坐在自家的马车上，正缓缓地驶在通往海德郡的盖尔威的乡间小道上，阳光透过玻璃射了进来，我的父母就坐在我对面，正谈论着一本全世界都在读的书。书中讲的是一个女人的故事，她因为自己的车夫长着一双紫罗兰色的眼睛，就嫁给了他，她叫奥德丽。虽说采摘果子、追赶小猫的喜悦使我暂时忘了她，但我灵魂的眼睛始终在注视着那本书，我们一回到家，我就读完了这本书及其后继者，其中我发现了一部名为《医生太太》的书。医生太太名为博瓦莉，是奥德丽的衍生人物，她爱读雪莱和拜伦。毫无疑问，雪莱这个名字像一颗耀眼的星星穿透了我朦朦胧胧的青春时代的阴霾。我逃离教室,在图书馆里细细搜寻他的作品,最后只找到一本袖珍读本,无疑很早就停版了。读本中的第一首诗是《敏感的植物》,读到轻风吹拂着敏感的植物,万物复苏,我只觉得太奇妙了,以至于只想整日待在母亲的卧室里,只想随时随地给她读。《麦布女王》我是在苍绿的爱尔兰湖畔读完的。拜伦的诗我也是爱不释手。凭着他们的名字发现了两个伟大诗人,所以我很自然地要重新再寻找。第三个吸引我的名字是柯尔克·怀特,虽然从音节看这不会是另一个雪莱,但它们却使我想到了一种骄傲而孤独的精神。一个个信使被派到喀斯特勒巴,催促书店老板再询问一下这本书的消息。我在餐桌上等着我的信使从喀斯特勒巴带回这本书,然后一把抓住。这是一小册用红纸印成的书,我拿着它退到楼梯旁的一个房间里。但第一节缺少诗歌的魔力:"微风用银色的露珠滋润它。"第二节比第一节更单调乏味。许多年来,柯尔克·怀特这个名字使我怀疑——如果说没有完全毁坏的话——我对名字占卜术的信仰。

几年后,一个雕刻家在其工作室的门口谈到了巴尔扎克这个可畏的名字,我感到一阵兴奋,但因为柯尔克·怀特这个名字给我带来的不快,我没有买法语语法书和词典。如果不是因为柯尔克·怀特这个欺骗性的名字,在过去的五年到三十年内,批评家已经掌握了一种绝对有效的文学批评指南了;但就是因为他的名字,他们至今仍在黑暗中摸索,将英国小说和英国文学混为一谈。我昨天写下了一些文字，写完之后去了解柯尔克·怀特，我发誓这是第一次，然后了解到他本打算做一名牧师，在二十一岁时死了。"济慈一类的人，"我说，"但没有济慈的才华。"我陷入沉思，"二十一岁就死了，这倒是一个充满诗意的行为。"沉思中一个想法浮现出来，我不知道为什么会产生这样的想法，但我的确自言自语地说："柯尔克·怀特这个名字做诗人的名字不够好，但若作为一个英国小说家的名字却很不错。"这个名字肯定比我们发现的任何小说家的名字都好——他们的名字毫无色彩，都是像橡皮布那样干巴巴且粗俗的名字，像橡胶鞋一样一塌糊涂。特罗洛普！有人能容忍这样一个预示了一种堕落风格的名字吗？还要在前面加上"安东尼"，这使事情变得更糟。沃尔特·司各特这个名字使人想起循规蹈矩，这是一个圆形的名字，一个长着狮子鼻、戴着眼镜、圆鼓鼓的名字，一个平和、仁慈、有身份的老单身汉的名字。这是一个引起所有世俗思想和模式的名字，一个潦倒文人的名字，一个神经质的名字，一张扶手椅的名字，一棵老橡树和一座修道院的名字。这个名字让人想起即席写作的小说，想起了购买的农场。萨克雷是一个马夫的名字。音节拼读起来就像碟子的声音，听到这个名字我们就会说："我们希望马车两点半到，萨克雷。"

狄更斯是个小听差的名字，这是肯定的。如果我不相信神给我们的名字是为了与我们注定要读的书协调，乔治·艾略特这个名字将会改变我的想法。这个作家的原名是玛丽·安·埃文斯，一个粗俗的名字，但就像骏马一样，依然符合它的个性。但设计作品结果的神需要的只是一个虚伪无用的名字，也需要有人因这个名字而存在，这就像人们只能在本顿维尔监狱前的壁炉上发现的奇怪贝壳一样，虽然它们有条纹、有背壳、有唇边，但是很难有人会相信那里曾经有动物生活过。我认为这是读者的荣誉，读者，说句心里话，乔治·艾略特这个名字会写出奥斯汀小姐的小说吗？"当然不能，乔治·艾略特这样的名字不可能写出《人间喜剧》，肯定不能。"诚实的读者喊道。除了写《人间喜剧》的那位作者的名字外，还能有别的名字写出这样的作品吗？这个伟大的名字就是为这部作品设计的。巴尔扎克增加了书的真实性，这对他的作品来说是必要的。"其他没有任何人适合这部作品。"读者们众口一词地喊道。我感谢他们一致支持我。我接着说。当我第一次听到这么响亮的名字时，一座巨大的城市出现在我面前，在神秘的蔚蓝色天空的映衬下矗立着。古斯塔夫·福楼拜像一面旗帜在风中飘动；J. K. 于斯曼唤起了中世纪被扭曲的灵魂。K把人的思绪带到弯弯曲曲的哥特式小巷，带到高高的楼梯上，在楼梯的顶部，坐着一个敲钟人，正对着钟声梦游的他，悲叹着难以找到好油准备色拉……美丽的名字需要写出像希腊花瓶那样漂亮的故事，世界上大部分美丽故事的作者都拥有世界上最漂亮的名字，比如，伊凡·屠格涅夫。就像倾听动听的音节——伊凡·屠格涅夫，一遍一遍地重复这个名字，不久，大英博物馆中的那些隐藏在令人迷惑的挂毯里的命运女神开始在你眼前升起,讲述伟大的锡西厄传说的人所讲的故事像它们本身一样和谐,而我们却徒劳地问:为什么上帝要把希腊的光辉交到锡西厄人手里?

在戈斯和摩尔的谈话中我们已经了解到其中的大部分内容,如果一项艺术已经赋予了一个能够出类拔萃地表现自己的国家,那么其他所有的艺术在那个国家都是微不足道的。英国的思潮走进了诗歌,在文艺批评的发展过程中,我们偶然发现了一个奇特的现象:屠格涅夫却无法欣赏巴尔扎克——这是一个可靠的传记作者公正揭示的事,我们怀疑的是他是否想过这个问题值得他深入地思考,或者他是否希望通过纯粹客观的叙述来激起我们的好奇心,就像歌德说假如没有路德,事情会更好时他所做的那样。但没有任何比较是有效的,歌德的生命生来就是要吸引整个世界在数个世纪间关注他的文学和科学成就:毫无疑问,他期望最后有人挑灯读他的自传。"没有读。"一天晚上,国家图书馆闭馆之后,我和约翰·埃灵顿一起回家时,我这样对他说,同时给他讲了很多歌德曾花费很多时日的工作,说他总是直到有所发现才离去。约翰轻蔑地咕哝着:"他别无目的,只是要用完早晨还没用完的那一滴墨水。"

约翰的聪明足够使他对写作的价值有一定的认识,在这方面,他像伊凡·屠格涅夫,对后者而言,写作就像呼吸一样自然。当他不得不说出他想对这个他生活于其中的世界所说的一切时,他告诉来问他要小说的报纸编辑,他已永远搁笔不写了。他说这话时并没认为世界从此以后会变得更悲惨。他知道生命的价值，他从没想着从沙皇那儿得到什么头衔，他不打扮，不参加文学聚会，当他出国时，从不说起俄国这个名字。他不想变得明智，他是明智的，明智得满足于这样的明智，似乎令人难以置信，就像自然赋予他的那样，既明智，又不明智。歌德则不是这样，他或许不像乔治·亨利·列文斯所说的那样华而不实。幸运的是，没人会永远那样，但我们不必让乔治·亨利·列文斯转移我们的注意力，我们还是回到我们的问题上来，我想说的是：我相信当屠格涅夫轻蔑地谈到巴尔扎克时，他只是说出了自己的心里话，他是个单纯的斯拉夫人，想法很直接，他不欣赏巴尔扎克的天才是情有可原的。他知道，但是他并不想对他所知道的东西多想，将和自己无关的事情置之不理是他的本能，因为屠格涅夫的作品比歌德的作品包含着更多简单而自然的东西，有更多不需劳作，也不需要纺织就能得到的百合花。在艺术领域，他是拿撒勒的耶稣，他不需要像歌德那样把水搅浑而使事情比真相更神秘莫测。屠格涅夫可以说是聪明而深刻的，因为他能看透事情的本源，却从不想费心理解它们，但他理解了。在这方面，他和巴尔扎克不同，巴尔扎克拥有硕大的脑袋，而我们能感觉到他的大脑在不断地劳动，并且常常如同火山爆发喷出的熔岩和灰烬般迸发出无穷的智慧之光。但屠格涅夫的文艺作品却如自然一般无声无息、潜移默化，他没有花费丝毫精力去理解生活。为什么？因为他了解生活。而且一旦我们也了解了生活，努力也就不再必要了。一个故事，其他作家认为平庸而嗤之以鼻的，屠格涅夫却要讲述，并且他的叙述往往通过赋予故事永恒的生命力而使它升华。创新而不偏执。是的，这就是最大的困难。除了巴尔扎克和屠格涅夫，就没有会讲故事的人了，在无数的人中，只有这两个人能写出世代传诵的作品。讲故事一定很难很难，因为虽然世界上有很多诗人、画家、雕刻家、音乐家，但是请允许我再重申一遍，只有两个会讲故事的人。托尔斯泰写作时心如电灯般清晰，而且是一盏未经修饰、令人不快的灯，发出嘶嘶的白光。福楼拜的作品就像精心镶嵌修饰过的精细工艺品，或者说一度被人这样认为。尽管如此，他并不是一个会讲故事的人，他最好的作品不是小说，而是讽刺作品。还有于斯曼的《根》，以及龚古尔所写的一些有趣故事，这些作品后来的人也许会出于好奇浏览一下。还有一些写小说的天才，如陀思妥耶夫斯基，但癔症和激动是不能制造出故事的，在我们能够崇拜他们之前，现代生活已将我们心中所有的希腊神话原形榨取了出来。他那混杂的作品很精彩，可却不能征服我。莫泊桑可以写出完美的故事，但对于生活来说，它们都太微不足道了。

只有诗歌写起来才像散文一样困难。这还仅仅是其中之一；戏剧的写作也很难，特别是写成诗剧时，更是双倍地困难。有人提出歌剧的写作也像叙事作品一样难，因为没有人写出很多成功的作品——没有人，除了瓦格纳。莫扎特仅次于瓦格纳，但我们现在关注的是巴尔扎克和屠格涅夫。

我曾将巴尔扎克与不同时期的许多东西进行过比较,我现在把他看成是一个伟大的征服者——《人间喜剧》犹如一座巨大的城市,当我们靠近它时,它的外围越变越大,遮盖住了地平线。我们被它的张力吸引着,被它那使其每部分都充满活力的生命力深深吸引。当然我们不会在任何地方驻足以观看某些完美的教堂,或去检查那些雕刻的门廊。但这有什么关系呢?我们说。难道生活不是在形式之前就存在的吗?我们所说的生活是一种东西,我们不断地与自己争论,并且自问这是不是我们在朋友中、熟人中、书中、雕像中和画中所找寻的那种生活;如果自己说是,那又有谁会说不是呢?于是,巴尔扎克就成了最伟大的作家。他描述着壁炉、挂钟、大烛台上的装饰,并且修饰到前所未有的程度。《小路旁的百合花》中那灰色的阳伞是有生命的,阳伞的光度就如莫奈所画的阳伞一样。二十年前它就为我打开了。巴尔扎克笔下的帽子、领结、男式表链上的挂表、女士手指上的戒指、鞋上的带扣、马车上的扶手等都是有生命的。巴尔扎克就是我们生活于其中的生活,他是一个我们可以从他身上找到全部生活的作家;他似乎已经用完了所有的日常生活,因为在他之后的作家只是将我们带入他天才的一个角落。有时他的亮光如星星般璀璨,有时如明灯般白亮,有时如烛光般昏暗,但光是始终有的。光照在物体上,使它们看上去或伟大或渺小,但总是能揭示出物体。如果亮光变暗淡了,我们知道它可能随时再重新燃旺。莫泊桑向我们揭示的人性就像甲壳虫一样。他举起一块石头，甲壳虫便逃跑了，再去找一个藏身之地；但在屠格涅夫的故事里，我们看到的生活就像我们自己心中的生活那样——悲哀、停滞、神秘。他好像给全世界带来了一种对生活的完美理解。他不需要从经验中了解生活；他认识生活，并且似乎一直意识到生活中充满了愚昧与罪恶。道德是神话，只是一种学术上讨论的东西；艺术家只能交给世界一些美的形象。他对解放奴隶抱着强烈的兴趣，但他只赞成间接解放奴隶。在《一个虚无主义者的回忆》中，他从未告诉过人们应该怎样行动，那种导致人们被指控、被流放的行动。对屠格涅夫来说，只需描写他的监狱生活就够了。就像我所说的，这个伟人似乎从一开始就知道我们看到的生活只是一件不幸的事。当我说我们所看到的生活时，我指的是生活的表面，因为几乎没有人能看到表面下的生活，生活的表面已经沸腾如大海的表面，充满了奇异和残酷，生活于其中的生物彼此蚕食。但在生活的表面下，在我们的本能中，却存在着冷漠的道德败坏行为，屠格涅夫是一个潜泳者，他能够读懂他在岩石间发现的那些幽暗的图形。

正如勒南所说（而且说得很美）："屠格涅夫的故事是自古以来艺术所能给予的最美的东西。巴尔扎克的作品更让人吃惊、更完整，却没有这么美。他没有这么完美。同样，屠格涅夫虽然没有巴尔扎克那样彻底和让人吃惊，但他比巴尔扎克更美妙、更完美。"

屠格涅夫有一部作品叫《梦故事》，但所有的故事都是梦里梦到的。在其中的一个故事里，一个男人半夜从梦里醒来，听见竖琴的声音，一个声音让他第二天夜里到院子边上那棵枯萎的橡树下去。他去了，遇到一个幽灵，幽灵让他不要害怕，带着他飞遍世界、饱览众物。在我看来——我现在仍然这样看——在这个故事里，我们被带到了生活的边缘，我们就似乎看到了那个边缘，我们感到伟大的秘密就要向我们揭示出来了。在《贵族之家》中，一个男人缔结了一段不幸的婚姻。他的妻子有了情人，他离开了自己的妻子。很多年过去了，他听说他的妻子死了，他信以为真，就去见一个爱着他、他也爱的女孩，大家都认为他们要结婚了。但此时他的前妻回来了，那个女孩告诉他，他应该回到前妻身边。故事就是这样，再无其他新异之处，很难再找到比这篇故事更平庸、更乏味的了，这样的故事天才肯定会蔑视的；然而，就是这个天才蔑视的平庸、乏味的故事讲述了拉夫列茨基是怎样多年后回到家乡，发现了新的一代。花园变了，树也长大了，年轻人想玩捉迷藏；但忧郁的男主人公却把他们吓坏了，他坐在他曾和丽莎一起坐过的椅子上，恳求他们去玩。"我们这些老人，"他说，"拥有你们现在还不知道的东西，这比任何娱乐都好，那就是回忆。"

《前夜》讲述了同样的故事。其中的年轻女孩海伦和丽莎同岁，她的父母正操心着她的婚事，年轻人纷纷上门求婚，有艺术家、政客、教授。一个教授向她谈到歌德,艺术家嘲笑他;海伦说:"为什么不?"在那一瞬间我们开始了解她了,那句"为什么不"就和《戒指》中的任何一个主题一样特别。一小时后,我们看到海伦坐在窗边,看着夏夜,在和那位文学教授进行一番谈话后,她感到心中有某种神圣的东西忽上忽下,此时我们知道她将成为永远的处女——她一万年前就看着那些星星,一万年后也会这样看着它们;但她命中注定的恋人是个保加利亚人,是教授的朋友。我不愿意去讲屠格涅夫所讲的故事,并且爱它足够使我自制。所以去读它吧,读者,去从中发现我发现的那种快乐吧。但是,我不打算将它再仔细看一遍,因为它恐怕不再是我印象中喜欢的那本书了。就像拉夫列茨基一样,我沉湎于回忆之中,但我就说这些,没人再会复述那段快乐的爱情故事了。在一个威尼斯的春天,海伦把幸福拥在怀里了,而幸福也像季节匆匆一样从她身上越过去了,她的命运打动着我们的心肠,没有其他任何人的不幸能这样打动我们;因为当她的情人死时,她却不知去向,但我们能听到她在荒野中的呼喊,看到她那孤独的身影,就像夏甲[1]在低垂的天空下游荡于花岗岩上的玫瑰花中一样。

屠格涅夫写过一部小说《春潮》。在小说中,一个男子要娶一个漂亮的女孩,但他受到了诱惑——这种诱惑常常充斥于屠

---

[1] 《圣经》故事中的人物,亚伯拉罕之妻萨拉的婢女,与亚伯拉罕同房后生子,后因受萨拉虐待,逃进沙漠。

格涅夫的小说之中——为追求她耗费了自己的一生。这部小说和屠格涅夫的其他小说一样优美动人，但是屠格涅夫却认为它的主旨不够完美，并在另一部小说《烟》中努力想完善这些主旨，因而失去了他早期小说中的一些新鲜活泼的色彩。

然而，《烟》的开端是屠格涅夫的小说中最令人难忘的一段。一个学生在巴登州度假，一个俄国伯爵夫人到他住的旅店拜访他，不遇，她就给他留下了一束淡紫色的花。他将花插入玻璃杯中，然后坐下来写信。然而花的淡淡的香味扰乱了他的心扉，使他半醒半醉。于是他将玻璃杯挪开，然后匆匆写完信就上床睡了。不过那淡淡的花香也跟着他到了房里，并潜伏在了睡衣下面。

有一部小说讲述了索伦多一个听女人唱歌的男子的故事。他正在街上走，一间房子的窗户打开了，从窗户里传出唱着舒伯特或舒曼的优美曲子的歌声，飘荡在夜空。他在俄国的大草原上又听到了这个歌声，后来他在莫斯科的一个舞厅里又遇到了这个歌手。我没记住其他东西，我只记住了那份感情，那份被索伦多街头和莫斯科舞厅的歌声所唤起的无限渴望。当然还有在索伦多和莫斯科舞厅同时出现她的身影这种不可思议的巧合。在他们的不断相逢中一直暗含着一种挥之不去的神秘感。在其他环境中，又出现了同样的诱惑，这使人相信有一种永恒的轮回，相信存在着一种我们无法逃避的命运，这种信念也成了我们生活的一部分。在古希腊和意大利，男人相聚在树林里，他们从树叶间窥视晶莹透亮的乳房，他们也在一直追求那些可遇而不可求的女人，他们也知道那些花言巧语的狂乱带来的弊病。那些古树林中的精灵和女神现在已远去，而这种疾病却仍然伴随着我们。不过也没必要再去索伦多找回它：许多男子已经在画布上的林中空地里找到了它。从灯旁飞过的仙女激起了强烈的热情，就像仙女从芦苇丛中飞过时激起的感情一样。我就认识这样一个人。为了她的缘故，那位受害者试图一百次上演这出传奇剧。他们只面对面见过一次，而且只有一分钟。她的婚姻和死亡也并不太吸引屠格涅夫，屠格涅夫却写了一部关于她的小说。我记得屠格涅夫有一部小说，是讲一个小职员的，他去听一个女演员唱歌，女演员给他写了信。屠格涅夫的小说令人感动之处在于这样一个事实：当他以为自己会被嘲笑时，那个女演员却爱上了他。屠格涅夫谈到在船底下显然在自由自在游着的鱼，虽然鱼钩就在它的鳃中。唉，他虽然知道这种疾病的许多症状，可他也立刻成为那种病的受害者和完整的记录者。

　　惠特曼称赞屠格涅夫是卓越的屠格涅夫、忧郁的屠格涅夫，没有比这更好的说法了。他也称赞屠格涅夫是一个最伟大的讲故事者。而这些词语的选择也证明惠特曼在平常的谈话中已是一个艺术家。这些词语的选择证明他对屠格涅夫的理解就和对柯罗的理解一样。当我许多年前写第一篇关于屠格涅夫的文章时，我说："这些故事来自东方。他讲故事，而我们只写心理小说。"我表达得不好，因为我那时对我了解的美只略知一二，而我仍然在学着理解——屠格涅夫的故事和柯罗的风景画。

巴尔扎克和瓦格纳曾使我鼓舞；我曾加入过游行队伍，扛起飘扬的旗帜。没有他们我的生活将会变得空虚无聊，但是任何东西都没有屠格涅夫和柯罗对我那样重要。他们一直是并且永远是我休息的圣地；他们一起向我揭示了我需要知道的一切。因为一切都包含其中了。看过柯罗画的人就看过了整个宇宙，难道你能在遥远的恒星上找到比瞬息万变的云和在湖畔收集夏日之花的女神更美的东西吗？看吧，云在空中穿梭游荡，开满鲜花的树木倒映在湖面上。他给我们描述了一个关于春天早晨的神话。所有外在的自然界，也就是卢梭一直在寻找的那个自然界，在柯罗看来只是无用的过眼云烟而已，就像屠格涅夫知道日常生活中一切浅薄的争论并不是真正的艺术。这两个双胞胎灵魂，女人生育出的两个最美的灵魂就住在一切都很安静平和的深处。在那里，落叶松弯腰而立，湖面倒映出清晰的天空；在那里，一个男人深切地思念着那位从他身边被带走的女人；在那里，一个女人将自己的欲望深埋在胸中片刻，接着就失去了它，而在保加利亚，人们说她是守护神，或将她说成是慈善的修女，但是没有人确切地知道这一切。

我认为屠格涅夫喜欢柯罗。莫奈也喜欢柯罗，因为他告诉过我。他也爱巴尔扎克，他们在一点上很相似：他们都没有共同的观点。或许这就是为什么柯罗像屠格涅夫不喜欢巴尔扎克一样不喜欢莫奈。

第五章
托尔斯泰（一）

一天早晨，我正在思考屠格涅夫，我的思绪突然被一匹奔跑的马打断了。"一个逃亡者。"我喊道，然后我莫名其妙地想知道那辆马车是不是正给我带来一个俄国客人。"主人，一个先生想见你。""他叫什么名字？""我不太会念，那是一个外国名字，但它的最后一个字是off。"当我的客人在前厅脱下帽子和外套时，我等着，心里一直在想这个屠格涅夫的朋友会是谁呢。恐怕我的仆人拼不准俄国名字，而我也没听清。他先自报了家门，我知道他是一个托尔斯泰批评家，也是屠格涅夫的一个翻译者。"我来这里，"他说，"是想知道你能否和我谈一谈你对托尔斯泰的看法。""不。"我打断他的话说。"我是想请你谈谈你对托尔斯泰最近关于艺术和艺术对象声明的看法。"他回答。"如果我要告诉你我对屠格涅夫一篇关于《堂吉诃德》和《哈姆雷特》的文章的看法，那样是不是和你的目的差不多呢？""我对你说的一切都很感兴趣，包括其他方面的，"他答道，"但是你知道我正在搜集作家、画家、音乐家关于托尔斯泰最近声明的看法,你读过《艺术论》吗?"

除了书名,我对这本书一无所知,但我还是谈起了托尔斯泰,同时希望我们谈话的主题会转到屠格涅夫,因为不会是别的。对这一点我深信不疑,我的拜访者认识屠格涅夫,肯定会给我谈最近发现的那些情书——寄给维亚多夫人的情书。但很难让他离开托尔斯泰这个话题。他一次又一次地说:"托尔斯泰的观点是,如果一个人用他曾经历过的感情感染别人,他就会创作出一部艺术作品。""他的结论是,"我插话说,"最好的艺术是那种反映最好的思想的艺术,而最好的思想,当然就是托尔斯泰的思想。"我的客人表示反对,但我没听他进一步的解释。"如果你允许,我倒更愿谈一谈托尔斯泰的小说。""你很欣赏它们吗?"他问道。当我告诉他的确如此时,他请求我说一说为什么喜欢它们。但不到三分钟,我所谈的就和人们在报纸上读到的东西差不多了。"恐怕我讲的你以前都听过?"他的表情表明是这样。"我敢说你听说过,"我继续说,"因为我并没说出我的真正想法。我欣赏托尔斯泰,但如果我只是敢——""请接着说。"他打断我的话说。"好,"我接着说,"戈蒂耶过去常常自夸他能够看到无形的世界,但没有谁能比托尔斯泰更清晰地看到有形和无形的世界。他的观察力非常犀利,超过以前或将来的任何人。"说到这里,我停顿了一下,我和客人互相对视,我感到很窘迫。这时他说:"请说下去,我想知道你的结论会不会和屠格涅夫的一样。他以前也用同样的方式跟我这样说过。""你这样说我就害怕了,如果你不告诉我屠格涅夫是怎样说的,我就不说了。""你不说出你的结论,我就不告诉你屠格涅夫是怎样说的。你的结论是什么?""托尔斯泰不是一个伟大的心理学家,"我颤抖着回答,"因为他开始谈起他自己也不再肯定的灵魂了,他自己也不知道。但我说的是没人会同意的观点,以前也从没人这样说过。""你在重复屠格涅夫的话,"我的客人回答,"他在谈到托尔斯泰时用的词几乎和你一样。""是吗?真是这样吗?你不知道我听了这话有多高兴,在关于托尔斯泰的天才这个问题上,屠格涅夫和我——如果你不介意,请你再说一遍你刚才所讲的话,真是那样?"

他明确地告诉我的确是这样。在谈话的过程中,我对情书以及其中被隐瞒的东西有了更多的了解。在其中一封信中,屠格涅夫表示自己希望成为她脚下的地毯。这一段文字被删除了,因为维亚多女士害怕这样会使读者认为她是屠格涅夫的情妇。"但她当然是屠格涅夫的情妇,而且这对她来说是莫大的荣誉,"我大叫道,"我们为什么不谈谈她的其他事呢?多给我谈谈,我的客人。"我的客人告诉我他隐瞒了她要求他隐瞒的一切,但将完整的手稿都保留在国家图书馆里了。他只有获得她的同意才能将之公布于众,并使她确信如果不公开这些信,她和屠格涅夫之间的友谊故事就会永远失去了——她的孙子将肯定反对公开这些信。她希望为她的床争得荣誉,但又希望使它保持纯洁无瑕。"就是这样,"我的客人回答,"她思想上的斗争清晰地表现在脸上。"关于她我还可以一直谈好几个小时，但我的客人逼着我谈一谈对托尔斯泰在英国流行的看法。将我的谈话只局限在这样陈旧的话题上，对我来说似乎是种耻辱。维泽泰利先生是将托尔斯泰介绍到英国来的第一人，他发行的译本是美国译本的修订本。我们谈到翻译的困难，我了解到在翻译问题上屠格涅夫一直是很幸运的。他的《丽莎》由R. S. 拉尔斯顿先生翻译成英文，而且翻译得非常好，采用的是屠格涅夫专门为翻译修订的版本，随后是文章的主题让人产生了兴趣。我告诉他，造成英国普通读者无法理解屠格涅夫的原因不是翻译质量不好，而是他故事中的那种高贵的简洁。"不管水有多深，"我说，"公众都会喊道：水至清则无鱼。我们必须煽动民众，混淆视听。"我告诉他，维泽泰利先生也出版了《罪与罚》，我们接着开始批评批评家，俄国小说的长度把批评家吓坏了。《罪与罚》不比任何现代英国小说长。如果除掉《悲惨世界》，《战争与和平》就是有史以来最长的一部小说了。《悲惨世界》的大部分是历史。的确，《战争与和平》里也包含了一些历史，但是拿破仑的战争不是这样平淡乏味、支离破碎的，这样独立于小说人物之外的，它应该像维克多·雨果对滑铁卢战役充满感情的描写一样。

谈话停下来了，我害怕客人会离开，于是开始争辩说托尔斯泰的现实主义和道德观是他流行的原因。流行的小说都是娱乐和警示的混合体，最流行的小说就是那些寓教于乐、纯真朴实、充满教诲的小说。突然的翻跟头或粗野的劝告会吸引群氓，但是很少有人听诗人的话。魏尔伦和屠格涅夫在世时只有很少的门徒，但自那以后，他们在每一代人中都能找到自己的门徒；百年后，听过他们说话的人将远远超过听小丑和牧师宣教的人数，到那时，伟大作家的读者会很多。随着时间的流逝，美妙的节奏会获得更美妙的魅力，而牧师和小丑们粗俗的节奏则只会影响一代人——甚至不会有这么长时间的影响。牧师和小丑常常还在活着的时候就能看到自己的追随者离自己而去，新的教义和新的跟头把他们吸引过去了。我的确是这样说的。在客人面前，我回忆起了所有的格言，并用它们使他相信我们民族的伟大智慧和才智。我以前的一种观点后来由亨利先生非常清楚地表达出来了，但说得像一句尖刻话。他曾这样对我说："托尔斯泰可以把屠格涅夫戴到表链上。"我回答说："表链上的装饰品通常都比表链本身更贵重。"但我的客人并没有像我想象的那样走投无路，我允许他离开，然而向他保证将在巴黎与他见面。其间，我将读一读《艺术论》。在这个月底前，他不应把手稿送到印刷厂。等等，等等。一听到疾驶的马蹄声，我立刻想到可能是我的朋友坐着马车来了；这种想法就像真的一样，以至于使我不敢往窗外看，唯恐自己会失望。

火烧得很旺，我还有很多事情要想清楚，一想到我的思想曾和屠格涅夫处于同一平面，我就非常快乐。还有情书，接着是托尔斯泰本人，他毕竟是一个值得思考的人物。机不可失，现在可以说说关于托尔斯泰的一些真实、生动的事情了，一些超出我的想象,也超出亨利可能会说的一切的事情。我陷入沉思,自言自语道:"90年代完全被现实主义、外在的现实主义的外壳罩住了,对此我和亨利一直都很担心,甚至屠格涅夫对托尔斯泰的赞扬都不能使我相信现实主义。"我的想法是:不管他给我们罩上的外壳有多厚,他表达的感觉是粗糙的,甚至是丑陋的。他的呼吸是从北方吹来的风,但屠格涅夫的呼吸一直就像南方的和风,甚至他在临死之前还能这样给托尔斯泰写信:

最亲爱的列夫·尼古拉耶维奇——

好久没给你写信了。我一直躺在床上,这是我的死亡之床。我不可能康复了,可能不久就会离开这人世。我这么急着给你写信,是为了让你知道,能成为与你同时代的人我是多么幸福,同时向你提出最后一个,也是最迫切的一个请求。亲爱的朋友,回到文学工作中来吧!你的天赋是我们天赋的源泉。啊,如果你能答应我的请求,那我该有多高兴啊!我的朋友,你是我们俄国的伟大作家,满足我的请求吧!

这封信很特别——尽管译文有点生硬,有点呆板——法文版本包含着比这更多的内容,但此时此刻我无法谈这一点。我记得屠格涅夫最后说,他已不能再写了。这封信没有写完,但显然它真切地显示出这种出于道义的请求所表达的一种希望:希望天才的托尔斯泰不要堕落,希望他能改变自己的命运。因为知道人的一生是一个肮脏的故事，所以他敲响了一个犹太人的门，或者我应该说是敲响了一个叙利亚籍希腊人的门。而屠格涅夫更感觉化的性情则让他将生活看成是美好的：无论如何，要做到这一点，就必须排除一切，只除了展览，因为虽然艺术家可以传授，但必须是间接的。借助于美丽的形象和思想，他可以使人的心灵远离卑俗的东西。"人天生有多种需要，"我咕哝着，"其中一种需要就是美。"我边说边转向炉火。但托尔斯泰将艺术看成是一种手段，借助于这种手段，我们才可以交流思想。我的客人承认托尔斯泰否认美。但是如果没有一些基本的节奏感，那就会连最简单的句子也写不出来。他可怕的性情干扰着他和他的才智之间的关系。"正是如此。"我说着，又靠在低矮的房间里的扶手椅上，以便更好地进行思考。"美，"我说，"我从《战争与和平》中看到的美就是庞大的结构，众多人物走来走去，每个人都带着大大小小的使命，各种各样的事件，都完美地服从于一个目的。《战争与和平》可以与丁托列托[1]和委罗内塞[2]的油画媲美。"我咕哝着，过了一会儿，突然一个句子——他的性情很可怕——使我从另一个角度重新审视了《战

---

1 多梅尼科·丁托列托（1518—1594），意大利文艺复兴后期威尼斯画派画家，早期作品受米开朗基罗的影响，后转向风格主义，作品有《圣马克拯救奴隶》《最后审判》及天顶画《铜蛇的勃起》等。

2 保罗·委罗内塞（1528—1588），意大利文艺复兴后期威尼斯画派主要画家，以擅长运用华美色彩著称，作品有《加纳的婚礼》《利末的家宴》和天顶画《威尼斯的胜利》等。

争与和平》。我对自己说："在托尔斯泰和16世纪的伟大享乐主义者之间是没有可比性的，因为他们的性情并不像他们的调色盘告诉我们的那样可怕。"但如果我们抛开《战争与和平》的结构，而考虑一下托尔斯泰的调色板，我们除了黑色与白色外其他什么也找不到。可以肯定的是：伦勃朗给自己妻子画的肖像，即挂在卢浮宫的那幅，除了黑褐色和衬以暗淡的黑褐色的白色之外，只在颈部着以些许玫瑰红色。但伦勃朗的调色板与托尔斯泰的调色板是不可能进行比较的。在这个俄国人的调色板上只有淡淡的灰色。将他作品的结构与柯尔巴仕的作品比较，比与丁托列托的比较更能说明问题。但为了公正起见，我们将毫不含糊地承认，他的画远比柯尔巴仕的超前，但同时，它还是缺乏画室里那种人所共知的品质。独创性的品质在某种程度上会在译本中表现出来，如果我们不得不把他看成一个画家，我就必须把他看作一个神，就像柯尔巴仕一样伟大的卡通设计者，也就是说，我们在他的作品中不时会明显地看出约翰·米莱斯在自己的拉斐尔前派时期所画的作品的痕迹。在自己的拉斐尔前派时期，约翰·米莱斯一直是美的。我担心这些比较不是很愉快。可是……

然而，前两卷充满了画面——如果允许我用富有感情色彩的话来说，那就是，充满着来源于生活的情节。在读这些段落时，如果读者不自问是否这就是托尔斯泰描写生活的全部目的，那么他一定是一个非常一般的读者。他的目的似乎非常明确，那就是包容文明生活中的不同场景。无疑，他在自己心里将它们都仔细过了一遍：在一个场景里一个女士在客厅里喝茶，接下来的场景是一个大舞厅，女士们在跳舞，再接下来的场景是一群军官在吵架。《战争与和平》的第一卷使人想到一个二流荷兰画廊，因为其中有乘雪橇、滑雪、捕猎等场面，而且每一个场景都透过一只眼睛清楚地表现出来。在读了二三十幅这样以梅索尼埃[1]那种枯燥、笨拙的方式表现的画面之后，我们开始疲倦，并渴望看到没有画面的篇章，渴望美、魅力、沉思。我们翻了一页又一页，但，哎哟，又出现了更多的图画。好奇心取代了理智的愉悦，我们自问，托尔斯泰是否遗漏了诸如游艇比赛之类的描述。

书很长，但即使它再长两倍、三倍，仍然会有场景被遗漏，而这些托尔斯泰半夜醒来一定会后悔不已。一定会有那么一个晚上，他突然想起来自己忘了讲述一次游艇比赛。而另一个晚上，他会醒来喊道："我忘了大弥撒了。"然后倒在枕头上，努力安慰自己说，自己已描写了许多宗教仪式，包括那种像他一样细心的旅行者所看到的新发现人群的宗教仪式。没有哪个作家能比托尔斯泰更努力地抗争自然。然而，他是个聪明人，他一定知道自己最终会被打败，但他就是这样一种人，对他而言，任何事都是再明白不过了。而《战争与和平》就是这样一部如

---

[1] 恩斯特·梅索尼埃（1815—1891），法国画家，多创作历史和军事题材画，亦画风俗画，技法细密，代表作有《拿破仑三世在索尔尼诺》《吵闹》等。

此明白易懂的作品，就像男人帽子上的一只蜜蜂，所以，虽然每一处描写都表现出作者的天才，但我们仍不禁要将他与一个在运河里游泳时，想同旁边驰过的火车比赛的游泳者相比。读者首先是感到有趣，然后觉得开心，但在第二卷结束之前，读者就厌倦了这种荒谬的比赛，放下了书，再也不想打开它，除非有人告诉他其中有一幕安德烈公爵受伤倒在战场上看着星星的情节。这就是我再度捧起这本书的原因。在寻找安德烈公爵之死的情节时，我读完了关于博罗季诺战役的全部章节，深深地为托尔斯泰持续不断的创意感到震惊。托尔斯泰将皮埃尔从一个连队带到另一个连队，从一个帐篷带到另一个帐篷，向我们展示了这场宏大战役的各个方面，解释俄国将军们的不同计划。现在博罗季诺战役像一份报纸一样有趣，像生活本身一样自然，但安德烈公爵的死却是生命的永恒。我们也不再在任何外在方面遇到生活，直到皮埃尔被捕并被迫跟随从莫斯科撤退的法国军队。在路上，他遇到了一个农民哲学家，他有一只粉红色的小狗（这只狗一般只用三条腿走路）。就在莫斯科大撤退中，我们才开始明白原来这本书的主人公是命运。因为书中每个人都开始做点什么事了，每个人都在做事，但没有一个人做的是自己原来要做的事。我们感到非常惊奇的是，托尔斯泰如何在第一卷描述了所有的事物，却只字未提那或许是他内心深处的东西。在第四卷，他非常简洁地收起了各条线索：娜塔莎抛弃了她美丽而轻浮的少女时代，成为一个非常疼爱孩子，甚至在他们有了可恶的小毛病时也对他们很关心的母亲；我们一起看到我们在第一卷中看到的年轻人走向了老年；我们也会看到我们在第一卷中认识的年轻人正在迈向中年。虽然我读这本书已是很多年前的事了，但我仍记得娜塔莎的哥哥站在阳台上，看着外面饥渴的燕麦正贪婪地吮吸着小雨，想着自己只不过是一个娶了丑陋公主的普通男人。

皮埃尔也已失去了他的一些幻想，但并没有完全失去，他仍然去圣彼得堡大街参加宗教活动。但现在他对宗教事务没那么感兴趣了，因为他对自己和生活的认识对他来说都没有进一步的变化。如果皮埃尔是一个创造的话，我们必须把他看成是托尔斯泰的创造。但我们所说的创造是什么意思？让我们跳过这个词；因为我们必须决定的是皮埃尔是否就是巴扎罗夫或英沙罗夫，或《处女地》里可能的虚无主义者那样的人，是否他愚蠢的人性可以和巴扎罗夫的悲观主义相比，是否娜塔莎对孩子疾病的关心应和了《罗亭》里的同名主人公那样的生活，或《前夜》中海伦的勇气。

当我们看到桌子上几卷本的《战争与和平》时，在我们看来它们似乎就像生活本身一样长。我们不停地读着它们，就像我们一直在生活着一样，我们只记住了其中很少的一部分，尽管我们花费很多时间读它。只要我们把书放在一边，托尔斯泰的人物就开始退去，我们和他们之间的距离表明了我们所走的路是多么贫乏。在我看来，屠格涅夫似乎正相反。可以肯定的是，他的书的篇幅使我们不敢相信它们是伟大的作品；它们似乎只是美丽的故事，有点微不足道，直到很久以后，它们的美才显现出来，距离将丽莎、拉夫列茨基、海伦从屠格涅夫给他们安排的环境中提升出来。用不了几年，我们开始承认他们是心灵所能思考和回忆的典型人物。人与人之间的差别是巨大的。托尔斯泰是现实和过去的主人，他比其他任何人都能更好地描述鹬鸟是如何从沼泽中飞起来的，以及一个年轻男子看到一个年轻女子并对她产生渴望时的感情，但他的思想却几乎不能将人的灵魂看成一种明确的实体。他对灵魂的认识，除了皮埃尔之外，都是相对的、孤立的。他建造的房子使人想起一座宏伟的宾馆，除了缺乏美，其他什么都有。我们在书中可以遇见各种各样的人。这里有一个中央大厅，上了二楼有一个餐厅，正在举行晚餐会，整个建筑物都被电灯照亮，此外还有池塘和冬天的花园。托尔斯泰的书是19世纪的，但屠格涅夫的《贵族之家》还要更老。我们一看见房子，就感觉到它是美好风景的一部分，只要它一直矗立在那儿。里面住着的人似乎一直没变，同一家族的后代也一定在里面生活过，这些都使这所房子具有了自己的特征。该房子只有大约十二间或十五间房，最多二十间，但每一间房都带有曾在里面生活过的他或她的痕迹。一幅过去的磨坊水彩画告诉我们某位已逝者的故事，一堆收集好的贝壳则告诉了我们另一个故事，家具显然也不是同时置备起来的。房子讲述了四五个人的故事，他们坐在房间里，或在花园里漫步。而托尔斯泰的作品里没有家的感觉，他主要是告诉人们在楼梯上来来回回或聚在冬天的花园里听演奏的客人的故事。农舍有自己的故事，宾馆却没有什么感人的故事，只有插曲。

在《前夜》里，海伦张开双手走向生活，并渴望掌握生活，可她抓住的却是一个患肺痨的男人的双手。我不知道，而且永远不会有人知道，屠格涅夫是否想把畏避生活、几乎不敢面对生活的丽莎与渴望并热情地抓住生活，以至于使生活毁灭在她手里的海伦进行比较。作家不会完全清楚自己的全部思想，其中一些只存在于他的潜意识之中；但屠格涅夫是一个敏感的思想家，虽然他的思想只是被暗示出来，而且一般的读者也不会察觉，然而也很难确信他自己没有意识到这一点。如果他没有意识到这一点，那么英沙罗夫之所以成了一个肺痨病人，是因为屠格涅夫希望他的爱情故事有一个非常悲剧性的结局——这是一种出乎意料的情节，很少有人认为这与屠格涅夫的天才相符。如果人们接受这一选择，那么人们也得承认，除他之外，没有一个作家能把这么细密的线索编织到其故事之梭中，自希腊以来就没有，这是肯定无疑的。我们的思想肆意碰撞着，我们不禁认为《前夜》是数十世纪以后，在克里米亚出现的希腊天才的最后一次努力。难道我不是曾听人传说屠格涅夫来自克里米亚——希腊以前的一个殖民地？

第六章
托尔斯泰（二）

据说——根据某些观察这一"据说"是真的——《战争与和平》使我们想起了丁托列托和委罗内塞伟大的油画。但我们不要忘了，伟大的威尼斯艺术家的心里除了美什么也没有，而我们跟随拿破仑的军队从莫斯科来到俄国边界，了解到俄国伟大的草原，就像在地图上看到的一样，是一片奇妙的景象，或者可以说，只有景象，却无任何故事。因为没有人承受过痛苦，也没有人有过梦想。这使我们想到了一个重要问题，即托尔斯泰不是一个天生就会讲故事的人。如果他愿意这样做，他或许会成为一个讲故事者，或任何文学上的角色，因为他有那么杰出的天才。但他的目标是使自己摆脱所有的美感，把它们从自己的心里全部挤出去。他的一生都在不停地劝说别人抛弃美，美是一种原始罪恶，他就像痛恨古代的犹太人一样痛恨美。他辱骂美，蔑视美，唾骂美。他对着大草原大叫：让我们像烧垃圾一样烧光美吧。他是草原上一个名副其实的悲观主义者，他对美的憎恨只能用假设他身上有某种犹太人的罪恶来解释。这纯粹只是一种设想，但我提不出更好的证据来说明这种特点，只除了他的艺术作品。文学作品像显微镜一样,揭示了许多事情,但是肉眼却看不到。托尔斯泰的艺术和现代犹太人的艺术一样,作品都是世界性的。如果我们认真思考一下,立刻就会注意到它们缺乏独创性的形式,这在很多方面与英文和法文小说一样。《安娜·卡列尼娜》的结构似乎源于英国小说,其现实主义特点来自法国。就像我们在《名利场》中看到一个家族被分成四部分一样,《安娜·卡列尼娜》也是一个家庭被分成了四部分,也是用了几乎相同的方式在第四卷中将各种不同的线索收拢到一起。这部小说的描写和之前的一部小说《战争与和平》中的描写,使人想起福楼拜的现实主义。《包法利夫人》是1857年出版的,《战争与和平》是1860年出版的。小说的大部分内容一定是1857年写成的,而这就打破了任何关于托尔斯泰可能受益于法国人的理论。然而,小说中确实有很多地方使人想起福楼拜,虽然福楼拜和托尔斯泰相比,我们更喜欢托尔斯泰的作品,但在我们看来情况似乎是这样的:如果我们不知道日期,我们会认为托尔斯泰从福楼拜身上接受了某种启示。但暂且不考虑这种可能性,我们或许必须认为是巴尔扎克暗示了托尔斯泰和福楼拜的现实主义。虽然这种暗示在我看来不太有根据,但今天我想不出其他更好的证据,托尔斯泰艺术源泉的丰富与驳杂把我弄迷惑了。对此,最接近事实的是:它起源于19世纪中期的欧洲,是以艺术表达泰纳、斯宾塞和达尔文的科学思想。然而,由于这种不同,托尔斯泰不愿意相信:当他写《战争与和平》的时候，人类的起源还只是适者生存。然而，这样一种观点还是给他留下了深刻印象：如果你要了解昆虫，你就一定得了解昆虫寄生的树叶。正是出于这种科学信仰，才出现了对包法利夫人的精细描述，我很难相信托尔斯泰没有分享这一描写方法，因为不管我们如何找出其他的种种原因解释这一事实，他的现实主义都常常使我们想起一个女士穿着1870年的服装到大草原上散步。然而，我们也许可以用更客观的眼光去看《战争与和平》，我们会在其中发现孩子式的现实主义——早期意大利画家的那种现实主义，他们会在路边停下来逗弄甲虫和研究灌木丛。我们或许也会这么做，因为如果说他的现实主义部分出于民族遗传，我们也不会感到奇怪。而如果民族因素不存在于读过西方文学和科学的俄国农民的作品里，那才叫奇怪。也许我们偶尔会追寻一种新思想，艺术总是源于民间传说——浪漫精神、古典艺术正是民间传说因素的衍生物。福楼拜描写了包法利夫人的屋子，是因为她一直住在那儿。托尔斯泰描写了很多旅客住过的小酒店，告诉人们那个送茶的女服务员鼻子上有多少雀斑，以及其他一些事情。是的，他的现实主义就像画家平图里乔[1]的现实主义一样让人不知所云，因为后者在表现天使和圣人围绕着圣母时，却画了几只在圣母那被树荫遮盖的宝座周围啄食古物的鹌鹑。

---

1 平图里乔（1454—1513），意大利文艺复兴早期温布里亚画派画家，以壁画的强烈装饰风格著称，代表作有在锡耶纳大教堂的皮科洛米尼藏书楼所画的表现教堂庇护二世生平的壁画等。

关于什么是浪漫主义什么是古典主义的争论已持续了一个多世纪，而且没有任何迹象表明这种争论会终止。但我却发现，如果我们用古典主义和浪漫主义这样的词语替代民族和文化这样的词语，我们就可以趋于真正理解古典主义和浪漫主义的真正含义了。艺术起源于人们不切实际的想象，就像山谷中的春天。春天出现于岩石之中，细流形成小溪，聚成河流。在经过许多弯曲徘徊后，或许在人工的池塘和盆地里经过许多短暂回旋之后，它又回到了自己起源的地方。如果这就是意识的自然史，《荷马史诗》就是源自民族的艺术，索福克勒斯则是文化发展到极致时的艺术——此时艺术一定开始衰败了。在莎士比亚的作品里，我们能同时发现文化和民族并存。有时，就像在《哈姆雷特》中一样，我们发现了偏离传说的民族元素。《皆大欢喜》本质上是民间故事，各种各样的公爵和森林居民都是纯粹的农民；但写作就是文化。从文学转到绘画，我们会在平图里乔面前驻足。在我们看来，他似乎就是一个在来自中世纪宗教黑暗的人们中间讲故事的人。我们几乎可以称他为某一艺术时期的马路画家。我们在宗教进程中，在狭窄的哥特式街道上发现了他，他总是兴高采烈、灵感横溢，讲着生人和奇迹的故事，根本不管什么文化——也就是说，不注意什么比例和解剖学。文化进入到波提切利[1]的人物身上，他表现了文化的第一阶

---

1 桑德罗·波提切利（1445—1510），意大利文艺复兴时期画家，运用背离传统的新绘画方法，创造出富于线条节奏且擅长表现情感的独特风格，其代表作有《春》《维纳斯的诞生》等。

段，而拉斐尔则表现了文化的最后阶段，就是艺术开始堕落之前的阶段。

也许建筑比文学和绘画能使我更好地表明艺术总是源自民俗，消失于文化。爱尔兰罗马式的礼拜就是纯民俗的例子，哥特式大教堂则是纯文化的例子。但夏特尔教堂建筑是纯文化，在它墙上的雕刻则是民俗。争论也许会一直无限延续下去，但都和解释托尔斯泰的现实主义密切相关。而在意大利，艺术则是逐渐从民俗发展成文化——我们注意到了每一个变化，注意到从平图里乔到米开朗基罗的美丽进程，以及这一进程是如何停顿下来的，拉斐尔如何成为这一停顿的标志的，以及它在俄国是如何从拉斐尔堕落为卡拉奇[1]，这或许是因为报纸和电报导致的思想的快速传播，艺术、民俗和文化混乱杂陈。托尔斯泰只是一个渴求沙漠的鞑靼人，使我们想起不止一幅希伯来先知的照片。在其中一幅典型的照片上，从各个方面看他都像耶利米[2]，那微倾的姿势、热切的目光，都像。看着这幅照片，我们听到了刺耳的警告：我站在了坟墓边缘，我对说谎不感兴趣。忏悔吧，即使没有上帝存在；忏悔吧，即使天堂王国只是虚幻；拒绝世俗的王国吧，因为它毫无价值。

---

1 卡拉奇三兄弟为阿戈斯蒂诺·卡拉奇、卢多维克·卡拉奇、安尼巴莱·卡拉奇，他们同属意大利博洛尼亚画派，主张学习文艺复兴盛期的遗产，主要创作宗教题材的壁画和油画。

2 基督教《圣经》中人物，公元前7世纪或公元前6世纪时希伯来预言家。

第七章
托尔斯泰（三）

没有人像托尔斯泰那样曾误入歧途。他从未走上正途，这真是遗憾，因为他的步伐是警醒、有力的，很有可能把他带入最杰出的天才行列。但是由于天才的本质是对道路的本能认识，我们发现自己不得不接受一种矛盾的观点：托尔斯泰不是天才。这种矛盾的观点就像托尔斯泰自己的许多矛盾一样毫无道理。他急切地寻找理性，但他的寻找只使他愈加迷惑不解，因为他不能理解竟有两种理性——人体内的小理性和外在于人的大理性，你可以称之为天道、上帝，或随便你怎么称呼。事实是众所周知的：世界不是由我们的理性支配的，但托尔斯泰却希望是。另外一件他不能理解的事情是：生活的魅力事实上在于它经常与我们擦肩而过。那种单纯的想法促使他得出这样的理论，从他一开始写作就一直思考的理论，他的生活甚至在他开始写作之前就已经是理了了。在他关于高加索的书出现之前，这种理论就开始出现了，那是年轻人的书。这种理论在他的第一部巨著《战争与和平》里已经毫不掩饰地体现了出来。在第一卷，托尔斯泰开始无法忍受一个职业军人以天才的身份站在世界之前。《战争与和平》的核心思想是摧毁拿破仑的传说，而不是要展示一个对自己的本能迷惑不解的人。在第二卷或第三卷，他努力想告诉我们，拿破仑的个性意义不大或根本没任何意义，他的战争只是自然力的战争，驱使着人们有时东攻，有时西击。他甚至想使我们相信：拒绝追击溃退的拿破仑军队的俄国将军是一个天才中的天才。他的拖延被称赞为一种美德，他就像一个聪明的傻瓜那样赢得我们的尊重，他知道上帝之手无处不在，所以就满足于让上帝惩罚他们。在他的下一部著作《安娜·卡列尼娜》中，他像在《战争与和平》中一样误入歧途，因为他写作的目的是证明：如果一个女人因为与丈夫一起生活不快乐，就离开了丈夫到自己所爱的男人身边，那她的道德人格就是分裂的。他预言：这样的女人除了自杀没有别的出路。可见他的理论甚至不是源自众所周知的事实，而是出于纯粹的偏见。如果他只是想象自己是在与一个十四岁的女孩谈话，对她说："告诉我，好孩子，你在想什么？如果一个女人要离开她所厌恶的丈夫，而且准备和一个她爱的人生活在一起，难道你认为她不会幸福？"十四岁的孩子也许会回答："如果她所爱的男人对她很好，我想她和他在一起会是幸福的。"否则，如果托尔斯泰只是想问问放置访客名片的瓷碗，他就会了解到事情的真相，因为他妻子不会一直没有第一次婚姻不幸福（通过离婚法庭离婚），而在第二次婚姻中得到幸福的朋友。

在写完《安娜·卡列尼娜》之后，一直困扰着他的道德包袱开始再次发作，于是他告诉我们他是怎样被迫写一本名为《我的宗教》的书，而这本书在某些方面比托尔斯泰的其他任何小说都更有意思，因为托尔斯泰本质上不是一个会说谎的人，说谎对他而言没有吸引力，虽然他是一个大谎言家，除此之外不会是别的，因为他对一个理性世界的渴望甚于一切——这是一个与他的理性一致的理性世界。而《战争与和平》以及《安娜·卡列尼娜》便是这样的例子——正是过去热烈地渴望真理才使他说谎。但在《我的宗教》中，他并没有被理论和半信仰之类的东西困扰，他关心的是讲述自己的事。他讲述的战争故事介于异乎寻常的清醒理性和异乎寻常的强烈性情之间，这在以前是从来没有过的。他的理智迫使他承认没有理由相信福音书，虽然福音书可能是虚构的东西，其中的教诲却是绝对必要的。如果他曾对我说过绝对必要的事，他就会写出一本更好的书，但他会在其中说福音书的教诲对世界来说也是绝对必要的，而几乎没有人能告诉托尔斯泰基督教在公元2世纪就被发现是与生活不和谐的，教堂的任务就是使基督教适应生活。在这个适应过程中，克瑞斯[1]的神秘被消除了，但晚会被教堂禁止了。如果不是在公元2世纪，那至少是在一些世纪之后，教堂的这种几乎可以说与生俱来的错误，使托尔斯泰远离了教堂。一个像托

---

[1] 罗马神话中的谷物和耕作女神。

尔斯泰这样极端聪明的人，除了将宗教看作根本上不理智之外，更糟糕的是，还将宗教看成是不道德的。他从对自己的青年生活的回忆中发现，我们在晚会上得到的快乐都是直接或间接的性快乐。他继续写了一篇关于一次晚会的故事。就像他平时所做的那样，他运用了自己带给这个世界的所有文学技巧，为故事安排了一个很好的场景，一个连严苛的圣哲罗姆[1]都会吃惊的场景。后者曾欣喜若狂地写道："私通是粪堆，婚姻是大麦，贞洁是麦粉。"

托尔斯泰新故事的讲述者是一个谋杀妻子的男子，因为他在晚会上犯了一个致命的错误——爱上了他的妻子，她美得像出水芙蓉，这份美貌是两人婚姻的积极动因。他在火车上把自己的故事讲给一个清白的旅客听：他有时爱她，有时恨她，两种感情交替着，这使她最终不能忍受他，于是她找了情人——一个职业小提琴手。他就像晚礼服、三明治和酒一样，都是晚会中的必备之物。让整个世界都来听这样的故事的人一定是位天才，但继续听。有了情人——一个小提琴手之后，她做了所有女人在那种情形下都会做的事。她举办了一次晚会，在晚会上由小提琴手演奏了几首曲子，而这个妻子的钢琴也弹得很好，尤其是那首《克莱采奏鸣曲》，所有有教养的人都或多或少了解这首曲子，并将之看成是一首自然、睿智的曲子，具有莎士比

---

[1] 圣哲罗姆（347—420），早期西方教会教父，《圣经》学家，通俗拉丁文译本《圣经》的译者。

亚喜剧的幽默。你和我对这首曲子都不会有别的看法，亲爱的读者。但谋杀者，通过托尔斯泰说话的谋杀者，却从这首曲子里听出了一种强烈激发性欲的东西，这最终驱使他用一把匕首杀了自己的妻子，一下一下地刺穿曾激起他对她的爱的套衫。

托尔斯泰邪恶性情的每一个环节都体现在这篇小说中了。他的才智，伟大的才智，一定与他坚忍的性情发生过激烈的斗争。托尔斯泰一定有过一段地狱般的时光，在写作过程中，就像被猴子拉扯着的鹦鹉一样。"出版这书有什么用？"在写到这个故事的不同要点时，他的才智一定一次又一次地这样喊道。因为可以肯定的是，男人永远不会娶一个肉体使自己厌烦的女人。"这不重要，"性情喊道，"因为无论是谁，只要沉湎于女性的美所带来的快乐，他都肯定会重复这种快乐。""可能如你所说，"才智回答，"但对着不可能改变的东西大喊大叫有什么用呢？在你曾说过的一切丑陋的东西中，这本书是最丑陋的。""它是否道德并不重要。"性情回答。"住手吧，"才智恳求道，"否则就迟了。这本书会引起人们对你和妻子关系的议论，而她给你生了十三个孩子。"但托尔斯泰的性情永远不会受到才智的阻碍，他不是说过即使一个男人被剥夺了一切，只剩一张地毯，如果一个乞丐需要，他也应与之分享吗？如果找不到一个乞丐与他分享这张地毯，他也应模仿以前的隐士，选择住在阁楼里，但这是一间与他妻子的房间共用折叠门的阁楼。他不会睡在弹簧床垫上，他一定要有一张羽毛床，他睡的床比任何弹簧床都更值钱。他的屋子相当宽敞，但要按照他的愿望装饰、加工它们则必须从英国带来工人。在很多方面，托尔斯泰都使我们想起维尼上尉，行为和良知之间的不和谐几乎同样巨大。他饶舌，维尼不。他抱怨家庭关系妨碍了他把自己的生活和他的生活理论合二为一。他对这一主题的看法，实际上他对自己所写的每一主题的看法，都使人毫不怀疑托尔斯泰的生活——尽管他有财富，也有天才——是世界上最不幸的生活。理由也不难找：任何一个观念与生活不一致的人，生活都不会幸福。他在福音书中找到了一种道德法则；他还没有找到充足的法则，因为福音书有早期版本和晚期版本，没有正当理由不要对你的兄弟发怒，这是晚期版本中的话，这对托尔斯泰来说似乎过于理性，所以并不真实。他告诉斯泰德先生——因为他忽然产生了一个怀疑——他怎样去莫斯科查找最早的版本，而一切正如他所期望的。最早的版本里说：不要对你的兄弟发火。这当然比后来的版本漂亮多了，但也一样不能和他的生活相一致。所以斯泰德先生觉得，为了给自己及他的读者一个指导，他必须问托尔斯泰是否认为他的"不以暴力抗恶"法则没有例外——他能不能不以暴力阻止一个醉鬼踢死一个孩子？托尔斯泰承认这是一个例外，斯泰德先生就转移了话题。但不久他收到托尔斯泰的一封信，说他已经考虑过了，这一例外并不影响这一理论的成立，所以他要写信给斯泰德先生，收回他认为这一理论有例外的话，并说哪怕是在醉鬼踢死孩子这样的事情中，罪恶也是能被抵抗住的。

　　托尔斯泰并不常常是可怜的，但在这封信中他是可怜的。他热爱真理，但是他更热爱理论，所以他不得不给斯泰德先生写一封言不由衷的信。可怜的托尔斯泰！我们一定不能对他过于苛刻，我们必须理解这样的事实：不管我们会觉得多么奇怪，我们中间都有一些人没有理论生活就无法生活，为了自己的理论，他们可以牺牲任何一种真理。我们一定不能过于粗暴，我们必须努力理解这样的事实：对某些人来说，抽象的智力活动是必需的，因为他们的行为常常与他们不会放弃的理论产生冲突，因为他们的理论经不起实际经验的检验。这些人属于我们中间的较弱者，是我们中的基督徒。如果你对托尔斯泰说："我情愿服从于某一道德标准生活，但我服从哪一种呢？因为有那么多道德标准。"托尔斯泰会说："只有一种道德标准。只要读一读福音书就能找到。"或许你和托尔斯泰一样谙熟福音书的每字每句，所以你说："福音书里教给人民不同的道德标准，我该接受哪一种呢？"托尔斯泰会回答说："我推测你是在迫使自己在福音书传授的道德标准中进行选择，那么你会在福音书中找到一种与你良知的召唤一致的道德标准。""但没有谁的良知可以告诉他，"质问托尔斯泰的人回答，"他不应该用暴力阻止一个酒鬼踢死一个孩子。"

　　托尔斯泰的耳朵是如此敏感，以至于他只能听到一种有规则的敲打声。他的耳朵无法接受其他声音，他宁可为此去改变事实的真相，尽管会因此破坏纯美的真实故事。激发他写《复活》的事件是美的。一个审判过一个犯了盗窃罪的芬兰姑娘的法官向托尔斯泰讲述了一个故事，他说有一个陪审员，以前从未对道德问题产生过任何兴趣，却因为想到自己和其他十一个犯人要来审判第十三个犯人而精神痛苦，于是要求探视监狱中的芬兰姑娘，并获准许。他当面向那个姑娘求婚，姑娘欣喜万分地接受了，因为她认为嫁入豪门会给自己带来无穷无尽的快乐。但因为及时察觉到她并未理解他正在做出的牺牲，这个男人退缩了。几年后，他娶了一个门当户对的姑娘，而且这个姑娘与他思想一致，但他似乎与她一起生活得并不幸福。这个故事说明了自然界中不为人知的道理：大自然很少能成功地编造一个完整的故事。而这次，大自然是位艺术家，屠格涅夫这个大自然的学徒，应该能领悟到这个故事的动人之处，并认为自己只是大自然谦卑的记录者。但托尔斯泰与其说是位艺术家，还不如说是位道德家，他觉得这个美丽的故事一定要改动一下。在他改过的故事中，这个良心发现的陪审员，这个在看到被告席上的姑娘之前从未看到过她的人，却成了第一个引诱她的人。除非这个故事能够塞入一种理论，即如果一个姑娘发生了婚外情，那她将成为妓女和醉鬼，否则这个故事就根本不值一提。这种改动并不充分，故事还得进行进一步的歪曲，因为盗窃法规定法官只能以盗窃罪判那个姑娘坐几个月的牢，而为了自己的道德原则，托尔斯泰一定要把她送到西伯利亚服刑，因此他就牵强地告诉我们那个姑娘并未想毒死嫖她的商人，而是客房里另一个女人做的，而那个姑娘在某种程度上被她骗了。

我们几乎不必说：对道德理论如此感兴趣的人很快会失去对性格的兴趣。我们记得，当他创造皮埃尔——他最成功的艺术冒险时，他是四十岁的年轻人，不太苛刻、狭隘，甚至可以说复仇心理更少。《复活》是他老年时期的作品，我们可以从中找到托尔斯泰自己的肖像，是漫画式的托尔斯泰。道德家托尔斯泰彻底战胜了艺术家托尔斯泰，但是，托尔斯泰带到这个世界上的力量，自然的天赋，那种想象力，在这本书中和在其他书中一样明白流露。但这不但不是帮助，反而是一种障碍，把这本书变成了一本充斥着现实描写的传教书，或者说是一种发散式的广播，没有秩序或提示。我们的注意力不止一次被一个饭店女服务员厚厚的沾满汗水的衣领所吸引，而这个服务员后来再未在故事中出现过，她服务的这家酒店也再未出现过。当那位良心发现的陪审员去看他的地产时，他遇到了一个带着一只鸡的女人——这是为地主当天的晚餐准备的，但这只鸡在四个小时之内将被烹制为食物这一事实，并未阻止托尔斯泰对它进行细致的描述，甚至包括鸡的腿，他告诉我们鸡腿上长着一定长度的黑毛。然而，他在自己那部《艺术论》中写道：在文学艺术中，这种方法（现实主义方法）表现在对最微小细节的描写，外貌、脸部、衣服、姿态、声音、所有人物的住址以及生活中发生的一切大事小事。例如，在小说中，在故事中，当其中一个人物说话时,我们就能得知他说话的声音,他当时正在做什么。所说的这些事情并未给出,以便使它们获得尽可能多的意义,但就如在生活中一样,它们彼此是毫无关联的,充满着中断和省略。

当托尔斯泰写这段话时,他一定是忘了那个酒店女服务员的厚而出汗的脖子了,忘了长满毛的鸡腿以及十二个陪审员了。他们的外貌都描写得如此详细,以至于我们还未读到对第三个人的描写,就忘了第一个人了。我们应该很高兴地忘掉托尔斯泰的自相矛盾,而欣赏书在开始时对排演非常有趣的描写。如果托尔斯泰写出歌剧——凯鲁比尼[1]的《运水夫》这出歌剧一定给他早期的生活带来过快乐,或许这就是他为什么这么激烈地坚持说:因为没人喜欢歌剧,所以把钱花在歌剧上还不如花在其他更有用的方面——说得不是那么过分的话,这种观点会更有力量。但是这样吗?因为关于钱花在什么地方算有用,难道不是不可能找到几个人意见一致吗?再从这本书中有趣的部分转向严肃的部分,转向托尔斯泰称为有用而我们称为浪费的部分,我们发现托尔斯泰几乎读过美学教授就这个问题所写的所有著作,也听取了德国、英国、法国和意大利作家的意见,但关于什么是艺术,他们中没有一个人能提出一种令人满意的定义,托尔斯泰因此得出结论:因为美无法定义,所以它不存

---

[1] 路易吉·凯鲁比尼(1760—1842),意大利作曲家、巴黎音乐学院院长,擅长宗教音乐,著有二十九部歌剧,还有弥撒曲、追思曲等,代表作为《运水夫》。

在。但道德同样难以下定义，然而——我们就不费神谈这一点了。托尔斯泰以波姆哥登为例子，后者坚信希腊理想的美是人类迄今发现的最高的美。但托尔斯泰相信美是发展变化的，对他来说，相信经过九百年的基督教教诲之后，各个民族的艺术最好还是选择希腊艺术作为自己生活的理想是荒谬的，因为这种理想是生活在两千年前的不讲究道德的、半开化的、拥有奴隶的人们的理想，他们可以做出极好的人体模型，也能建造出赏心悦目的建筑。这就是托尔斯泰对这个民族，比其他民族更久地占据着人们思想的民族的看法。这一民族比令人讨厌的贝都因部落要好得多，这个部落在西纳山脉流浪游牧了许多年后，最后在巴勒斯坦定居。托尔斯泰喜欢希伯来文学甚于希腊文学，因为虽然《圣经》中包含着许多劝诫不要杀戮的内容，但它并不是为了给人快乐才写的。他谈到这两种文学，是因为它们是最古老的，而且直到今天都还比其他作品更多地为人阅读，因此，每个人都必须选择赞成希腊或是希伯来。托尔斯泰选择的是《旧约》的《诗篇》，而不是埃斯库罗斯。但将希伯来文学置于希腊文学之上时，他却忽视了这样的事实：希腊文学比自己的神话生命力更长久，普罗米修斯比他的迫害者宙斯活得更久。托尔斯泰不愿回答每人心中都会问的问题:《圣经》的《诗篇》会比上帝更长久吗？他想强迫人们接受的思想是：只有宗教思想激发出的艺术才有价值，道德思想激发出的艺术更好。我们停下来想一想：道德思想总是在变化的，在这个时代是错误的，而在另一个时代则会是正确的；而美却可以说是永久的。我们不是说美的标准没有改变，但可以肯定的是《荷马史诗》和菲狄亚斯的雕刻比许多道德法则都更有生命力。

托尔斯泰不喜欢现代法国艺术，但他不能只是因为自己无法理解这种艺术就指责其为坏艺术，除非他宣称所有的艺术都是坏艺术，这是他不愿做的。所以我们回到我们的农民朋友上来。哪一国的农民，我们问——俄国人、英国人，还是法国人？他或她是十五岁还是六十岁？他或她是村子里最聪明的人，还是最笨的人？这是我们应向托尔斯泰提出的问题。他的回答是：是代表着村子里平均智力水平的农民。为什么要排除最笨的村民？如果农民是判定什么是艺术的最好法官，为何最好的艺术都不是农民创造的？这个问题是托尔斯泰不敢面对的，那他是怎样面对的呢？是这样的：他讲到自己有一次是怎样在《哈姆雷特》的演出中帮忙的。哈姆雷特这一角色是由世界上最出色的演员之一扮演的，但托尔斯泰自始至终——我说的是他的原话——感受到对艺术作品的错误模仿带来的特别的痛苦。为了能让我们跟上他思想的进程，他描述了沃古尔人这一个原始部落演的一出戏。在他们所演的戏中，一只鸟警告鹿有危险，这出戏在托尔斯泰心中激发出了一切真正艺术所能激发出的那种感情。

一个沃古尔大人和一个沃古尔小孩，两人都穿着鹿皮，扮成一头母鹿和它的幼仔。第三个沃古尔人饰演一个穿着雪鞋的猎人。第四个沃古尔人用声音模仿一只鸟叫,警告鹿有危险。这出戏剧主要讲述的是猎人循着母鹿和幼鹿留下的脚印追踪它们。鹿从舞台上消失了,接着又出现了(这出戏是在一个小帐篷里演的),猎人离自己的猎物越来越近了。小鹿累了,紧紧地靠着自己的妈妈。母鹿停下来喘了一口气。猎人追上来了,拉开了他的弓,但就在这时,鸟叫了起来,警告鹿有危险。它们逃走了。接下来,又是一阵追逐,猎人再次靠近它们、追上它们,他射了一箭,射中了小鹿。小鹿跑不动了,紧紧地靠着自己的妈妈。母鹿舔着它的伤口。猎人又射了一箭。据目击者描述,观众焦虑不安,叹息不止,甚至听到了他们的哭泣声。只从这种描述,我就能感觉到这是一部真正的艺术作品。

我所说的会被认为是毫无道理的矛盾说法,只会使人对此感到惊讶。

但问题是我们要说明托尔斯泰这种强硬的、独树一帜的、固执的理解有什么价值。在我看来自然似乎已经回答了这个问题,那就是安排了托尔斯泰的死。他的死读起来就像一种劝诫,使我们只能怀疑根据对人类生活的某些观察得出的永恒智慧。我们对这种观察的本质一无所知。我们询问大自然,但得不到任何回答:自然像一只鹦鹉一样坐着,注视着四周,耷拉着满是皱纹的眼皮,圆圆的眼睛中透露出疲倦;但我们一忘了它,自然,就像鹦鹉一样,说出一些非常合乎时宜的话,以至于使我们很难相信鹦鹉没意识到它的话有一定的含义。我们能怀疑圣海伦娜与拿破仑一起茫然地看着大海时也有一定的含义吗？难道大自然为托尔斯泰安排的结局不是很有意义吗？他在八十二岁高龄时逃离自己的妻子和家庭，在3月的一天凌晨，死在路边小站的候车室里。

第八章
地方色彩与艺术

在上世纪之初，一个音乐家菲利西安·大卫和一些画家一起来到阿尔及利亚寻找艺术（当时地方色彩被视为艺术），他们听到阿拉伯人在围着篝火歌唱，唱的都是他们在西欧所不知道的音调，他把其中的很多节奏都引用到了自己的交响乐《沙漠》中，后来当这出交响乐在巴黎演出时，效果出奇的好，柏辽兹甚至还写了一篇文章，名为《一个新贝多芬》。数日之内，数周之内，或数月之内，大卫和他的交响乐成了非艺术圈讨论的主题，但一天晚上，对此一直没敢发表意见的奥博在人们的强烈要求之下说："我将等着大卫赶走他的骆驼。"在90年代，除了将贝多芬的名字与大卫联系起来谈之外，人们想不出更好的理由，当吉卜林带着他的《山林传说》来到英国时，莎士比亚的名字也引起了人们的兴奋。因为地方色彩仍被看成是艺术，吉卜林先生的作品充满着更多的地方色彩，诸如对鹰、大象、鹦鹉和鳄鱼的描写，比《沙漠》中的阿拉伯乐调还多。

生活的确只是在重复着自身，但每次重复总有一丝不同，因此，要求吉卜林赶走骆驼的不是其他的作家，而是《利普考特》杂志的编辑。他针对吉卜林的一篇故事提出自己的建议，他认为这篇故事中不应有那么多的骆驼。吉卜林一定是尽了最大努力满足编辑的条件，因为在《熄灭的灯》开头有一些骆驼，之后就没有了。第二个版本——不是为《利普考特》杂志写的故事了，而是重写的——结束时出现了一群骆驼。男主人公是一个专业艺术家，他在东方画了很多素描；可以肯定的是，他的素描都是经得起考验的作品，吸引了那么多人的注意，一个画商想买下其中的大部分，但这个专业艺术家说，"我知道能使它们值两倍于现在价钱的诀窍"，并立刻讲述了尽可能多赚钱的计划。专业艺术家和吉卜林之间的类似是很明显的，这使得很多敏感的批评家怀疑吉卜林先生在之后的职业生涯中不会被看作是一个有创造力的艺术家——有创造力的艺术家意味着能以同情心去想象生活在与他不同的思想和感情中的男人或女人；如果这就是有创造性艺术家的真正定义，吉卜林在《熄灭的灯》之中的确不是一个有创造性的艺术家。他通过自身知道了记者是什么，因为在他身边就有许多记者，他也观察过许多记者，但他不想让他的主人公狄克·海德始终是一个单纯、镇静的记者。他做了记者在当时的情况下应该做的事情，让他画了一幅《忧郁者》——阿尔伯特·杜勒笔下的主题，从而将他的主人公降低到了忧郁的傻瓜的地步，暴露了他本人创造力的贫弱。然而，即使说这种写法证明了他是一个艺术家，《熄灭的灯》似乎也表现出他的很多局限和缺点。我们并未意识到吉卜林对男人和女人充满想象力的表达。认识到自己的局限是艺术家固有的特性，吉卜林在一定程度上是一个艺术家，他的语言能力使他成为一个艺术家，我们只能遗憾地说：我们在他众多的天赋中没有找到最高的天赋。

我所说的狄克·海德说的"我知道能使它们值两倍于现在价钱的诀窍"在《熄灭的灯》中并没有出现，但这个特殊艺术家的个性，除了当他想画一幅《忧郁者》的时候，就从这句"我知道能使它们值两倍于现在价钱的诀窍"中表现出来了。这句话在某种程度上是删改过的，是狄克·海德生活态度的概要；他就像脖子上套着缰绳的马儿，被"我知道能使它们值两倍于现在价钱的诀窍"这个项圈牢牢套住，而这句话正是吉卜林先生思想的主旨。这是他一直以来写作的基调；他沉迷于一些变调之中，但这个主旨却从不曾被他遗忘。如果有人留心的话，他会发现这个主旨贯穿于其所有散文及其大量诗歌之中。《基姆》整本书几乎都以此为基调，但他时不时会将之改变为另一种基调，如《巨轮》等，但是人们知道这个可怕的主旨——"我知道能使它们值两倍于现在价钱的诀窍"——却从不曾远离。他喜爱基姆，就像他喜爱狄克一样，他的赞赏是发自内心的，以至于你在读《基姆》时不由自主地会想：基姆就是吉卜林先生。基姆从不曾被欺骗，而不被欺骗在吉卜林先生看来就像是出现在北边天空的星星，靠它的指引，人们才能顺利驾驶生命

第八章　地方色彩与艺术

之帆。基姆是一个间谍，但是间谍活动却被称作伟大的游戏，只要不被欺骗就无关紧要。吉卜林先生笔下的兽类与人类一样，我们欣赏的《丛林之书》中的动物也懂得吉卜林思想的要旨。但他从未在神类中做过尝试，如果他愿意，这些神也将同样。

现在出现了一个不相干的问题，作者的思想是否游离于他所创造的人物之上呢？波德莱尔不是曾在《巴尔扎克》中提到：甚至搬运工也有高智慧？在吉卜林先生的著作中，有一本书名为《游荡者》，书的主题为：如果一个人想继续留在军队中，他就不应结婚。对于那些喜欢这本书的人来说，这绝非对这本书的公正描述；但我们绝不能被外在形式欺骗——如果我们要欣赏一个作者，我们必得考虑其对生活的态度，必须观察他对事物的看法是高贵的还是卑微的，是精神上的还是物质上的。因为所有事物出现在眼中而被看到，出现在耳中而被听到，出现在脑海中而被记忆，这是最原始而又是最新的哲学。在80年代，没有人知道吉卜林先生将要表现怎样一个世界，现在这个世界出现在我们面前，高贵、美这样的形容词不会被任何人选择来形容吉卜林先生的世界，而不加润饰的、尖刻的、粗线条的这样的词却会闯入我们的脑海。吉卜林先生的世界是一个充斥着宣誓声、军刀摩擦声的军营，但他的语言是这样丰富多彩，这样醒目堂皇，以至于人们不禁要说从伊丽莎白女王一世时代以来，再也没有人能写出这样丰富多彩的文字。其他人的语言也许更华丽一些，但此刻我想不到有任何人能写出如此丰富多彩的语言。雪莱和华兹华斯，兰多和佩特写作时只用了全部语言的一部分，但是，伊丽莎白女王一世时代以后，除了惠特曼外还有谁能用全部语言写作呢？"站在旋转门入口处穿着法兰绒的蠢人"，"球门口全身泥浆的粗人"均是奇妙的文字。凡是眼睛能看到的、能欣赏到的、他均能写出。但对于心灵他一无所知，因为心灵是观察不到的。因此他笔下的人物是外在的，是静止的。起初我们被基姆所吸引，因为他能被清楚地看到，清楚地观察到。喇嘛也是一样，我们能清楚地看到他，似乎他就立在我们面前——一个穿着长袍的老人，将他的念珠挂在房梁上，我们似乎听到了持续不断的诵经声。还未读多少页，我们就已发现这两个人物是固定不变的，在读到第五十页之前我们就已得出结论：这两个人物自始至终不会改变。

喇嘛来自西藏，他要找寻一条圣河。在旅程之初他遇到一个街头流浪儿，这是一个早熟的、本能透露着卑下的流浪儿。两个人目标一致，因为吉卜林就借助于他们来描绘印度。如果未经雕琢，我也许更喜欢他们，但在这里或那里，他们还是被雕琢了少许。不过不用管这些雕琢，每个作家都应有某些写作方面的自由。吉卜林先生的目的是要写印度，我们就将看到他是怎样做的。我们将用我们的尺度来衡量，而这个尺度是相当标准的，即使作者正在描述落日或者正在剥洋葱皮的年迈妇女，不管这些描述是由流浪者的口中说出还是由哲学家口中说出，它们都是那样贴切。当阅读就是这个标准尺度时，不论我们考虑的是文学还是绘画，是散文还是诗歌，我们品尝了多少生活之美酒，就会以怎样一种感情深度来品味它。在谈过了评价标准后，我们要继续对作者的评价：

在夜晚将尽的黑暗中，他们进入了一座城堡模样的车站，电线在货物集结场的上空发出嘶嘶声，他们就在那里处理了从北方运来的沉重的谷物。

这节奏是多么强劲，也许缺乏灵巧，就像警察的脚步声一样，但是一种壮观的节奏。这就是吉卜林先生独有的节奏；他并非借鉴于他人，读或听这些非借鉴的文学作品总是一种快乐。

再进一步，我们就会发现自己置身于广阔的篇章之中，一个个句子都和着同样响亮的拍子前进。

然后出现了那些世俗的日子，他曾精通于星相术和天宫图，家庭牧师引导他描述出他的方法，他是怎样赋予每一颗星星别人不知道的名字，又是怎样在那些星星划过天空时指出它们。那所房子里的孩子们曾经肆无忌惮地拖着他的念珠到处跑。当他谈到持久的暴风雪、山崩、阻塞的道路、男人可以从中找到蓝宝石和绿松石的遥远的悬崖，以及最终可以通向伟大中国的奇异山路时，他明显忘了戒律中有一条：不许看女人。

作品的结尾多么美妙啊！长句子竟成了这样："最终可以通向伟大中国的奇异山路时！"

在说这些事情时，我们只是在赞美吉卜林先生的高超技艺，但技艺高超除了作为揭示生活的一种方式之外，对我们无丝毫用处。

几页过去，我们遇到了对夜色的描述。夜晚总是永恒的主题——一万年前，人类感觉到了夜晚的魅力、美妙及柔和；一万年后，他们会被同样的事物所打动：

> 这个时候，太阳将其金色的光辉穿过杧果树低垂的枝条，成群的长尾小鹦鹉和鸽子正在归巢。灰背"七姐妹"正叽叽喳喳地谈论着日间的探险，三三两两地在旅行者的脚边跳来跳去。蝙蝠在树枝间拖脚而行，准备在夜间外出放哨。光很快聚敛了起来，瞬间将人们的脸庞、车轮、小公牛的角染成了血红色。迅即夜幕降临了，改变了空气的触觉，给田野罩上了一层低平的、蓝色蛛丝网般的薄纱。空中清楚地弥漫着木柴燃烧的气味、牲畜的气味、正在火上烤着的小麦蛋糕的香味。伴着咳嗽声和发号施令声，夜间巡逻队急匆匆地走出了警察局。当基姆呆呆地望着黄铜镊子上反射的落日余晖时，路边马车夫的水烟管中灼热的炭球正一闪一闪地亮着红光。

没人会否认这部作品是完美的，每一个句子的强烈、有力的节奏，每一种观察的精确，都是完美的。但在我们看来，吉卜林先生看到的要比他感觉到的多得多；而我们宁愿去感觉，而不是去看。当我们分析这部作品时，我们不仅在每一个句子中都能找到一丝地方色彩，而且在每一个逗号之间的每一部分中也都能找到：

　　这个时候，太阳将其金色的光辉穿过杧果树低垂的枝条，成群的长尾小鹦鹉和鸽子正在归巢。灰背"七姐妹"正叽叽喳喳地谈论着日间的探险，三三两两地在旅行者的脚边跳来跳去。蝙蝠在树枝间拖脚而行，准备在夜间外出放哨。光很快聚敛了起来，瞬间将人们的脸庞、车轮、小公牛的角染成了血红色。

然后，出现了一句不带任何地方色彩的句子：

　　迅即夜幕降临了，改变了空气的触觉，给田野罩上了一层低平的、蓝色蛛丝网般的薄纱。

但一个句号之后，地方色彩又出现了，明显而强烈：

　　空中清楚地弥漫着木柴燃烧的气味、牲畜的气味、正在火上烤着的小麦蛋糕的香味。伴着咳嗽声和发号施令声，夜间巡逻队急匆匆地走出了警察局。当基姆呆呆地望着黄铜镊子上反射的落日余晖时，路边马车夫的水烟管中灼热的炭球正一闪一闪地亮着红光。

在同样长度的文学作品中，很难找到这样充满着浓郁地方色彩的段落了。如此密切地观察一段微弱、忧郁的时光，难道不是一种耻辱吗？吉卜林先生似乎是一个在离婚案中被雇来跟踪的侦探，到处追踪着地方色彩——这就像基姆本人，他就是一个政治间谍。我们更喜欢皮埃尔·洛蒂笔下的夜晚：他体验到一种感觉，他的语言传达了这种感觉，使我们想起了自己在落日时分体验到的很多事情。洛蒂的笔法或许有点肤浅，有点轻浮，感情或许有点做作，甚至可以说是陈腐，但总的来说洛蒂的夜晚比吉卜林的夜晚更忧郁，而不忧郁的夜晚就不是夜晚了：

但夜幕降临了，有魔力的夜，我们再次沉迷于这种魅力。
在我们壮观的小营地周围，在粗犷的地平线周围，一切危险现在似乎都沉睡了，黄昏的天空出现一道美妙无比的玫瑰色边缘，接着是橙色，再往后就成了绿色。接着，颜色达到了极点，随后就暗淡下来，消退了。这是一个模糊、可爱的时刻，在这样既不是白天也不是夜晚的澄净时刻，我们的篝火开始燃起,将白烟吹到天空出现的第一颗星星,我们的骆驼摆脱了背负和鞍子,睡在稀疏的灌木丛旁,像巨大的怪羊一样嗅着发出淡香的树枝,举止安详、随和、沉静。这是贝都因人坐成一圈讲故事和唱歌的时刻,是休息的时刻、做梦的时刻、游牧生活的美妙时刻。

贝都因人和骆驼告诉我们:洛蒂正在描写的夜晚是东方的夜晚。甚至这两点不可避免的地方色彩的痕迹,也丝毫无助于增加这一段的美:取消他们,将贝都因人变成吉卜赛人,将骆驼变成马,那也不可能说这样描绘出的夜晚是发生在英国或日本。洛蒂的目的是描绘人内心的某种永恒的东西,某种他一直知道的东西,在尼尼微[1]之前一万年他就知道、一万年之后他也将知道的东西。吉卜林先生的目的是民族学的,而非诗学的。我们从中了解到:长尾小鹦鹉和鸽子晚上回到了树林中的家,我们了解到阳光很快聚敛了起来,瞬间将人们的脸庞、车轮、小公牛的角染成了血红色,以及其他各种各样的事情。从洛蒂的描写中,我们一无所获,但我们深受感动,就像我们看到伦勃朗的一幅肖像画时受到的那种感动。千万不要以为我将洛蒂比作伦勃朗。洛蒂是一个水彩画家,他的句子像鲜花盛开一样脆弱和透明;但伦勃朗的目的和洛蒂的目的是一致的——都是

---

[1] 尼尼微是古代东方奴隶制国家亚述的首都,遗址在今伊拉克北部的摩苏尔附近。

想让我们对曾经如此,而且将一直如此的东西产生兴趣。但我羡慕吉卜林先生丰富而响亮的词汇,尤其是他的新词;他是用全部的词汇写作,用《圣经》的语言,用街头巷尾的语言写作。他能做到这一点,因为他拥有能将最可厌的俗语变成金子的墨水瓶。昨天晚上,他对山的描写对我来说就像一只混装着崇拜和痛苦的杯子,我再次证明了我的信念:没有一个沾染了报纸文风的人曾用更像英语的语言写作过。我们很高兴提到这一点,因为与其他报纸作家不同,他没用法语入文:

> 当与基姆温和地开着玩笑的喇嘛像双峰驼一样双脚站立起来时,他们正在寒冷的月光下穿过冰雪覆盖的小径。他们走过薄薄的积雪和覆盖着霰雪的岩石,他们就在岩石下的西藏人的营地躲过了一场大风,而这些西藏人也是急匆匆地躲进他们装满了硼砂的小船。当他们从船中走出来时,他们的肩膀都变白了,星星点点的。当他们穿过树林时,肩膀重又变白了。在他们的整个行进过程中,柯达纳斯和巴德里纳斯都没留下多深的印象,直到过了几天之后,基姆登上一座大约一万英尺[1]高的山丘,他才能看出肩章或大首领的号角——虽然很轻——已经改变了行走路线。
>
> 最后,他们走进了一个世界中的世界——一个小山脚下

---

[1] 1英尺约为0.3米。

的山村。在这里,高山怪石嶙峋,一天走不了多远,人就像在噩梦中一样。当他们终于到达山顶时,基姆说:"上帝一定住在这里。"寂静和雨后可怕的乌云让人恐惧。"这里不是人住的地方!"基姆说。

"很久很久以前,"喇嘛说,他好像在自言自语,"有人问上帝世界是不是永恒的。对此上帝一言未发……""当我在锡兰的时候,一个聪明的询问者根据巴利语写成的福音书证明了这一点。可以肯定的是,既然我们知道通往天国之路,这个问题就没什么意义了,但是——看,是幻觉吗?这些是真正的山!它们就像我家乡的山。"

在这些山顶上面,仍是一望无际的雪。从东到西,绵延数百里,就像用尺子量过的一样,最后在一棵光秃秃的桦木处停止了。在这之上,在悬崖和高高飘荡的云彩之间,岩石竭力想从白雾中显露出身形。在这之上,亘古未变的东西却随着太阳和云彩的每一种情绪而变化,裸露出永恒不化的雪。在这之下,就在他们站着的地方,森林变成了一线蓝绿色,绵延不知多长。在森林下面,是一座小村庄,田野纵横。

可怕的午夜之后往往紧跟着一个阳光灿烂的早晨,醒来忘掉自己通宵所读的书真是一种解脱。嫉妒!当然!我们嫉妒,是因为我们崇拜;一般读者既不崇拜,也不嫉妒——艺术就是艺术家的事情。我很高兴一觉醒来忘掉了吉卜林,想起了皮埃尔·洛蒂，想起了一本我好几个月都没看的书。再翻看一下《基姆》，我发现好几页对话都是精心安排的，生硬且令人屏息；一家五金店，铁制的郁金香从橡部垂下，柜台上放着黄铜制成的勿忘我。洛蒂的描写从不生硬。他对生活的态度就像是个孩子，一个长着明亮的蓝色眼睛、手捧花束的金发男孩，并且他拥有像固执的小孩要求爱抚一般的情感。我能记得的一段描写是对斯奈山一个雨夜的描写，一排排简单的山脉，就像是牧羊人风笛奏出的调子一样，不，更像是银笛奏出的。听着洛蒂悠扬的笛声，就会忘掉军乐团的演奏，笛声的回音在黄昏中慢慢散尽：

> 我们用了整整一个早晨走过那幽深的山谷，它的四周是红色花岗岩，逐渐上升到巍巍的斯奈山，那是我们明天要到达的地方。山谷变得愈发开阔，山也愈发高耸，一切都在变化着，近乎完美。在远方，穿过覆满白雪的更高的山峰，映入眼底的是巨大的石头堤岸，而那些白雪，在夜间显得十分耀眼。一阵寒风从斯奈山袭来，紧接着，我们被冰雪融化成的冷雨浇了个透。骆驼们冻得直发颤，嘶嘶地叫。我们身上的白色羊毛外衣，脚上的阿拉伯式拖鞋，所有这些都被泛滥的雨水浸湿了。我们自己也在打战，牙齿冻得咯咯直响，双手变得格外迟钝，根本没了知觉。
>
> 过了不久，篷车到达了斯奈山，我们在一座一千五百

年之久的修道院里度过了几天,它那用西洋杉制成的门有一千多年了。

洛蒂说,修道士们已经做了祷告,但没有提到他。对他们的智慧及他们长期生活在斯奈山的岩石中的愚蠢行为,他并不感兴趣,令他更感兴趣的是门、柜子、挂毯及他们给他看的许多古物的年代。在向那些修道士道别时,他为这永久的告别暗自好笑。这是洛蒂天才的一部分,他总把个人看成是消极的,几乎不值一提;就是这个原因,当学士院选举洛蒂为院士的消息传来的那个晚上,左拉对我说:"洛蒂没有人性。"当时我不明白他说这话是什么意思,因为我不是很了解洛蒂;现在我理解左拉是怎么上当的了。左拉把习惯和风俗看成是人性,而在洛蒂作品中是没有什么风俗和习惯的。洛蒂值得人敬佩的,他的独创性,就是他对人性的冷漠。他领着我们摆脱了个人的困扰,使我们在广阔神奇的天空下寻找乐趣。人类一次又一次地骑着骆驼穿越沙漠,自亚伯拉罕起就是如此——

在我们身后,花岗岩的坡道变成了一幕黑帐,精致而雕工奇异,映衬着漫漫星空——就像是伊斯兰的野生海豹,它的两个像东方一轮新月的尖角挂在空中。

漫步,漫无目的地走在清亮的早晨、目眩的午后、玫瑰色的夜晚,然后在月光下小憩。几个世纪的重担从我们肩上落下了，那所谓的全球性教育、复本位制、自由贸易、电灯以及木板路，我们所有的想法全都放下，我们这些流浪者再一次去游荡，漫无目的地游荡。

第二天，我们进入了一片绿洲，在那里，春天在岩石间创造出了一个小小的生命圈。休息过后，我们重新开始我们的旅程，漫游，永远是在广阔天际下的漫游。

洛蒂关注着其中的每一个变化，粉红、淡紫和灰色，在琵琶和里拉琴声中得到了美妙的和谐，而长笛奏出的是青绿和白色。一些铜乐器也加入到这个管弦乐队，低音管和伸缩喇叭分别诉说着前方、右边壮美的蓝色海湾，普鲁士的海湾描绘出了一条曲线——阿克巴海。酋长骑着骆驼赶上洛蒂，问他是否要骑自己的单峰骆驼，因为洛蒂说过酋长的骆驼比他自己骑的那匹快，两匹骆驼并排快步走着。一只小鸟跟在后面，在骆驼的影子中飞着，在晚间时，它就躲在洛蒂的帐篷中。这些都是很平常的事。有人射中了一只欧夜鹰。飞着的时候它是那么美，一旦死了就成了一摊无趣的羽毛。雌鸟围着营地低鸣，寻找着自己的配偶。

在篷车进入巴勒斯坦后，我们无比喜悦。因为环境大不一样了，不再是没有生命的、由石头和沙砾构成的令人窒息的世界里那种恶劣而干燥的空气了。骆驼们还是觉得不太满足，左右摇摆着它们的脖子，抢夺着谷穗。

我将永不会忘记阿拉伯人和洛蒂最后的告别，随后他就回到了他们的出生地：沙漠，他们热爱的沙漠。他们的声音就像远处传来的笛声一样柔和。

一个作家在山边吹奏着他的风笛，就像军乐队般高声鸣响，所有的铜管乐器都在这支乐队中。吉卜林先生的散文就像进行曲，既有喇叭的鸣响又有短笛的尖叫，既有低音的明朗又有大号的雄壮，就像是大地在震动或在煤矿中铲煤。乐队奏出了各种曲子，但这些曲子是什么主题呢？不用多久就可以知道……听！这就是主题，普通人的低调生活：我知道可以使其价值翻倍的办法。

第九章
佩特的面具（一）

我在一本名为《一个青年的自白》的书中讲道：我从法国回来后，对英国及其文学有些遗忘和疏远。在西方国家写小说期间，我甚至怀疑是否可以用英文来写美丽的散文。如果我早点发现这个，我就会放弃学法语的一时念头。但我得承认，我曾担心用英语可能会使我漏掉某个实现我梦想的工具。我细细查过祖父的图书馆，来证明英语在文学中颇具潜力，但因为没找到可能会再次证明我这一观点的斯特恩的《感伤的旅行》，我就写信给伦敦求购一本当时已经出版的沃尔特·佩特的新作，因为我听说佩特写的书很美。我等着，希望我听到的都是真的，最后还是马利乌斯把我从心灰意冷中解救出来。

新到书的第一段就向我预示了某种法国从未向我展示过的东西，当奇妙无比的第二章《白夜》到达我手里时，我有点被征服了，不禁思索起来，责怪自己没有想到那内心深处真挚的喜悦之情，那罗马别墅中泛黄色大理石所营造的伟大氛围，或者说，通过帮母亲绕那些白紫相间的毛线或照料她的乐器这些事情，就可以使文章更优雅，更具女性的阴柔之美，或者说通过回避所有那些可以促发欲望和显然是丑陋的东西，我们就可以确保一种世俗的生活，相对稳定而且使灵魂满足的生活。不，我根本没有想过那些。

对佩特的20世纪的读者来说，我对《享乐主义者马利乌斯》的评论似乎是非常微不足道的：因为几乎没有读者有历史感，所以人们会忽略这样的事实。一个没有受过教育的年轻人，除了那些他在法国咖啡馆里学到的东西，只能理解一部著作之美的外部方面。但如果我的评论是肤浅的，他们是中肯的，我现在无法说明怎么会这样，我为什么没乘火车去都柏林，没乘船去英格兰，去把作者找出来，无论他躲在哪里。我伸出双手感谢他，因为他的书给了我那么大的帮助。它消除了我强烈的绝望情绪。我走到田野中，自言自语地说："英语还活着，佩特将它从死亡中挽救了回来。"如果我不写信告诉他他对艺术做出的伟大贡献，那是因为我羞于用我蹩脚的英语写信，唯恐一些法语词语和错误会把我暴露，就像一个不合格的信徒被自己的主人看穿一样。事实一定是这样的。我记得当我拿过一张纸来写关于这本书的评论时，我的笔停住了，我的思绪开始漂游到佩特所讲的马利乌斯的思想和情感之中，一个现代的故事，因为这是一个关于人的故事。人的天性是不会发生根本变化的。这本书的每一页似乎都是为我写的，而且有时佩特似乎不仅预测了我的存在，甚至预测了我生活的环境，因为马利乌斯住在一所古老的家宅里，后来不久他就离开家去了罗马，是被那里的文学吸引过去的——文学事业在祖先的辉煌中已成为必需。而我的家，是一座乔治王时代的房子，坐落于一个山顶上，位于树丛之中，也容易被人忽视。正如马利乌斯的家一样，它也已经结束了昔日的荣光。漫步于已成废墟的马厩——这里曾经有一百匹马——和废弃的花园，高墙上曾站着一只孔雀，一大群孔雀中的最后一只，正为它的同伴哀鸣。我记起了与我守寡的母亲一起生活的日子，我在每年的春天离开她去伦敦，就在山毛榉树开始吐出粉色嫩芽之前。

我就是在去摩尔府写《麦斯林一剧》的那一年读到了《享乐主义者马利乌斯》。是的，那一定是1885年，春天似乎来得那么慢，我都等得疲倦了，我的思绪已经去了伦敦，在那里，男男女女都正在阅读和讨论马利乌斯。我甚至想起了我和母亲在面对着灰色的湖水、刮着风的草坪上走过的那一天，我还提醒她那年的春天比我所知的以前的春天来得都晚。"你答应和我在一起的，乔治，直到树叶发芽，而且你知道这要等到5月。""可是，母亲，我的思绪已经落在了肯辛顿，落在厄尔街了，无论鲁滨孙从古维街搬到了哪里，因为就是在那里我才会听到对于《享乐主义者马利乌斯》的有趣评论。只有在厄尔街，我才能了解这本书在伦敦被接受的程度。""既然你喜欢这本书，乔治，那么，这本书在伦敦是如何被接受的又关你什么事呢？你总是询问人们的意见，但我从不认为你会接受它们。""我们不是要借用别人的意见，而是要吸收消化它们。"我回答，而且开始想：我热衷于倾听别人对《享乐主义者马利乌斯》的评论不是因为我对自己的判断缺乏自信。我的直觉，因为就是直觉，只会让我这样想：佩特为英语文学增添了一篇不朽的散文杰作；即使全世界都否认，我也会回答："呸。"我的思想渴望在鲁滨孙的画室里喊出：佩特为英语文学贡献了一篇散文杰作，是英语文学需要的杰作，我将证明这一点。我对自己说，用圣保罗的口吻说，玛丽·鲁滨孙的回答会出乎意料、稀奇古怪、完全不同常规。但是事情并不完全像我们所预料的那样。两个月后，在5月，玛丽几乎远离了我，缩到了角落，就好像不愿加入到严肃的谈话之中一样。她的姐姐玛贝尔，我曾对她的判断力寄予太多的信任，但她对佩特个人风格的评论伤害了我。她说："对一部伟大的艺术作品来说，这种风格太明显了，而你一再推崇其为一部最伟大的作品。恐怕你认为的个人风格在我看来只是表达主题所必需的技巧。没有了你所谓的文雅，主题就会没有结构，一本书也就没有了结构……"

有新客人来了，关于佩特的谈话不得不中断。但一旦陌生的人和事一离开（甚至在鲁滨孙家里也有陌生的人和事），玛丽就将谈话从中断的地方继续下去。玛贝尔将佩特比作勒南，这种比较应该会惹恼她的妹妹，却没有，玛丽此时的思绪已飘去了法国。我不能充分地回答，因为我没读过勒南的书；我所能做的只是打断她说："一个用我们一知半解的语言装点自己的法国作家来找我们了。"如果这次谈话发生在今天，我应该回答："我欣赏他清晰的思路和解释说明的能力，虽然我不喜欢他传教士般的圆滑，他用这种圆滑可以将耶稣提升到众神以外，这是愚昧的第三世纪的发明，仅此而已。"话题再一次离开了佩特。凡尔纳·李的书《尤劳里翁》刚刚出版，玛丽正急于谈谈它，这很让人厌烦。但恰好凡尔纳·李不想延长谈话，就像我一样，她对马利乌斯比对其他任何事都更感兴趣，而且是她将话题领回到他身上的。当我们再次被打扰时，她正滔滔不绝地谈着他对词语的运用。这次的拜访者是亨利·詹姆斯。

立刻，一大群女性的注意力集中到了这个重要的美国人身上，而且当他用清高而不失礼貌的语气说话，轮流将他的谈话转移到玛丽和玛贝尔·鲁滨孙时，我认为他有点忽略凡尔纳·李的注意和她对他风格的欣赏。我又陷入了沉思，开始回忆亨利·詹姆斯的身材，自从我上次见他之后，他似乎越来越高大了——一个身材高大、遥不可及的男人，让人不能将他和《一个贵夫人的肖像》联系起来。他没有让我想到一个一眼就能看透女人并保持密切关系的人，而是一个用文学的眼光，并非出于个人兴趣观察她们的人。这些想法使我的眼光落在了他已经有些秃的头上，落在他微闭的小小的深色眼睛和刚刮过的宽阔脸庞上面。他的腿很短，他的手和脚很大，他安详地坐在椅子上，说话有些犹豫，但是很仔细，期望每句话，如果不是全部，那么至少要有三四句能闪出幽默的光辉。大约两年前，我在鲁滨孙家遇见过他,而且当然留下了很深的印象,因为他是第一个让我觉得应该看作艺术家的英国作家。我们在鲁滨孙家谈过几次,而且我相信我和他是一起离开的,或者对我来说能在他去肯辛顿火车站的路上遇见他是我的大幸运。不但如此,我们还同行了一段,他让我去看一看他发表在《朗文》杂志上的一篇论小说艺术的文章。"这篇文章下个月会登出来,"他说,"也许这篇文章在某些方面会被认为是对罗伯特·路易斯·斯蒂文森以及也在这份杂志上写过论小说艺术的文章的安德烈·兰[1]的部分回答。"我听他说着,希望有机会给他讲讲我当时正在写的《现代情人》的主题。机会来了,我的叙述很成功;我注意到他的宽脸上闪现出一丝嫉妒的神色,他表情的这种变化似乎等于承认他至少认为这一主题非常适合他来写。这本书出版以后,我便回到了摩尔府,开始写《演员的妻子》。书出版后,在《帕尔摩报》上爆发了一场关于这本书的道德争论。为了赢得亨利·詹姆斯的支持,我把关于这个主题的文章和书一起寄给了他。几个星期后,他回了一封长信,如果我还记得很清楚的话,这封信一定会为这几页内容增色不少,但我只留下了一些模糊的记忆。他说——他说的是实话——在他看来这本书似乎是用法语思考的,但翻译得很不恰当。我还记得他对文章的长度也

---

[1] 安德烈·兰(1844—1912),英国学者、诗人、荷马专家及翻译家,以写童话故事和翻译荷马史诗著称,著有《法国古代歌谣》《荷马的世界》以及十二卷世界童话故事集等。

发表了观点，他认为与书的内容不成比例，这个说法把我的思绪带回到了很久很久以前，就是我在布洛涅森林大街第一次听说亨利·詹姆斯的名字时，我当时去找一个借给我《一流的磨工》《四次聚会》《紫色夫人》《热情的朝圣者》，还有其他许多书的女士。《罗德里克·哈德逊》也在其中，所有这些故事，加上一篇名为《未来的女人》的故事，都向我表明作者是一个精练、纯熟的作家，具有自己与生俱来的风格，因为这种风格已经促生了大量作品。要在英国文学中寻找一部比他的《椅子上的贞女》对拉斐尔的女人的描写更美的作品，我们应该会失望的。甚至那时我就预见到他是可以运用戈蒂耶名句的作家：对我来说，无形的世界是有形的。他或许会加上这样一句：对我来说无形的世界比对戈蒂耶来说更无形。"这句话也许与他的自我认识不一致。"我说，接着继续看他的信。信中包含了很多我感兴趣的雄心抱负，但所有这些思考都被一种更大的好奇心打断了：我想知道《一个贵夫人的肖像》为什么不是很长，虽然它的章节比《演员的妻子》更多，主题事件却比后者少得多。当我凝视着横穿过灰色烟雨的小岛时，我开始想他会怎样回答我已送到邮局的信。

几天后，他令人难解的信又到了，信一开始就承认《一个贵夫人的肖像》太长了。他的坦白是真心的，也是快乐的，但他的一个说法损害了这种快乐，因为他说《一个贵夫人的肖像》中的女人表现了比凯特·爱蒂更高的智力程度，并且从所谓的事实中得出了这样的结论：她过着比劳动妇女更紧张的生活。他还说，他从我的书中看出凯特·爱蒂的智慧并不是我构思的主题的一部分。当然，他说得对，她的情感与天赋对我来说已经足够了。所以问题来了，一个聪明男人怎么会这样彻底欺骗自己？"他的女人以及包围着她的人群，"我说，"都是游荡到欧洲寻欢作乐的空虚、充满激情的美国人，他们寻找的甚至不能说是娱乐，而只能说是为了寻开心。一个收集徽章的丈夫，还有一个美国朋友——他的职业就是将手一直插在口袋里，一个只会徒劳地和发假誓的洗衣妇斗争的妇人——发假誓的洗衣妇！一个男人用这个形容词揭露了他的情感。在这群人里出现了一个情人，他经过了很长时间的努力，亲吻了这个女人。这是文学史上最坏的吻，它揭示了亨利·詹姆斯根本不知亲吻为何物这个事实，而且他对此也没兴趣。这个女士挣脱逃走了。第二天，这个情人前来拜访她，但他只见到了她的朋友，并被告知这个女士已经去了罗马。世界上有过这样苍白无力的结局吗？""是的，"我说，"他给我写过一封关于心理方面的信，我不由得认为，他把关于男人和女人的微不足道的评论，只是凭空臆想出来的东西误当成人的心理了。稳定而明确的想象是不需要心理学的。哈姆雷特和堂吉诃德都是心理学家，狄克·勒努克斯也是，虽然属于另一种风格。作家的第一要务就是发现人的本能，这对他来说就像狐狸对猎狐者一样必要。亨利·詹姆斯没有达到追猎的第一个条件，就像带了一群猎狗去追一只老鼠。而且我记得,在他的书中,人们会遇到有影子的灵魂在街上走来走去,而且在是不是该彼此让一支烟的问题上进行无用的争斗。""他把细节误当成心理了。"我继续说道,边说边走到我的小书房,找出《未来的女人》又读了一遍。我把书放在我的膝盖上,以便我能回忆起原来的故事——巴尔扎克的故事。故事说的是一个画了许多美丽的画的伟大艺术家,他向自己的所有朋友关闭了他的工作室,他说他正在创作一幅旷世杰作。一年年过去了,这幅杰作仍没有完成,因为要完成这幅杰作,就必须找到一个模特儿。他说,如果普尔布斯将他的情妇带来,他就答应让他看看这幅杰作。这个情妇就是这个伟大的画家找遍全欧洲,我想还有亚洲,都没有找到的模特儿。普尔布斯和这个模特儿经过了一间间悬挂着美丽的画的房间,而这个艺术家对这些画已全然失去了兴趣,他唯一感兴趣的一幅画被他反复点彩、上油、重画,经常重新开始,以至于原来的画只留下了一只画得很美的脚。在亨利·詹姆斯的作品中,艺术家把生命浪费在盯着油画布看上,几乎不足以证明改写巴尔扎克是合理的。我坐着问自己:"他怎会漏掉了或许能证明重述这个故事的合理性的变化呢?"然后我又回到我最初的想法——亨利·詹姆斯完全缺少心理意识,至少缺少我理解的那种心理意识,直到忘了玛丽和玛贝尔·鲁滨孙的存在,还有凡尔纳·李。我努力追寻他对《拉斐尔的女人》的描写来为他的异端辩解,这种描写足以让戈蒂耶脱帽致敬。人们很自然地想到他在《热情的朝圣者》中对英国景物的描写，以及当房子和财产的主人遇到心理问题时随之而来的彻底崩溃——这是他早期的故事。确实如此，当一个男人提笔写字或提笔作画时，他就表明了自己想干什么。这是马奈对我说过的话，他是个无可争辩的天才。

当我回忆起亨利·詹姆斯的信在我脑海中引起的想法时，关于佩特的谈话又把我从摩尔府带到了肯辛顿的画室。凡尔纳·李现在正在谈论佩特对词语的永远正确的运用。我自言自语地说："亨利·詹姆斯会挑出马利乌斯的毛病的，理由就和他喜欢自己所画的女人肖像而不喜欢凯特·爱蒂类似。他会说马利乌斯不像他的朋友福拉维斯那样能表现生活，因此，福拉维斯应该是这篇小说的主人公。但在我能找出一个非常有能力的批评家之前，他就不再说了。""这个人，"我嘀咕着，"太喜欢批评别人的作品，他的工作就是批评；虽然我当时和现在一样憎恨任何人挑剔马利乌斯，但我也只能屈服于他的挑战。虽然整个第一卷充斥着对异教徒文化的赞扬，但是第二卷的大部分却转向对基督教同等的崇拜。亨利·詹姆斯的观点是：我们不能对相互对立的两方持同等的赞美。有人，很可能是凡尔纳·李说过，一个画家可以同时同等地赞美拉斐尔和鲁本斯。亨利·詹姆斯答道：'从才能上来说，作为艺术家，拉斐尔和鲁本斯同样受人钦佩，但是对于崇拜者来说，如果他肯实话实说的话，就不得不承认他对两者之一有所偏爱。他可能认为《从十字架上下来》和《变形》都是伟大的绘画作品，但如果人类滥用他们在艺术方面的才能，引起一种我们的才智无法证实的偏见，那么，不管它是多么有力量，它也一定是基于宗教的，是完全依赖于我们的情感的宗教。'""不管他说得多有道理，"我对自己说，"也会有所纰漏，因为我一直认为文学界已没有优秀的批评家了。"我大概离开了一分钟或五分钟，我不确定，但当我再次听到他的话时，他正在讲，在第二卷快结束的某一章里，佩特给基督教插上了个人的翅膀，因此降低了作品的美学价值，而且毫无必要，因为在下一章里，他又让我们见到了基督教的力量。他的原话是："鲁滨孙小姐，我可以看看这本书吗？"玛丽把书给了他，詹姆斯读道："在处理事务方面，教堂作为一种温柔和忍耐的力量，其采取的方式如同异教徒艺术早就显现出来的那样，它也有基督本人的神圣的温和主义特性。""现在没有人或神，"詹姆斯说着，把书放在一边，"不比基督本人温和，这令我难以相信佩特竟然如此粗心地阅读福音书，以至于会遗漏某些枝蔓。""但是，我亲爱的詹姆斯先生，佩特希望从两个方面表现耶稣。而在我看来，鲁滨孙小姐，现代神学只体现其中的一点。或许佩特只模糊地暗示还有另一面，但他把这一面隐藏起来了。如果我们再谈下去，一定会引起一场关于《圣经》的无休止的争辩。"当凡尔纳·李小姐用谈到勒南时的口吻谈话时，我知道她的意思是：佩特采用了和勒南一样调和的语调——我赞扬了异教徒文化，但你同样也能见到我对基督教文化是多么赞美。"难道你不愿意让他对基督教文化进行高度评价吗,詹姆斯先生?"玛贝尔在旁边插嘴说,她坚持相信基督教的矛盾形式。可能是想到亨利·詹姆斯已经谈得太多了,玛丽·鲁滨孙轻快地打断他说:"恐怕佩特今天不会来听我们谈论他了。"我说:"难道佩特会来吗?我不知道你认识他。""是的。他曾经住在牛津,但他现在已搬至伦敦的17号伯爵大街,离这儿只有三户人家之遥。你肯定能在这星期或下星期遇到他。"

读者可能已猜到我第二天去了鲁滨孙的家。但佩特并没有来,那天没来,之后的星期二也没有来。但有一天玛丽说:"佩特今天要来了,他今天早上对我说的,你不会再失望了。"我又等着他,机械地与朋友谈着话,其间一直想象着那一刻的情景——大门打开,仆人通报:"沃尔特·佩特先生到!"

第十章
佩特的面具（二）

自那天之后，我经常去他的寓所，沉浸在一片舒适的灰色之中：一种安静的和谐，在这种环境下谈话总是很友好的；也许有一点过于正式，但是正合我意。他和两个姐姐住在一起，我想他是在客厅上面的一间房子里写作的。可以听到他来回走动的声音，因为他的脚步声很重，但当他走下来时，所有对于文学的渴望都从他脸上消失了。他继续着和姐姐的谈话，我被他的话语所吸引，他的每句话观点都那么鲜明，其中很多话都包含着这样几个字：毫无疑问。

我去他家吃过午饭、晚饭，下午我们曾一起长时间地畅谈或出去散步。但在我谈我们之间的友谊之前，让我先来说一说佩特留给我的印象：就像人们在大街的尽头看到的那种丑陋、笨拙的雕像，用铅而不是石头雕成的雕像，头盖骨宽大，且呈拱形。这让我想起了诗人魏尔伦，而和诗人衣服的杂乱相比，他对于领带长时间摆弄的优雅举止，使我不禁又想到了第一次见到他时他那一嘴的大胡子，但现在这已成为他向世界展示自我的一部分了，甚至是为他的朋友们精心准备的一面——一个面具。每一次拜访刚开始总是有些冷淡，但之后佩特就会邀请我们一起散步，正是我们坐在肯辛顿花园长廊的椅子上的时候，我注意到他总是戴着他的黄色狗皮手套。佩特和牧师似有相同之处，因为他是牧师和骑士的混合体，而这一念头刚在我脑中一闪，我就记起他在我看来似乎一直是一个丑陋的人。这很奇怪，因为无论是谁，只要拥有他那种伟大的智慧，就永不会丑陋。智慧会使人充盈而又明艳照人，真正的丑陋只存在于狭小、干瘪的脸上，我一面说，一面抬起头，试图从他的形象中找出我认为他丑陋的理由来，但可惜的是在他身上一点也没有找到。但当我的目光从他那毫无表情的面孔上移开时，我找到了原因——是那个面具。我不禁喊了出来，继续推测形成这一丑陋伪装的原因，以及它为何从不掉下来。在我们最初相识的几星期里，我不止一次这样想。

就在那次在肯辛顿公园长廊的散步之后，我开始意识到我正坐在真正的佩特身边。也正是在那张椅子上，我才意识到我在关注着佩特。这是不可避免的，因为越是了解他的作品表现了他多么丰富、复杂的思想，越是禁不住要继续做他的朋友。我们等待着，不管这等待是如何艰难，直到他不再远离我们，当他摆脱了疲倦之后，他就会抛开所有的谦恭和礼貌——换句话说，就是抛开了他的面具。就如我所说的，他的作品蒙上了那么多厚厚的面纱，表露得如此明显，所以我必须耐心，即便将花费数年。虽然如此，我还是暗中监视着他，暗中监视这个词或许生硬了些，但我喜欢用。这个词似乎有些夸张，会让人有一点震颤，却是能描述出佩特的羞怯把我置于的境地的唯一的词。

而且，艺术家只考虑自己的艺术，这使我理所当然地能了解佩特。然而，尽管我有善于了解他的天赋，但我并没感觉到自己对他的了解进步了多少，直到有一天我告诉他我多么喜欢他的一份报纸。上面有一个故事吧，讲的是有个孩子从久病中恢复过来，高兴地在窗前静听着花枝的瑟瑟声，故事的名字叫《屋里的孩子》。虽然我是多年前读的这个故事，但每当读它，我就会深深地沉浸其中，它就是我的世界。佩特用他那平静的、老女人式的语气说道："我很高兴你喜欢那份报纸，既然你已经忘记了其中的一些内容，我就给你一个物证吧，我在楼上还有一些。"当他从楼上下来时，手里就拿着物证——两长条的报纸，出版商或许会称之为草样。对我来说，我最希望得到的物证似乎就要到手了。我并没全错，因为没有比那个故事更美的东西可以放在任何人的手中了，因为人们可以称之为故事。因为佩特知道自己不完全是一个讲故事的人，所以从未沉浸到故事中去，而是始终有点旁观者的样子。在这之前，从他对不属于自己的，而且他也不希望属于自己艺术的审慎的敬仰，他虚构的人物形象获得了一种模糊、含蓄的美。他宁愿浮光掠影地观察生活，并根据自己一知半解的所见所闻进行梦想，也不愿去探查和做记录。从这方面看，他虚构的形象是对生活的暗示，而不是他经历过的生活。在《宫廷画家王子》中，他给了我们一个孤立的灵魂，既没有照亮其他的灵魂，也没有被自己的灵魂照亮，只有借助于借来的光我们才能看到它。华托[1]去了巴黎，让·巴蒂斯的妹妹向往华托的艺术，以及一点她哥哥的艺术。这的确是一个顺从的灵魂，就像伦勃朗的妻子一样，但她的朝圣是她个人的，我们在她脸上读到的悲哀是真正的悲哀。但在佩特笔下，让·巴蒂斯妹妹的形象中只有一丝虚幻的悔恨，似乎就这些。让·巴蒂斯的妹妹没有意识到她的悔恨、她的悲哀——如果那是悲哀的话，是一个模糊的亮点，也就是说，是月亮的那种悲哀。一天晚上，当我离开已经陷入沉思的鲁滨孙身边时，我就是这样想的，因为正是在我走出厄尔的家到高街时，我遇到了佩特，我立刻感情冲动地和他打了招呼。我说："今天早晨我已经读了你所有的作品，并同玛丽谈了我的读后感，因为你已经写了世上最美的东西。"佩特抓着我的手，惊讶但很高兴我突然进入他的生活。"你写出了最美的东西。"我继续说，然后开始讲述一生都爱着华托的那个女人的故事，而华托几乎都不认识她，因为"爱"这个词在故事中并没有出现，直到我没话可说。作为对我对《宫廷画家王子》的真诚赞美的回报，佩特和我一起沿着高街走了一段路，我们一起走到了厄尔的家中。当房门打开，我说："你故事中的女人（让·巴

---

[1] 华托（1684—1721），法国画家，其作品多与戏剧题材有关，画风富于抒情性，具有现实主义倾向，代表作有油画《舟发西苔岛》《热尔桑画店》《丑角吉尔》等。

蒂斯的妹妹,如果我记得准确的话)在我看来是英国小说中唯一的真女人,而且不是只凭一些外在标记,如丰满的身材、没有胡子等判定她是一个女人。她是一个精神上的女人,是伦勃朗画中的人。"佩特脸上的表情变了,我看到他没理解我话中的意思。但此时一阵风吹过,想到他宁愿进屋,也不愿听我对其作品的赞美,我转身向肯辛顿火车站走去。但我还没走到一半,一阵无法抗拒的诱惑使我又走了回去,把我的意思解释清楚。我犹豫不决地站了一段时间,总是鼓不起勇气敲门向仆人解释我不应该再打扰佩特先生,但我有非常重要的事情要告诉他。"我看起来一定很愚蠢。"我咕哝道,但我无法停住自己的脚步。仆人似乎很久才过来,但她的确来了,我被带到了客厅。"佩特先生很快就会下来的,先生。"他一会儿就来到了客厅。"我亲爱的摩尔,怎么——"

"我回来没有别的事,只是想告诉你为什么你对巴蒂斯妹妹的描写就像伦勃朗对他妻子的描写,你的表情告诉我你不明白我的意思,这很重要,因为我不想被你看成一个傻瓜。""我亲爱的摩尔。"他把手放在我的肩上,面具掉下来一些。"在我看来,"我继续说,"将女人引进艺术的是伦勃朗。""但文艺复兴呢?"佩特说。"文艺复兴,"我回答,"把女人理解为奴隶,纯粹是供人娱乐的工具。丢勒[1]描写女人,但是伦勃朗第一次将女

---

[1] 阿尔布雷特·丢勒(1471—1528),德国画家、版画家、理论家,将意大利文艺复兴精神与哥特式艺术技法相结合,代表作有油画《四圣图》、铜版画《骑士、死神和魔鬼》等。

人看成男人的附属物和随从,苍白而多虑。他意识到,是男人而不是女人创造了世界。当他有了灵感时,他凭理智把她们画得有点忧虑,但处理得还是仁慈的。但不要以为,佩特,我希望贬低女人或她们在生活中的影响。没有几个人比我更钦佩女人。一个非常优雅的女人曾当面对我说:'就靠乔治·摩尔去发现女人的好处了,不管他会有什么错误。'我所说的一切肯定都有利于女人,一切都是为了女人,一切都是,只除了一件,我不会对女人说谎。无论她们在我们的生活中是多么必要,无论她们的影响多么令人愉快,女人仍是男人的附属物,对她来说作为男人的附属物不是什么羞耻之事,她不会比月亮更感到惭愧。只有男人该惭愧——换句话说,只有男人才是信徒。"

"女人们曾画过很多漂亮的画,写过很多令人愉快的诗,但如果我们看看她们的脸,我们就能读出有一种附属物的悲哀。这些悲哀伦勃朗曾在16世纪60年代左右画过,但是没人写过。巴尔扎克,从头到尾读过大自然,但也没有认识到这一点——在我目前所能记起的所有作品中并不是一点都没有。哦,对了,在《欧也妮·葛朗台》中有,但不像你写得那么美。正是你的天才使你把她安排在利尔镇或华伦西尼兹镇,就靠近伦勃朗的家乡。或是华托来自某个边境小城?是哪个?这无关紧要,利尔和华伦西尼兹都是边界城镇,她就住在其中的一个,梦想着华托的艺术,这个英国文学中唯一真实的女人。""所有你说的,摩尔,都非常好,虽然我在高街时没理解你的意思——当时正好刮风，风很大，而我也急着回家——现在我确实理解了你的意思，并且想问你一个问题：你在我的其他作品中看到过你在《宫廷画家王子》中察觉到的东西吗？""当然有，佩特，你在《享乐主义者马利乌斯》中表现出了同样敏感的感觉。"佩特的脸色变了一点。我对自己说，他认为我没理解他的问题，我开始给他讲，《享乐主义者马利乌斯》和英国其他任何叙事散文的区别就在于其严肃性。"你已经给了我们一篇与《感伤的旅行》一样严肃的叙述作品，因此为英国文学做出了很好的贡献，虽然还需要很长时间批评家才会意识到你做了什么，才能感觉到你的影响。我还想给你说另外一件事，佩特，无疑你刚才在楼上穿衣准备外出吃晚饭，我就不打扰你了，只几句话，就这些。"佩特让我放心，说他不急。他在家吃饭，如果我愿意利用这一机会，他可以给我一小时的空闲时间。"你的作品打动我的，"我继续说，"除了我在你的作品中发现的严肃性，而且是与狄更斯和萨克雷，以及其他在图书馆流通的作品的琐屑构成对比的严肃性外，你自己一定也意识到还有一点，就是你在写马利乌斯时，你写的是人类，而不只是一个具体的人。因为我们有些作家可以非常好地叙述一个人怎样沿街追捕一个敌人，穿过豪华的大厅，看着他最终消失在一扇门后；还有其他一些讲故事的作家，这类人或许更多，他们多写家庭不和，离婚妇女回到自己以前的家去照顾生病的孩子，或去照料打猎时摔断腿的丈夫。在第一个例子中，不幸的妻子利用亲戚不在的机会去看自己的孩子；在第二个例子中，她总是稍微做点伪装。但没有作家，除了你自己，我亲爱的佩特，写过一篇严肃的故事，故事中没有任何善意或恶意的玩笑，甚至那种被视为幽默的东西也没有。"

"在英国文学中你第一次发现生活既不是喜剧性的也不是闹剧性的，在其中最精彩的一章《白夜》，你的目的不仅仅是讲述一个故事、一个根本不值得一读的故事，而是讲述马利乌斯经历过的思想过程、他的希望、他的忧虑、他的抱负和他的梦想。他对普通事物的兴趣往往会激起读者的兴趣，他对蔓生植物和橄榄种植的关注，这本身就带有一种特殊的优美，而且这种关注使他那种理想化的高尚品质在超俗的环境中显得更加自然。我怀疑你是否知道那几页的描写有多么精彩。在随后的篇章里，你接着讲：古老的圣歌《新卢纳》，至今仍被人们传诵，它就像一轮新月在西边缓缓变亮。接着是那些美好的，几乎是快乐的描写：寡妇的软弱、黑暗的生活却带着深深的遗憾。我不想评论你对卢纳沉沦的描写，因为它并没有像你描写他对灾难频繁而模糊的恐惧加深了他对家的感情那一页那样，体现出你的艺术技巧，就像我所希望的那样，他觉得家是一个他可以试图找到安全的地方。接着你用一个趣闻来向读者解释他为什么会对并未发生的灾难如此恐惧：那是初夏里可怕的一天，卢纳走在狭窄的街道上，他看见了蛇在育种，被吓得后退逃避，之后的好多天他都睡不安稳。最能说明我的问题的段落是你将马利乌斯与欧里庇得斯剧本的精彩首演中年轻的伦进行对比的那段，因为这段写得最恰如其分，它不仅仅适合于一个人而是适合于所有的人。你不是在描写某个人，而是在描写整个人类。"

佩特一直等我的情绪平静下来才问我，他在做我所说的那一切时，他是否遗漏了马利乌斯的某些个人特征。"当然有，佩特，但你将马利乌斯与他的朋友——非常个人化的福拉维斯进行了对比。""很高兴你能这样想，"佩特说，"但我那样做并不是为了这个或那个特别的原因。""如果你有的话，你就不会做得这么好了。"我回答说。第二天早晨我给佩特写信，说马利乌斯是对一切失败的英文小说的一个很好的补偿。放下了思想的一切重负，我开始想，在关于佩特的文章中，各种评论家，包括水平高的和低的、重要的和不重要的，都说出了老一套的话，却没有想一想自己希望说什么，他们都只满足于重复同一套话语，说佩特没有能力写出长句子，只能写一些带有让人震撼的形容词的短句，而这样往往会令人厌倦。这些老套的话是福楼拜的发明，并强加于佩特，而佩特抱怨柏拉图的句子太长了，这可以看作他难得的幽默，因为我们可以确信：柏拉图的句子再长，都不会比佩特的句子长。可以肯定，兰多没有写过长句子，或许是因为对话的原因，他习惯用连词来代替长插语。他总能成功地把他的散文变为轻逸缥缈的曲子，像流水一样神秘地浮现、消失。他说，文艺复兴时期的艺术思潮是追求音乐的境界，他的观点和他所写的文章亦是如此。如果他生活在那个年代，并亲耳听到了《牧神的午后》，那么他就会觉得自己现在只是在听自己的音乐——他自己的散文被巫师们变成了邪恶的或是充满仁慈的音乐。

评论家常常使用那些一成不变的老套评论来填充专栏文章，这些老套话佩特无须寻找，他不用费力寻找就能找到。他先是找到一段，接着是一页，接着是一章，而每一章都和整本书密切相关。他脑子里一直有一本书，这本书可以充分说明他比我们习惯谈论的任何法国作家都伟大的作家——不幸的福楼拜，他使用文字那么吝啬，以至于他发现自己最终不得不将自己的对话局限为"你好吗"或"早上好"等。对对话的这种否定有助于构建自然主义的教义：对话是非文学化的，尽管历史上出现过拉伯雷、莎士比亚和巴尔扎克这样的对话天才；所有的人都忘了他们不仅必须征服对话，而且还要征服更难征服的行话。

至于那些所谓的"华而不实"的段落，佩特几乎可以说是无辜的。人们只能找到一段这样的描写，就是对吉尔孔达的那种让人憎恶的做作和虚伪的描写。就像有些人说的那样，吉尔孔达是一个在卢浮宫中每天都能听到关于自己的绯闻，却从未停止过笑的女人。至于她为什么笑，佩特曾做过解释，却受到了委婉的批评，因为他的解释表明了他对这个女人温和的爱。每当这时我都会为他感到遗憾，有一次出于同情，我甚至打断了一个崇拜者的谈话，并向他保证潜水员潜入海底的情节会重写云云。可遗憾的是，事实上，这样的描写并不符合作家的夸张、强调手法。但是我们并不愿删去这个章节，因为对于一个想出名的伟大作家来说，一点点庸俗是必不可少的。很难讲为什么伟大的作家都一定要出名，但他必须得出名，华而不实的章节无疑可以助他成名。解释过为什么要有潜入海底的描写后，我想说，我觉得这种伤感的描写对于文学来说是一种不幸，因为失败的场景描写不可能创造出好的文学作品。再补充一点儿意见，也许是对的，也许不对，那就是：对于一个作家来说，从未画过自己，手指从未碰过松脂，也从未将自己一半的时间用在与画家们在画室里就某一特殊的绘画作品发表自己的观点上，这种做法是不明智的。我觉得他们最好保持一段距离描写那些可塑性艺术，就像佩特描写希腊大理石雕刻那样，最好是描写那些我们不能直接了解的事物，因为直接的了解会造成一种直接的崇拜。然而，我的这些想法在画室中会被视为愚蠢。事实上，画室的欣赏观念本身就存在缺陷，因此我们无论如何都会陷入自相矛盾。谁会认为佩特会在布莱尼姆·拉斐尔那里看到一幅杰作之后，忍不住得出这样的结论：在这幅作品中，拉斐尔所有的天才都得到了最完美的体现？佩特的一个传记作者说佩特喜欢伯恩·琼斯[1]的画。说这种轻率的言论，就像侍从对主人不忠，把主人戴假发套的事告诉别人一样。那个

---

[1] 伯恩·琼斯（1833—1898），英国画家和工艺设计家，其绘画体现了拉斐尔前派的风格，设计过金属、石膏等浮雕和挂毯图案等，代表作有油画《创世记》《维纳斯之镜》等。

潜入海底的情节充分展现了佩特的人道主义，以及他对布莱尼姆·拉斐尔的崇拜。我们或许还会觉得这个过于人性化的迷人故事会使他减少一点坏名声。据说在佩特的坚持下，那幅画被带到伦敦，赢得了阵阵欢呼和惊叹，人们断言它可以卖到7万金基尼。佩特的辩护不应该只看成是特殊的辩护；在世俗判断流行的时刻，我们中间最优秀的人都失去了自己的判断力。佩特对伯恩·琼斯的崇拜可以更简单地对待。因为我们没有读到他的原话，而只读到了那些毫无疑问只记录下了一时记忆的传记作者的话。但传记作者的记忆常常是不可信的，我们宁愿这样认为，也不愿相信一个男人会崇拜伯恩·琼斯。欣赏波提切利，就像佩特在自己非常简短的散文中所做的那样，在一部充满着美丽事物的书中，这或许是最美的事情。

波提切利在佩特散文中的出现就像在睡觉时梦的出现一样。文艺复兴时期，一个4月的早晨，一个产生了灵感的年轻人，在散文中，他伴着音乐往前走，像鲜花一样清新，我们看到他在自己时代的故事《白桃木》中画上了自己的自画像，他做得如此干脆利落，我们可以说是如此直截了当，以至于我们无法抛弃这样的想法：他已经意识到了文艺复兴的到来，他相信自己就是文艺复兴的时代记录者。当然，可能波提切利只关心每年都会重来的思潮、思想，但如果真是这样，而且他根本就没想到正在返回世界的异教信仰的话，那他为什么还要在自己的画中引入罗马农牧神和希腊森林女神呢？一想到有人知道他诞生于一个伟大时代的前夕,是一个神奇时代的先驱,就让人觉得愉快,但什么也不比他自己带到这个世界上的花更可爱。以后到来的可以说会更完美,但没有什么可以说比一个脸上带着甜美的微笑轻快地前行的女孩更迷人了,她脸上呈现出欢乐,洁白的手中拿满了花。在我对这篇文章的记忆中,无疑佩特常常边走边陷入了沉思,想着世界上一个年轻人突然重又变年轻时的快乐。他就像我所说的,把自己看成是这个世界之美的编年体记录者。在他看来,他的天才似乎不是什么个人的天才,而是有人交给他来完成某种神圣目的的,是为了让男人们知道他们自己奇妙的美,知道女人和孩子们的美丽,知道高山、鲜花和所有我们的眼睛可以看到的事物的美丽。他非常快乐地将他的天才运用于自己的使命中,那就是去唤醒那些倾向于回到陈旧的修道院制度中沉睡的人,让他们在美丽的早晨中欢快地醒来。因此佩特把波提切利交给我们,一个介于二十岁到三十岁的年轻人,愉快,温文尔雅,有着微笑的眼睛,肩上披着长长的鬈发,穿着红背心。三十岁以后我们再也见不到他了。他似乎没有中年。佩特避免谈到他的老年。因为此时是这第一朵花,在很多方面可以说是文艺复兴时期最美的花,在残酷的神学的影响下凋残的时刻。神学似乎已经过时了,但它再次伸出了自己的爪子,用一支无法完全忘却文艺复兴人性的笔来抓住这个可以解释但丁的僧侣之梦的快乐灵魂。唉,萨沃纳控制住他了,如果仁慈的亚历山大教皇没有下令烧死他的话,僧侣会把中世纪的所有丑陋都带回来。关于这个僧侣文中涉及很少，或者说根本没在文中提及，佩特的目的是让我们想象一个那么快乐地开始自己的一生的年轻人结果却那么悲惨。这篇散文读起来很愉快，就像是莫扎特的一出歌剧，散文的节奏在快乐的思想起伏中起伏，每一种节奏都注定要伴随着这种音乐。直到书落到读者的膝盖上，他此时就会坐下来自问：佩特是不是缺了点文学应该有的那些东西？如果弗罗芒坦赞美拉斯达尔天才那一华美篇章不是很合理的话。虽然继续谈论佩特对我的诱惑总是伴随着痛苦，但继续谈论佩特会更合理。他是一个比弗罗芒坦更伟大的作家，在我的印象中，弗罗芒坦的名字只出现在他论拉斯达尔的散文中，因为他没有在其他任何地方提到这个画家，没有把这个画家看成其作品的一部分，就像肉体和灵魂不可分一样。这种伟大的成就佩特也没有取得过两次；我们只大致了解米开朗基罗、莱奥纳多和其他人，如此而已。波提切利之后，佩特描写得最好的肖像就是温克尔曼，后者的死亡令人毛骨悚然，画中流露出他的本性，揭示了他喜爱希腊雕塑的起源。

《文艺复兴》中有些段落像他所有的作品一样美，作品的形式如此完美无瑕，以至于我们在阅读时很难察觉到所有的段落都来自同一灵感。因此该书的寓意是：虽然灵感并不常伴随我们，但是写美文是我们的责任，所以当神圣的光芒降落到我们的天窗时，我们应该准备好接受，当它到来时天窗应该配得上它的光芒。现在，这些话使我接触到了任何读我这篇文章的人都憋在嘴边的一个问题。

这种独树一帜的风格是从哪里来的？我们知道佩特不是从月亮里接受这种风格的，也不是从仙女手里得到的。通过一个传记作者的轻率描述，我们知道这不是他的处女作。所以佩特的风格诞生于这个地球，或许可以追溯到地球的根源，然而还没有一个批评家完成这件事。但我们可以发现什么呢？一月月、一年年过去了，我都在探寻着佩特的思想根源，但是直到十年前，我才被我们所谓的偶然事件引领着，看到了歌德的《意大利旅行》。书是我亲爱的爱德华给我的。这本书我不时地读一读，只感到厌烦，因为在我看来它是华而不实的，缺乏对意大利旅行的叙述，缺少性格、生活和行动。这是那种我们的父辈和祖辈过去常常在豪华的旅行之后回到家中放在一起的那些书。有一次我不经意地再次浏览那本书，读到歌德被某位公爵夫人的仆役接待的部分。她领着他走上他认为相当精美的楼梯。在下一页，有人交给他一辆马车，以便他下午可以驾车外出，欣赏风景。就像楼梯一样，这些风景他也觉得很美。第二天他参观了博物馆，并不是为了见一个值得欣赏的女士，而是为了画一幅阿波罗的素描。正当我无聊地想把书放到一边时，我忽然看到其中题为"圣菲利普·内里[1]"的一章，使我眼睛一亮。第一句话引起了我的注意，我很容易读完了这一章。我把书放在

---

[1] 圣菲利普·内里（1515—1595），意大利神职人员，天主教神秘主义者奥拉托利会的创始人。

膝盖上，在幻想中我看到佩特在一座大图书馆中，他站在图书馆的台阶上，正读着从上面书架上拿下来的书。他继续读着，对我来说似乎过了很长时间，他突然把书放回去，但仍保持着原来的动作（就是这一点让人奇怪），他陷入了沉思，就站在梯子的第五级台阶上。"为什么他还是站在梯子的第五级台阶上？"我问自己，"还有，他在思考什么？"然而，在幻觉中，几乎一切都呈现在了我面前，我很快就开始了解到，或者说我生来就会知道，他一直在读歌德对圣菲利普·内里的研究。思想在他脑海中聚集，最后其中的一些思想被带到我的脑子里。我了解到他并不确定他是否应写一篇关于歌德风格的文章，其中特别提到圣菲利普·内里，或者对此丝毫不提。"他永远不会谈到这篇文章的。"我的灵魂回答我。我对人性的美好信念得到了回报，因为佩特从他的幻想中醒了过来，他环视了一下周围，以确定没有人监视他，发现他独自一人在图书馆中。他把书放回到原来的位置，看自己放对了位置，他非常满意。他把梯子移到图书馆的另一个地方，然后叫来图书管理员，向他提了几个问题，都与关于几个抒情诗人的生平时代的书有关。

我的幻想突然中断了，这就是幻想之路。我自言自语地说："他是这样的人，他就是这样的人，他一定就像我一直想象的一样。"我捡起从我的膝上滑落到地板上的书，我继续多看一会儿圣菲利普·内里，一次次停下来，沉浸于深思之中。我自言自语地说："我已经碰到了佩特的根源，但如果我让全世界都知道了这件事，那就会有人说我剥夺了佩特的部分光荣。"换句话说，在很多人看来，都好像是我的发现将给佩特一个文学父亲。他需要，他比他的文学之父伟大得多——他的父亲从浮华中恢复过来，并通过一些外界的力量与我们亲密起来，就像瓦格纳通过发表温森多奈克的信恢复过来一样。把佩特和别人联系在一起，把他从孤独中解救出来，将是我的工作。我看到了这一切，并认为自己看得很清楚。

第十一章
佩特的面具（三）

当佩特住在肯辛顿的房子里时，他的朋友们开始知道他给一家周报投了一篇论流行文学的匿名文章。当我们之间讨论这篇文章时，我们表达更多的是遗憾，对他写作的目的各执一词，因为我们实在不知道，大师可以用破线团一般的流行文学编制出如此华贵的织品，并说他不是为了卖钱。到最后，阿瑟·西蒙斯提出了一种新解释，一种不完整的解释，也不会有人准备接受的解释，就是说佩特不愿意完全失去与过去时光的联系。西蒙斯说："每一种生活，不管是多么孤独，也都需要一个出口。我发现我的出口是芭蕾舞，而他则在《卫报》中找到了自己的出口。"

如果措辞不那么尖锐的话，对佩特报刊文章的这种解释或许更接近事实。西蒙斯大概会说："如果佩特在为《世界》和《真相》写文章时就被发现，他的立场就会像我在阿尔罕布拉宫[1]

---
[1] 阿尔罕布拉宫位于西班牙南部城市格拉纳达，是13世纪至14世纪的摩尔人宫殿，15世纪为西班牙贵族攻陷。

赞扬最后的新舞者一样困难；但《卫报》是一份有思想深度的新教报，虽然他不是基督徒，但对他来说也很重要。"千真万确的是，佩特喜欢新教的教条。他始终这样认为，只有接受传统和成规，我们才能摆脱烦恼。佩特对古老的传统、习惯表现出极大的崇敬。西蒙斯应该注意到我们这个时代诞生的最好诗人和散文家在外形上的相似。他没有注意到，这是一个疏忽。他也没有注意到这样一个事实：这种相似不仅仅是肉体的相似，因为诗人和散文家都是不可知论者，众多的皈依者都信奉宗教教条，这是两种不同的教条。这是事实，但这种不同只与神学家有关，因为现今时代人们对古代传统、习惯的尊重取代了信仰。人们或许会怀疑魏尔伦会同意以任何公共演出或出版文字去嘲弄他的信条；佩特也不会嘲弄自己的信条，这是无须争论的，这也就是我为什么不能只奇怪自己缺乏感悟力的原因。有一天，我突然想起他为《卫报》写过文章，我给他寄去一本我刚写好的书，并附了一张纸条，请他批评。如果我告诉他主题，这本书的主题，那么对任何人来说都不难理解佩特大致翻完我的书后所感到的尴尬。这足以说明这一主题不适合在《卫报》上进行讨论，甚至连佩特这样的语言大师也不能。我可以想象他把书放在一旁，在画室上方的房子和他的工作室之间来回踱着步，直到最后精疲力竭地坐下写回信，一封彰显了他对语言的熟练掌握的信。确实，在他成功表达自己的真实想法之前，他都得先写下几篇草稿，这没有错。如果我没有丢掉那封信该多好啊,因为它是他遣词造句、表达自己灵魂的意义,而又不脱离他天生的优雅能力的一个例证。对于这封信,我只能徒然地说:"他说他不适合评论我寄给他的故事,而且他不明白其中的暴力行为。"他还说了一些诸如此类的事情,或许还补充说:"艺术的目的是使我们忘记粗俗和暴力。"但即使我能回忆起这封信的大意,也无任何意义。但这封信的大意,就算不是所有的信,也是人类的共同财产。思想不可能是原创性的,因为所有的思想在数千年前就已经被人说出来了。我们每个人都只能用自己编制的式样,佩特的美丽式样,他的信和他的作品都明白地表示出来了,我是创造不出来的,这真遗憾!因为在我看来,他的信可以帮助读者了解写出《享乐主义者马利乌斯》,使让·巴蒂斯姐姐梦想着远在巴黎的华托,而想不到她爱他。似乎我只是在重复自己的话,但在人物的某些方面,是根本不必害怕重复的。不管佩特的信多么微不足道,其中都体现了他的天才,都使我们想起拉斐尔的优雅——他是那些他独自完成的许多肖像中的一个佩特式的画家。佩特是一个比拉斐尔更完美的艺术家,因为拉斐尔留下很多劣质画,而且很多都是由门徒完成的,但在我看来,佩特只犯过一次这样的错误,就是写过一段与他的名声不配的话。戈斯先生会谈到一些苍白无味的文章,并说当佩特的天才出现的时候,他确实具有很高的天才,但不幸的是——让想说完这句话的人把这句话说完吧。在许多关于英国散文的最伟大大师的乏味文章中,他很容易找到一个合适的结尾。啊！如果我没弄丢信该多好。再去寻找这封信也没用，在我的记忆中去回忆其内容也是徒劳。如果我去寻找它，那段关于蒙娜丽莎的话肯定会从我的记忆深处浮现出来嘲弄我。所以，为了我的名誉，我应该忘掉那封信，使它成为过去，不再因佩特对我的书的看法而忧心忡忡，浪费一丁点时间。没人会与佩特讨论文学，就像戈蒂耶所说的："没人会与上帝讨论神学"。再谈一谈故事。当我折起他的信，在烦躁中撕成两半丢掉后，我对自己说："现在要做的唯一的事就是写另一本书，并努力忘记我犯下的这个可笑的错误。"那时，我正在做另一件事，已经快完成了。我开始问自己：佩特是否会对一个来到巴黎探索艺术的放荡青年的故事感兴趣？《一个青年的自白》当时发表在一份无名期刊上，我并不怀疑它们会出现在他手上。几天之后，我收到了一封信，信封上是佩特那漂亮、准确的笔迹。我自言自语地说："上帝啊，他不会再给我写关于那个不幸的……"

坚持己见、不人云亦云是佩特风格的一部分。一份登有我写的《一个青年的自白》的杂志已经送到了他手上，他的风格——他的个人风格——迫使他告诉我他多么欣赏我对当代法国诗人的评价。"这是为了补偿我，"我说，"补偿那封让他比我还刻骨铭心的信。"啊，如果这封信也没丢该多好啊，其中有很多东西可以证明我现在所说的话。第三封信，也就是他在收到《一个青年的自白》之后写给我的那封信，是我在经过狂热而兴奋的几小时寻找后找到的。最后我的秘书走进我的房间，把我从刚才所陷入的绝望的昏沉状态中召唤回来。"这是您想要的那封信吗？我在书箱的底层找到了它。"

下面是这封信的原文：

           布拉斯诺斯学院

           3月9日

我亲爱的、勇敢的摩尔：

  很感谢你的《一个青年的自白》，我是带着极大的兴趣和崇敬来拜读它的。并且非常钦佩你的独创性——你愉快的批评——你那阿里斯托芬式的欢欣，至少称得上是一种生活享受——你无尽的活力。当然，书中也有很多地方我不能苟同，但作为这样一部讽刺著作来说，我想没有人有资格对其妄加批驳。我毫不怀疑你在书中表现出的文学才能。"你采取了这样一种值得商榷的形式"，看完此书，我忍不住想这样说。我说的"形式"是精神上的，而不是指风格。

  你也十分友好地提到了我的作品，但我的快乐与此无关。不过我仍想知道你会失去多少东西，但就你自己和你的作品来说，尽管表现出快乐、温和和对许多东西的美丽且真实的感觉，但我仍要称之为一种愤世嫉俗的，并因此是一种独特的观察世界的方式。你仍只称之为"现实主义的"！天哪！

真心祝你的生花妙笔在未来愈加出众。

你真诚的朋友

沃尔特·佩特

我想它一定是从某条缝隙中落入尘埃的。接连的三四天或一星期,只要一有机会,无论是在散步时还是在炉边独坐,佩特的信都会浮现在我的脑海中,使我晚上失眠,不能入睡,直到黎明开始穿过窗帘,因为没有其他任何东西值得去想。看上去我像是被一种永不会消失的幸福占据了。在过去的这个愉快的星期里,他的信总是抢先占据我的头脑,直到亨利·詹姆斯提出这封信不真诚,并提出证明他这一观点的例证——佩特希望带着异教徒的猎狗追逐基督徒的野兔的想法,如令人不快的风一般重上心头。我拿起信,又读了一遍。信中的"我仍想弄明白您究竟失去了多少东西,这既包括您自己,也包括您的作品"这句话,好似在我胸中燃了一把火,促使我去考虑佩特这最简单的话中蕴含着的深刻内涵。它让我想起詹姆斯在街上走来走去时敲着的那面铜鼓,我实在拿不准是该点上一支烟还是该干脆戒掉它。"他对男人和女人的兴趣是肤浅的,"我说,"而且一点也没有男人的锐利,总是错将细节想成心理的东西,就像一个宦官。世上有些宦官打从娘胎里出来就是阉人,有些宦官则是从男人变成了阉人,还有一些是自作自受成为阉人。耶稣基督就是这样说的。但是我敢说有些人是出于信念而甘做

'阉人',他们以为抛开男子气概会使他们获得冷眼看世事的能力。他们或许会拥有这种能力吧,那就让他们拥有去吧,但天国是不接纳自残之人的。詹姆斯的小说注定要接受最多的批评;他的小说,他的悲伤和平庸的环境结出的果实——好了,好了。然而,在一条更有价值的道路上,他却赢得了奥利金[1]——公元2世纪最神圣的基督徒一样的荣耀。""但佩特的信是否能证明詹姆斯的观点呢?"我突然自问。再看一遍信,我发现我全然误解了佩特信中之意。"信中对读者只字未提。"我大声咕哝道,在被独特的有趣事情吸引时,咕哝已成为我的积习。佩特写得多么完美啊!下面就是一个例子:"我仍想弄明白您究竟失去了多少东西,这既包括您自己,也包括您的作品。"他没有谈到读者。他很难捉摸,绝不会像詹姆斯一样容易理解。"啊,要是他能在这里回答我该多好!"我喃喃自语。我对佩特的崇敬之心似乎越来越高涨,而且似乎成为一种新的狂喜。然而,我无法不想到这封信是在劝我戴上面具处世,它不但不能使我们彼此更密切,而且使我们疏远了。我希望一种更完整的友谊,我希望能不断进行思想交流,无疑佩特也希望帮助我。然而,我们的友谊似乎没有增进,反而渐渐疏远了,而且谁也说不清楚其中的原委。我对西蒙斯抱怨佩特的冷漠,但他说他似乎并不觉得佩特冷漠。那么到底是佩特对西蒙斯不那么冷漠呢,还是西蒙

---

[1] 奥利金(185?—254?),古代基督教著名希腊教父之一,《圣经》学者,曾编定《六种经文合璧》,代表作有《基督教原理》《驳塞尔索》。

斯不像我那样希望友谊非常亲密？西蒙斯说，佩特外出散步时不喜欢和人交谈，因为那个时候他正在紧张地思考当天早上他写的东西或者在想他下一个早晨该写什么。我根本没问自己西蒙斯说得是对还是错，就立刻接受了他的说法，因为很容易相信佩特的思绪与他的步履是同步的。让-雅克也是这样。所以我决定以后在他散步的时候再也不和他交谈了，不再像习惯的那样，散步时勾住他的手臂和他一起走上一段路程。下了这个决心不久，我就在骑士桥遇到了他。想到西蒙斯的话，我直接跨过马路，这时我们的眼睛相遇了。佩特的眼神是斜着的、怀疑的、责备的，我却将这一眼神理解为感激，不过我不敢太确定。由于我深信西蒙斯的警告——佩特在散步时是绝对不能打扰的，所以这种不太确定只是深埋在我心底。我为何会置自己与佩特之间的亲密友谊这么重要的东西于不顾，而毫无疑虑地相信西蒙斯的警告，而且身体力行？究其根源，也只能解释为对我自身不可救药的轻浮的一种承认。但只承认是远远不够的，因为正是在我说自己开始厌倦佩特——他的腼腆——的时候，我才意识到它。我以后再也没有找过他，虽然在我们共同的朋友家里共进晚餐或午餐时，佩特并没有表现出对我的行为不满，但他一定已经觉察出我们之间的微妙变化了。

我不再对佩特感兴趣了；相反，我开始在背后嘲笑他。他似乎完全迷失了自己，借用波德莱尔的一个比喻，他就像甲板上的一只信天翁。当他坐在一个年轻的俄国犹太人的餐桌旁时，他两边是两个胸部丰满的、就像怒放的玫瑰的小姐，两人不断平静而友好地交谈着，他竭尽全力使她们两人都愉快。那么，有一个问题开始困惑我了，为什么佩特要接受邀请到我们过去常常遇到他的这所房子或那所房子——房子属于一个老年贵妇，她喜欢男作家就像她喜欢钉在楼上后屋里的一块烙铁一样。佩特经常参加她的晚会，平和、优雅、正统，从来没有像我一样因为受到邀请而明显地烦恼。这种想法萦绕在我脑海中许久许久。我自认为在那里纯粹是浪费时间，完全可以善加利用这时间去做好多事情。然而，佩特的行为看上去比我的还难以理解，因为他从不写关于社会的东西。在这个时候，他对我们大家来说是个谜，甚至对西蒙斯来说也一样。无论是西蒙斯还是其他人，都猜不透为什么佩特要接受几乎所有邀请者的邀请。我们中间没有一个人怀疑他是这样为自己找到理由的：我住在伦敦就是生活的，而在伦敦避免社交生活既没有道理，也不合时宜。更糟糕的是，这证明是一个不幸的尝试。佩特要生活，要交往，要融入大家的节奏，然而却没有放弃自己。我认为当听说他已经回到牛津时，他所有的朋友都长舒了一口气。

我正在写一部剧本，讲述一个或许想向他人敞开心扉的人，他希望能满怀信心地面对世界，最终却发觉自己连一个朋友也找不到。但正如前面所说，没人注意戏剧情节的展开。我们所知道的就是佩特回到了牛津，也许他觉得牛津比伦敦更对他的胃口，更能激发他的天才，我们是这样想的。西蒙斯的洞察力或许比我更深刻；现在我只是自己说说而已，我什么都不怀疑。有点令人费解的是：佩特来过伦敦又回到牛津，但我什么都不怀疑。我为什么要怀疑？我曾住在法国，离开法国，住在伦敦，或许还会回到法国度过余生。但一天一件偶然的事让我睁开了眼睛，佩特的灵魂变得更清晰了。《每日电讯报》的编辑在斯特兰德大街拦住我，说他准备发表一篇论我的书《现代绘画》的文章，正在刊印，他说文章是由世界上最伟大的作家写的。"你所说的世界上最伟大的作家是谁？"我问。"你认为世界上最伟大的作家是谁？"他反问。我觉得世界上最伟大的作家是谁，这个问题我自己也无法回答。"告诉我。""不，"他答，"过两天你就会在报纸上看到他的名字，你会同意我的看法，认为他是世界上最伟大的作家。"

亨利·诺曼先生那时是《纪事报》的编辑，我常常到他家请他告诉我谁是世界上最伟大的作家，但我都白费唇舌。每天早晨，经过一个不眠之夜后，我都会跳下床寻找那篇文章。四个早晨过去了，一个星期过去了，又是一个星期。在第三周的一天早晨，我睡过了头。我突然醒过来，喊道："《纪事报》！"我立刻下床，一眼看到了那个标题：《现代绘画》。"这是我一生中一个不同寻常的时刻，现在我该知道谁是世界上最伟大的作家了，"我说，"沃尔特·佩特！"下面要做的就是阅读这篇文章。看之前我叹息道："如果我在得知文章的作者之前看它，我会更高兴的。唉，现在为时已晚了。"文章很不错，使人振奋，就像佩特所写的其他文章一样，但与他为《卫报》所写的那篇文章相比，这篇要稍微逊色一些。毫无疑问，这是一篇优美的文章，具有佩特文章的所有特点，同样令人愉悦，同样真诚朴实，同样对思想有精确有力的表达。我应当感激他才是。我为自己没有像过去那样赞美他的文章而自责。我猜想，他肯定我的作品的原因是我在《一个青年的自白》中对他有溢美之词，但这就是他赞扬我的原因吗？——作为一种回报？不，佩特的思想不会如此平庸。那到底是为什么呢？其他人给了佩特更慷慨的赞美，但他并没有为每一个赞颂者的作品写评论，而且他为《卫报》所写的文章是匿名的，这次却署了名。我想到了另外一个让人欣慰的原因——佩特知道我因为没能得到他足够的友谊而深感失望，他觉得我有资格得到它，所以写了这篇文章作为一种补偿。我继续想了很久，觉得没有比这个原因——他想让我高兴——更合理的了。佩特并没有看过我的书，他是出于个人感情完成这篇文章的。我恍然大悟，觉得应该立刻写封信感谢他。信寄出去了，但一直没回音。我想，他的心又对我关闭了。佩特和我擦肩而过，但我那时根本想不到这会是我们的永别。

几个月后，佩特突然去世，我当时认为他是带着那篇文章的秘密永远离去了。几年过去了，直到不久前的一天，我在翻阅《文艺复兴》时，碰巧翻到那段我曾指责为败笔、现在深以为疚的著名文字——我很后悔自己的言论，我有什么权力来评判佩特呢？我成了一个比戈斯更坏的罪人。作为惩罚，我要一行一行、一字一字地看完这篇文章。看完后，我对佩特有了全新的认识。摘下面具，清清楚楚地展现在我面前的是一个害羞敏感的人，在作品中激情四射，在现实生活中腼腆软弱。

第十二章
巴黎寻梦（一）

直到死神夺走了我们的亲人，直到悲伤的泪水模糊了我们的眼睛，我们才意识到我们是多么爱他们。我也是一样。直到昨天，当我来到皮加勒广场，四处追寻七八十年代住在那儿的艺术家和小资产阶级的熟悉气息时，我才意识到我是多么爱巴黎（我的巴黎）。马奈、德加、毕沙罗、德布丹、佛兰、卡蒂勒·孟戴斯和保罗·亚历克西斯过去常常在晚上去新雅典娜咖啡馆。就是在这个心爱的咖啡馆，我学会了法语，踏进了文学和艺术的殿堂。它的一角仍和皮加勒广场毗邻，但物是人非。它现在成了吵吵嚷嚷的游客们的集合处，那些不诚实的导游凭着如簧之舌把他们从格兰特酒店拉过来。我穿过新雅典娜咖啡馆，来到"死鼠"——对面的咖啡馆；它也变了，变得商业化了。它旁边有一所房子，弗罗芒坦曾在里面住过。他是一个很有才华的画家，能用法文写出最优美的散文。（过去我在清晨常常看到他在皮加勒广场散步，看起来就像一个久居沙漠的阿拉伯人。）但现在，这所房子成了导游和游客的饭店，酒足饭饱之余，导游们会带着游客去红磨坊看女人跳大腿舞。这得花钱，因为欢乐也成了一种商品，我说。我又想起了"白皇后"和"我们的星星"，两个可爱的小舞厅，只有蒙马特的家族成员、女佣和她们的男友知道。它们的名字使人想起苦艾酒，想起萨克斯伴奏下的玫瑰圆舞曲。

当我看到自己周围垂悬的树叶摇曳的美丽样子时，我又想起了"我们的星星"，但我想起的不是舞厅，而是饭厅。"我带来了你妻子的信，我很荣幸地告诉你她昨夜是和我一起过的。"一个粗壮、矮小的年轻男子用低沉的声音说。他是在婚礼结束后来到饭厅，径直来到楼上的沙龙。所有从教堂回来的客人都要在这里参加新婚宴会，大约十二个或十五个小商人穿着节日的盛装坐在那里，新娘站在他们中间，穿着白色裙边衣服，配着橙色的胸花，就像于斯曼可能会说的那样，她脸上露出渴望已经为他准备好的快乐的表情，她的服装、早餐、蛋糕，以及驱车经过树林，所有的一切快乐都准备好了。这时一个刚到饭厅的年轻人匆忙地招呼着侍者，询问婚宴是否在楼上举行。侍者以为年轻人是宾客之一，就为他指引，但年轻人坐在桌边并没有动，而是叫了一杯苦艾酒，闷闷不乐地喝了起来。至少客人和侍者看起来是这样，他们在这事之后，聚在一起时这样说的。人们记得在那个年轻人询问侍者时，声音似乎因为某些烦心事而变得紧张，他手里还拿着车费的账单。我认为（当然是以后才这样认为）侍者心里是有一些怀疑的，认为那个年轻人一杯杯地喝苦艾酒是存心恶作剧,因为在早餐前喝下三杯苦艾酒是很不寻常的。

一听到婚礼开始了,那个年轻人突然从座位上跳了起来,接着我知道有什么事要发生了。饭店的大厅被桂树隔开,以防未受邀的人干扰婚礼的进行,但是在树叶丛中还是发生了什么厚颜无耻的事。那个年轻人把新郎招呼了过去,他对新郎说:"我带来了你妻子的信,我很荣幸地告诉你她昨夜是和我一起过的。"新郎还没有时间理清头绪,只感觉一片空白。没发生什么斗殴,我敢肯定,他什么也没再说,悲剧似乎就发生了。在我们意识到发生了什么事之前,我们看见新娘和她的朋友们走向了左边,而新郎则和他的朋友们去了右边。婚礼就像一场梦一样消失了,而那个喝着苦艾酒的年轻人也是梦幻般地突然消失。侍者在清理桌子时的话,四十年后仍清楚地在我脑海里回响。奇特的回忆,不是吗?

埃利泽·蒙马特与"我们的星星"一样值得回忆:正是在那里我遇到了伟大的屠格涅夫,并与之交谈,因为他对《印象与观念》提出了一些奇怪的观点。舞厅仍存在着,但已不正常,有时开张,有时打烊。"自从艺术家和女侍者走了之后,它还怎么能继续营业?"我说。还有马奈在里面为拉绪尔老爹画了那幅著名的肖像画的饭店,那是个值得纪念的地方。而费尔南多马戏团,我和亚历克西斯过去常去的老地方,难道不是他的诙谐喜剧《蒙特斯先生》中的马戏团吗?现在这个地方也消失了。

在原来的地方，我看到了一排新房子，用木板和石灰铺在铁制的梁上，寄宿者可以从那里听到各种声音并感觉到声音的味道。无疑这里也提供了现代化的舒适享受——浴室！我们在70年代很少沐浴，但在这里我们可以尽情地写作，尽情地画画，并超常发挥。我不再想艺术和纯洁是否不相容这个不可确定的问题。我转到拉瓦街，现在称作维克多·马塞街。我双脚本能地走进皮加勒街，从那里进入杜埃街，卢多维克·阿莱维曾住在这条街上，门牌号是22号。我就是在那里常常遇到雷耶、梅亚克和德加的。大量的回忆使我想起了我曾经在那所房子里见到的所有名人——著名时代的名人——或者说一个年轻人最终发现自己就处在巴黎社会的中心时的那种欣喜的感觉。"街上的噪音越来越大了，"我说，"阿莱维正是因此离开了那里，就在他死前几个月。不会再有作家住在那里了。"

在殉道者街的尽头，曾经有一家旧式饭馆，名为金鸡饭店。在穿过圣乔治宫之后，我转到左边去看它是否还存在。它也已经不见了。我从劳里特圣母院旁边经过，一个我在70年代一千次经过（我一定经过了这么多次，因为我都是从那儿回家），但从未进去过的教堂，我甚至从来没想过进去看一看。但现在好奇心几乎说服了我，因为只有教堂保持着原样。伟大的香榭丽舍林荫大道就像城外的林荫大道一样改变了许多。托托尼已经消失许多年了，它的小圈子中几乎没有人留下，但在泰特布特街的角落里，一小圈椅子还固定在那里，所有的椅子都坐过三十年前的伟大艺术家。下午五点，托托尼是一个神圣的地方，是巴黎人生活的美丽地方，是我们的规则、我们的实践、我们的骄傲。马奈经常在那儿，夏庞蒂埃[1]也一直去，希柯罗也是如此——希柯罗，这个可怕的专栏编辑，人人都害怕他的才智。但英格兰咖啡馆呢？也不见了！里奇咖啡馆仅名字保存了下来，现在全部翻修一新了，全部刷成了白色和金色，闪烁着朦胧的电灯光，里面的乐队一晚又一晚地奏着同一首令人同情的曲子。

知道三十年前的巴黎，也知道今天的巴黎的人，不管他对巴黎的认识多么肤浅，都会知道咖啡生活遍布巴黎。对巴黎人来说，咖啡馆没么多了。卡图卢斯是最后一个忠实于自己的咖啡馆的人。直到他死的那天，他还坐在那不勒斯咖啡馆，身旁围满了他的追随者和朋友。出于对他的尊敬，我穿过林荫大道，找寻他曾坐过的一个角落里的椅子，但所有的椅子都被人占据了。被谁占了呢？一群来自世界各地的陌生人。是的，巴黎真的变了。"不再有巴黎人了。"我说，边走边思索，走着走着，我注意到街道上充斥着太多的现代气息——几乎每条街道都是这样，其中尤以拉佩街为甚。在现代化的建筑中，米拉波酒店是最惹人注目的。一块大理石位于一堆五彩缤纷的大理石前面，还有一个弹子房，我不知道里面的喷泉是不是开了。我的读者可以想象得到，稍具常识的人都不难理解这儿廉价的建

---

[1] 古斯塔夫·夏庞蒂埃（1860—1956），法国作曲家，以歌剧《路易丝》闻名，1902年为巴黎青年女工创办大众音乐学院。

筑与欧洲的一处名胜旺多姆广场的坚固、壮美的建筑是不协调的。这里的建筑是受保护的,也就是说,是受强制保护的,建筑物的高度是受限制的。当我从旁边走过时,高高的屋顶映射着9月明净的天空,黑色的石板瓦与蓝色的光亮相互辉映。卡斯蒂廖内街的建筑属于第一帝国时期,房子都是三层高,顶端带个小阁楼,算四楼,这些小阁楼与窗户、门和街宽构成了美丽的和谐。禁令在这里执行得仍然很好,石头是不允许触碰的,但在一个地方加了一个高阁楼。正是这个完全违反比例的做法,使人转而想到均衡感已经完全离开这个世界了。"其他东西已经在开了,火车、电车、汽车,或许还有飞机,但人们已经失去了好坏的概念,还有均衡的概念。"我咕哝道,边说边受了一种突然冲动的驱使,穿过大街走到杜乐丽花园,因为马奈曾在其中的一棵树下画过一幅第三帝国时期家喻户晓的肖像画:女人们戴着帽子,穿着有硬毛布衬的裙子;男人们穿着有饰带的大衣和长裤,还戴着高帽子。这在那时是一种时尚。现在除了照顾幼儿的女仆和孩子,没人去杜乐丽花园了。在过去,孩子们是和妈妈一起来这儿的。在马奈画的前景上,有两个孩子正在玩沙子。当休·莱恩爵士——他是因为崇拜马奈,所以按照希克尔特的意见,被封为爵士的——站在这幅画前向斯蒂尔解释说画中戴着蓝帽子的女人是加利费侯爵夫人,穿着黄衣服的女人是卡斯蒂廖内伯爵夫人,正与她交谈的男人是某某王子时,斯蒂尔温和地打断了他,说:"那两个穿着粉红色外衣的孩子,我想是里克茨和山农。"这是个很精彩的玩笑,但只有某些画室才能欣赏这个玩笑。

但这儿的花园比杜乐丽花园与我的过去联系得更密切,它就是比利耶花园!我不知道我心爱的城市的商业化会不会到里沃利街结束,我穿过了塞纳河。"书报摊也没了吗?"我问自己。不!书报摊还在,码头也和以前差不多。"我终于到了巴黎。"我说。

在巴克街,人人都在说法语。在里沃利街听过那种模糊不清的外国口音之后来到这里,听到熟悉的语言,真令人舒服多了。女士们穿着便服,手里拿着篮子在商店里买东西。"这就是巴黎,"我说,"这就是我很久以前所认识的巴黎。"这些面孔也是法国人的,我边走边急切地看着他们,觉得自己几乎成了一个幻影。我转向一条伟大的街,这条街通向奥德翁剧院,名叫——我想不出它的名字了。有时我们会忘了那些我们知道其中每座房子样式的街的名字,虽然记起了头但是忘了尾,我所能做的就是搜寻整条街道,想找到弗友饭店。它还在它原来的地方,但现在想吃煎蛋卷还为时太早。穿过剧院的走廊后,我碰到一个长发学生,他正徜徉在沃吉哈赫街,边走边在读着什么。

他或许住在拉丁区……从他那儿我知道了一条我几乎不想听到的消息——比利耶花园不会被推倒,但要增添各种各样的新装饰品,重新焕发魅力。"这只意味着,"我说,"拉丁区的命运会和蒙马特一样。"我们谈了五分钟就分手了。他朝索邦方向,我朝卢森堡公园方向。这些花园所表现出的忧郁和浪漫气息使我好像看到了一个牧师正在太阳底下读着他的祈祷书,使我想到了恺撒——他在攻打波斯的路上,发现所有的寺庙都被毁了,一点古代的宗教崇拜痕迹都没留下,只除了一个牧师拿着一只准备献祭的鹅。一会儿我碰到了皮埃罗,他刚从画室逃出来,正与几只麻雀分享着他的早饭。不远处有三个年轻的女人走过,她们是修女,正走在落叶之中。其中一个突然走到另一个前面,轻快地跳着舞步伸手接住了一片树叶。我的眼睛一直跟着这三个女人,直到我看到了一个陌生人——一个大个子——看上去像个乡下人,在礼拜天到城里来,坐在一个阳光灿烂的角落,脸埋在双手中间,表现出一种深深的沮丧,或者说沉思式的平静,以至于我重复了一句晚上在剧院听到的台词:

"他想起了镰刀割下的青草,这是对流浪汉表示同情的最后一次努力了。"更确切地说,就是:他想起了再也吃不到口的面包。这是真正的流浪汉;而一想到这句话的空洞,我的心就有些许伤感,我继续寻找着隐藏在树影下的纪念墙,但在我以为能找到的地方却一无所获。我找一个司机问路,他解释说我在喝酒的时候走错了,他说得很明白,所以我一会儿就找到了伟大的海神喷泉。仍和过去一样,水从幽深的石池子里的缸口喷出来。发现水中仙女没有离开她的男友,她男友也没有离开她,真让人愉快;他们还像以前那样热烈拥抱。"只有艺术是永恒的。"我说。这座半身像和这个城市一样悠久。红叶落在了水中，水中的鲤鱼一动不动，显得比红叶还略红一点。这些多美啊。那边的屋顶反射着闪光。"好美啊！"我感叹着。城堡这个词只能使人唤起对壕沟、吊桥和艰苦生活的联想，但法语的"城堡"却总能使人想起伟大的法国国王，就如我们所说的，我们可以看到他们的鬈发披散到肩膀，手里拿着黄金饰头的手杖，他们周围环绕着身穿紧身衣的漂亮女人——就像铁栅栏上的花一样。"但伟大的君主专制时代已经过去了。"我喊道。城堡现在成了博物馆，成了公共财产。我本来想重新去看看里面的一些画，但这个想法很快消失了，这天太美了，美得让人不想去看什么画。美术学院院长在自己的画廊收集了太多劣质雕塑，所以我一直没进去看，只欣赏着高高的房顶和落满了秋花的栏杆：再过一段时间，天竺葵、秋海棠、大丽花就会长到花瓶的边缘。再经过一两周或三四周的晴天，冬天就来了。但是为什么？我们不能在事物失去的时候欣赏它们，难道这不奇怪吗？让人高兴的是：没有任何东西，甚至我们自己，是一直与我们在一起的，因为，如果我们不是像过路人，而是认真对待这一切，那我们看到、听到的一切会是多么令我们厌烦，包括我们自己。正是在我陷入深思的那一刻，几分钟前在我眼里似乎正在想着心事的男人从我旁边走过，浑身笼罩着一种压抑的气氛，像陷入极大的悲痛之中，也像一个对这个世界上的一切都不再感兴趣的人。"他现在一定很悲痛。"我说。但他不是农民：很可能是个技工，礼拜天到城里来。再看他的衣服——剪裁得很粗糙，由黑色的绒面呢做成，昏暗的大帽子几乎使我看不到他黝黑的皮肤，这使我想到了赤道——我觉得他是一个来自阿尔及利亚殖民地的人。我认为自己的猜想是对的，我加快了脚步。当我追上他以后，我停了下来，这样他就可以和我谈谈，如果他愿意的话。但他似乎并不想使自己从悲痛中摆脱出来；在我们交叉而过时，他也很冷漠。他走过去了，一个大男人，似乎只想耷拉着头一个人一步一步地走着，丝毫不在意身边的路人或者不同风格样式的花园。我觉得自己需要主动一些，于是就叫住他，问了一些问题——那种能使我们与同路人聊天的问题。我的问题可能只是问问时间，或者去画廊的路怎么走；不管我问的是什么问题，他的口气都是希望我继续问下去。我们就一起穿过了花园，一边看着雕塑一边谈了很多话题，就像别人都会做的那样，直到我们最后找到了共同的话题。我想知道的是：他是不是一个旅人。在我回到海神喷泉时，我已经知道他是一个布列塔尼人，但在巴拿马多年了，做过勘测员、技师之类的工作，是和雷赛布[1]一起出去的许多人中的一个。他曾和两个兄弟一起在巴拿马地峡工作，他们两个死在了那里；他自己刚刚奇迹般地逃离了死亡，因为他曾在灌木丛中发了两天

---

[1] 斐迪南·雷赛布（1805—1894），法国外交官、工程师，退出外交界后，组成苏伊士运河公司，监管苏伊士运河工程，成立承建巴拿马运河工程的公司，因滥用基金而破产获罪。

烧，还没有水喝。直到第三天，他才成功地到达营地。我把他领到饮料店，在我看来这似乎很高尚，他允许我给他买了一些正出售的淡饮料。他吃了一些蛋糕，我猜测他是一个不幸的人，我从一个细微的暗示发现他的婚姻生活并不幸福，但我又缺乏勇气向他提一些直接的问题。我无法发现他的宗教观点，只知道他因为觉得没有什么希望了，就把未来的生活当作了宗教，这个未来的生活将是令人无法忍受的，并且他也没有勇气再次前往巴拿马，与那些接替了雷赛布未竟工作的美国人一起工作。"但是，"我问他，"你怎么会相信你知道不真实，但有助于你生活在至少似乎真实的事物之间的东西呢？"他吞吞吐吐地回答了我，就像一个不习惯透视自己灵魂的人一样。失望的表情映在他的脸上，这时我也开始后悔自己提出的问题，所以，当他说"你似乎没有受过我那样的苦"时，我感到很欣慰。他说："你和我遭遇不同，你的生活充满着快乐。""你怎么知道的？"我疑惑地问他。"你的脸已经告诉了我，你有快乐的生活。但是你天生忧郁，并且放任悲伤，沉迷于悲伤，因为它是你的快乐。"

我再一次想引导他谈谈自己的生活故事，但是刚要进入情节他就不说了。他不但不讲自己的故事，反而要我告诉他我为什么在巴黎，我回答说，我来巴黎是做关于莎士比亚和巴尔扎克的演讲的，对此，他的回答是：也想去听我的演讲。但我的演讲可能永远不会举行，他问为什么，我告诉他虽然演讲稿已经写好了，手稿就在我口袋里，但我害怕做这样的演讲，因为这一系列演讲的组织者——我的演讲是其中之一——认为我不是一个好演讲者。"你读得太快了。你的演讲表达的思想细致而有趣,虽然写得不像法国人,但已经足够了。至于你的英国口音,也只是乐趣的一部分。我希望你克服的是:你读稿子总是很快。""但昨天晚上,我听到拉辛以每分钟三百字的速度读稿子。""我们都很了解拉辛,"他回答说,"如果我们不了解他的话,我们连演讲者说的一个字都不会懂。"我坦然告诉我新结识的伙伴,我很难读得慢,还有其他一些缺陷。"我不会连音,"我说,"有时连音了,却又错了,就是法语中所谓的连诵错误。""你什么时候演讲?"他问。"在这个周末,"我回答,"我们现在就已经开始了。""我无法到场了,"他说,"因为我明天就动身去巴拿马。但听你说话对我来说是一种享受,我们再也找不到现在这种安静、隐秘的谈话场所了。"

接受一个旅行者如此简单的要求似乎是不好的,几乎可以说是不体面的,若换个环境,我无疑是会接受的。但我立刻想到一个克服我的困难的计划,就以还没有向他读一下我的演讲稿为借口,打开了我的演讲稿。几年前,可能是在三四年前,我在一个美国富婆家里参加一次晚餐,我发现自己紧邻着一个漂亮、活泼的法国女人,她说话的口音和模样使我想起了一些我当时并没想到的。我感到惊讶的是她居然可以辨别出我和女主人的法语口音,我忍不住问她是否以前做过跟法语有联系的事情。她不直接回答,因为我的问题似乎是想逗乐大家,我又问了她一个稍微有点长的问题，也没得到满意的回答。直到几天之后我才明白，那天晚餐会上坐在我旁边的是著名的里森伯格小姐，我给她写信道歉，她欣然接受了。我惊讶地责备我的朋友，因为他们不应该不告诉我拉·巴罗美·德夫人是里森伯格小姐。"现在，"我转向旅行者说，"我想要学会如何读演讲稿，最好的机会就是去看看里森伯格小姐，并告诉她我的烦恼，如果她有一颗善良的心，她会说：'你不演讲完就不能回伦敦，我来教你如何读稿子。'""真是个绝妙的主意，"旅行者答，"我不能为此责备你。但难道你不可以给我留半个小时吗？""我的演讲稿得读一个小时，我恐怕不能答应你的要求。"我回答，同时为自己不能满足一个旅行者如此简单的快乐要求而深感羞愧。但我想的是：他已经和我共度了一个愉快的早晨，甚至因此暂时忘掉了自己的悲伤，但一旦我离开他，他就会承受更大的痛苦，因为如果痛苦延续，它很快就不会是痛苦了。因此，我必须在他快乐的时候离开他。"但你为什么要回巴拿马呢？"我说，"难道你在这里找不到事做吗？""我在自己的家乡是外国人，"他补充说，"在这里我能做什么呢？再见，谢谢你给了我一个非常愉快的早晨。今天早晨我出门时根本没想到会这样愉快。再见，先生。"

第十二章 巴黎寻梦（一）

第十三章
巴黎寻梦（二）

我一从舞台上下来，演讲的组织者就把我拉到一边告诉我说："你读稿子读得很好，但你以前为什么没像我那样读过呢？"我正想找一个合适的回答，他的神色似乎表明他想到了里森伯格小姐，他说："你认识里森伯格小姐？"

当然，许多朋友也告诉我说我的演讲很成功，而且每个字都能被清晰地听到，甚至连伟大的朗诵家也称赞我，我很满意自己的事业——如果这个词没有夸大我此次来巴黎进行关于莎士比亚和巴尔扎克的演讲的重要性——没有完全失败。我回到旅馆的家，但当我途中经过一个又一个街道时，给法国观众做演讲带来的激动慢慢消失了，我停下来想：我所做的毕竟只是进行了一次演讲而已，一件再平凡不过的事。过了一会儿，我的想法又变了，我边走边心满意足地安慰自己：我的演讲与职业演讲家一心想取悦听众，因而总是模棱两可的演讲有很大不同。"因此，"我悲哀地想，"他们的演讲可以提供更好的愉悦，但没我的演讲思想深刻。深刻？是，但还不够深刻，因为用外语演讲无法重新组织材料。"我边沉思边走过美丽的香榭丽舍大街回家，并且说："我是经过三次改动才拿出初稿，在前两次，我和其他每个人都一样。"说完这些话，我突然想到在都柏林度过的那个夏天，想到我无论何时独自一人都会写的演讲稿，我时时丰富它、扩充它，而且得到了很好的结果，因为我的演讲包含着很多亮点；但我无法再拿起纺锤重新开始编织，用外语重新编织的劳动量太大了。"或者是因为我太懒？不，文学召唤我的时候我不会懒惰的。或者是因为九千多字的外国文字对我来说太多了？搞得我不能集中精神了？我的英语又常常纠缠在一起，我很难把它们理顺。"我喊道，同时又想起，我花在法语文本上的时间远不及在英语上多。我继续说："我词语丰富，得心应手，对节奏也能熟练掌握，我的难题是结构。我输掉的是结构而非语言，除非可以说用英语我更有勇气，而且可以把每一个细节都理顺，能把一切都重新梳理好。"

"梳理"这个动词是多么让我厌烦，我咕哝着，努力回想我做过的演讲，还真想起了一会儿，不过稍纵即逝。在协和广场，我的思想集中于这样的信念上：用法语描述具体事物比描述抽象事物更容易。在演讲时，我能把用英语写的东西直接译成法语。因为演讲一定得以主观为主，所以我的演讲稿似乎得用英语写成，然后翻译成法语。但一个翻译者的法语使我倒了胃口。当《伊丝特·沃特斯》由一个退休的海关官员翻译成法语时，我遇到了更让我恶心的事。这本书的三分之一，大约一百页，被一个编辑删掉了（总共四百页），目的是适合海希特一再要求的那种形式。他真是个傻瓜，对待我像对待屠格涅夫一样，因为经验只能说明我们曾经过的河流，却无法说明我们还没遇到的河流。这真是真理啊！上帝！多么精确！多么美妙！我又开始走动起来，梦想着过去的时光，直到想起我在演讲中忘了加入一段评论，这使我又停住了脚步。我站着想：这段被忽略了的评论比演讲中的任何东西都能更清楚地说明17世纪和20世纪的区别。在这样极度不满的情绪中，我又迈动了脚步，在我脑海里上演着我挑选出来用以表现两个伟大天才的艺术实践的情节，一个情节发生在朱丽叶及其乳母之间。乳母走到朱丽叶身边说："他死了！他死了！他死了！"她说的是提伯尔特，但朱丽叶因为精神过于紧张，错听为罗密欧已经死了，于是脱口而出一段过于华丽、使人难以相信其悲痛的真实的台词。无疑，那些吹毛求疵的批评家同行已经发觉朱丽叶表达悲痛的台词缺乏悲痛应有的那种简洁，但我想让他们注意的并不是台词，而是莎士比亚对此的粗浅理解：因为在安排自己的女主人公运用他所能提供给她的所有口才来悼念她的情人之后，他就安排她痛悼自己的亲戚，并运用了相同的口才，因此表达的就不是真正的悲伤了，因为真正的悲伤往往是默不出声的哭泣。但可以肯定的是，巴尔扎克会觉得朱丽叶根本不可能想到她亲戚的死，至少当时没想到。他还会对此进行解释，表明快乐如何超越了悲伤，因为悲伤是没有任何言语的，也许连一滴眼泪也没有。

第十三章 巴黎寻梦（二）

这种心理上的自然抑制会激发巴尔扎克的天赋，让他把这个场景淋漓尽致地展现出来，远远超出莎士比亚这个世界上最伟大的诗人的想象。"你是在拿初升的太阳和正当中天的太阳做比较！"那些莎士比亚的评论家一定会在他们的文章里大声抗议，因为在写《罗密欧与朱丽叶》时，莎士比亚还是个毛头小伙子，那倒也是事实。待到他写《哈姆雷特》时，他对人物的内心倾注了更多的关注。但莎士比亚思想的日趋成熟不是这种检验的一部分，而只是预示了巴尔扎克处于自己的天才顶峰时，他会尝试一些莎士比亚没有尝试过的东西。

所有人都会毫无异议地承认，对一个诗人来说，要求他思考那种巴尔扎克可以进行叙述，并能清楚地表达让人相信的人类思想的深度，能否在思想贫弱的舞台上进行表现是不公平的。在这个戏剧问题上，莎士比亚并不欢迎修辞辞令，因为，就像人们经常说的那样，艺术家最首要的责任就是在他创造的环境中发现自己的力量。即使如此，也还是没有解决这个问题，因为通过接受自己环境的所谓限制，莎士比亚把他的女主角置于某种矛盾之中，使他的女主角成为他所创造的环境中的一部分。而矛盾就在这里，演员并不能像批评家那样可以轻易消除矛盾和差异，这些矛盾是人天才的一部分。比批评家说得更厉害一点，演员也是诗人天才的一部分。她就是他的天才，他的天才就是她，这就像灵与肉一样不可分割。她已经变成了她的缔造者的一部分——我们所能欣赏的一个变体。她渐渐消失的声音变成了朱丽叶的声音,她肉体的所有冲动都伴随着朱丽叶的激情;她的思想、她的姿势、她的步态都是维罗纳[1]式的,剧中任何不与她和谐的一行字、一个字都是在反对她。所以,必须允许朱丽叶与她乳母之间的那一幕成为一个停顿,成为一个周日,在这一天,她的创造者放下了自己的工作,因为他无法为自己的剧本提供一个真实的性格。他改变了她说话的方式,没有让她采取那种能隐藏他缺点的密集型的说话方式,而是让她采取拍手这种可能淹没良知声音的动作,而任何出演这一角色的女人都会唤醒这一良知。难道在我之前就没有一个人察觉这种不一致,没有一个批评家?无论我是第一个还是最后一个发现这种不一致的人,但可以肯定的是:任何一个忘掉自己成为朱丽叶的女人在这第二次情感爆发时都会回归到自身,并且意识到剧院行话所谓的垂幕!或许谁也没有一个蹩脚演员对这一点体会得深,因为有理智的女人都会对自己说:"我们不可能对两个不幸事件表达同样的悲痛,因为当她的心因自己情人死里逃生而充满快乐时,她是不会悲痛的。"

这个蹩脚的演员沉思着、揣摩着,她的表演越来越糟糕(我们此时认为这是她自己的演出,因为如果不是,她很早就被踢出去了),直到有一天晚上,在与经理进行了一番不愉快的交谈之后,她内心出现了一个强烈的希望,虽然她没有能力解

---

[1] 维罗纳是意大利北部一城市,罗密欧与朱丽叶的故乡。

决其中的困难,但有个心理学家可以帮她。她读过小说,其中有一个小说家可以解决这样的琐碎之事,诸如女人应不应该接受或拒绝一杯咖啡等,于是这个蹩脚的女演员说:"他应该不难区别这两种悲哀。"她去找他,内心充满了希望。一想到这两个人紧挨着坐在一起,我们就可以过片刻有益的时光了。激动的女演员脸色苍白而焦虑,支着下巴的波士顿心理学家的脸宽大、冷漠,胡子刮得精光,正在寻找合适的话。看到心理学家如此痛苦地思索,蹩脚的女演员开始害怕,唯恐自己鲁莽的冒险会导致心理学家中风倒地。这种紧张状态终于结束了,可怜的女演员站在那里若有所失,一句话也说不出来,她被心理学家以合适的理由拒绝了。

这种想象给了我快乐,但这快乐刚一消失,我就走出了走廊。我对自己说:"在其他地方,莎士比亚的剧本也经常与人的心灵及其直觉相冲突,但都没福斯塔夫的话明显。"我走到了巴黎大饭店,深深地遗憾自己竟把福斯塔夫归入到英国诗歌中最有人性的人物之列。直到我走到卡斯蒂廖内街,我才回到我沉思的主题。"福斯塔夫,"我说道,"若能说服扮演这一角色的演员说出自己的经验或许更有意思,但表演出自潜意识。演员感觉、梦想、渴望,但很少推理,除非他们不是好演员;我们的探询都是徒劳的,没人能在研究这一角色时能说清楚自己。"但真是这样吗?一个演员,也许在不知不觉中,就把重心放在了漂亮的名言警句上。我高兴地想起了拉歇尔的名言:"我发火了。"她一开始怀疑并且希望自己不仅仅只是一个在咖啡馆里靠朗诵谋生的女孩时,她就去求助于一名演员,并告诉他,她认为自己应当向舞台表演发展。听拉歇尔朗诵了几首诗之后,他说:"你有一副甜美的嗓子,不过我无法知道你究竟有什么样的天赋,除非我能亲耳听听你扮演一个角色。"他让拉歇尔研究贝丽特丝。几天后,她全然一新的诵读使他震惊万分。她的表演简直太贴近角色了!那位演员屏息静气地听完后,惊异地说道:"天啊,你是如何做到这一切的呢?"然而,拉歇尔的回答只能让他更加惊异:她根本没有认真思考过那个角色!她甚至没有通读全剧本,而只浏览了自己的那一部分。"我曾试着想象,"这个极具天赋的女子说,"这一切都会发生在我身上,否则我就会发火。"

拉歇尔出演贝丽特丝时表现出的愤怒神情,使人们第一次意识到这个角色内心的怒怨。很可能拉辛也没有意识到这一点。我心中油然生出一阵歉意:在威尔扮演福斯塔夫之后,我从未带他去过酒吧,也没问过他是否觉得自己的表演沿袭了扮演哈姆雷特时的套路,更没有询问其他一些可以引导他讲话的话题。虽然威尔可以称得上是世上最出色的演员了,但他只不过是一味机械地重复台词而已。用戏剧界的行话讲:他"分文未加"。当我穿过下一条街,走过拱廊时,我想起有一天晚上,特里曾差遣一个男仆邀请我去化妆室见他。他的邀请恰逢其时,因为当时我正想谈一谈福斯塔夫呢——谈福斯塔夫可以比谈挺着肚子刚从舞台上走下来的特里更尖锐一点。"你扮演的福斯塔夫，"我对他说，"比其他任何人都毫不逊色，甚至可以说没有人比你演得更好了。不过剧中这个人物实在是太出色了，恐怕没有人能表现到极致。虽然塞万提斯在《堂吉诃德》第二部中灌输了让人生厌的旧习恶俗，但当他让骑士最后受到嘲笑并且决定什么是荣誉、什么不是荣誉时，他并没有莎士比亚的剧本，也就是你在剧末表演的那一部分更让人无法容忍。特里，我们也许就这样作为习俗与偏见的受害者而度过此生啊！若不是今晚我去了剧院，也许将永远不会发现福斯塔夫原来是那么虚假的一个角色。在到这里来的途中，我一直在想着桑丘那无比自然的天性，这使我的愤懑稍稍平息。这个角色对你一定是个更好的选择。你肯定会同意我的观点，不是吗？特里。福斯塔夫的很多言语与他的性格不符，最主要的是，他实在是太出类拔萃了，有谁能把他演好？"特里没有应声，但很明显，他在思考我所说的话，并开始意识到福斯塔夫这一角色确实存在一些极不符合天性的地方，而他在这一角色中没有发挥出他的表演才能，这也许正归咎于莎士比亚的剧本吧。

我发现他默认了福斯塔夫确实是一个不适合表演的角色，这更激励着我去评判托尔斯泰的奇怪言论。"托尔斯泰并不像我们这样去评判莎士比亚的作品是否合时宜，也不去评判莎士比亚什么时候是正确的、什么时候是错误的，尤其是后一种情况。在他看来，福斯塔夫是莎士比亚所有剧作中唯一一个言行一致的人。而我的看法则恰恰相反。你也一定有这种想法，特里，我可以看得出，你不会有其他想法，因为你曾扮演过这个角色。""但那些研究莎士比亚剧本的人——"特里开始说话了。"你是说那些在二十四小时之中抽出二十三个小时拜读莎士比亚的人吧，就如马克斯所说，"我打断了他的话，"比如悉尼·李爵士、沃尔特·拉雷爵士、奎勒·库奇爵士等这些尊贵的爵士。所有研读过莎士比亚剧本的人几乎都变成了骑士，谁让莎士比亚生活在一个空前绝后的骑士时代呢！但托尔斯泰并不想成为骑士，我确实对他感到疑惑了。但是，不！这其间并无疑惑。人们的错误导向确实源于托尔斯泰的言论。也正缘于此，福斯塔夫——莎士比亚作品中最具可塑性的角色，却被宣称为最真实自然的人物！你亲自去一趟西班牙吧，特里，而且要抓紧时间。可是你想要演谁呢，桑丘还是堂吉诃德？当桑丘要那片岛屿时，他就是我们自己；但福斯塔夫要的只是短袍，而且也只不过是为了博得观众一笑而已，我们既不会认为他喝醉了，也不会认为他是沉浸在爱情之中。""当然，我会扮演堂吉诃德。但我们为什么要无休止地争论福斯塔夫呢？"特里问道。我告诉他在我的演讲稿中曾用一些虚华的文字来讲福斯塔夫是生活中的典范，并以此来论述我的以下观点："所有的生命，不论是行走在陆地上、飞行在空中，还是爬行在沙滩上，都要有最本源的东西存在。""但你可以删去这些章节呀！"特里说。"不，特里，不行，因为我的演讲是用法语写的，这使我找不到更好的例子去代替它。但我又为保留它而受到良心的谴责。"

我沿着仿古的廊子一路走着,并想:这也许是我和特里之间最后一次谈论福斯塔夫了。走过莫里斯酒店时,我可能正在想我那已故的朋友,可我又想起了我的演讲中尚未涵盖的一些内容,这样我一路来到了布莱登酒店的门口。上楼梯时纷乱的思绪使我踟蹰不前,并使我的手下意识地解松了领带——以期解除我思想的禁锢。突然我想到:为什么不引用《包法利夫人》中的一些片段?那简直比把月亮喻作河底的银烛台,然后再喻作银色的大蟒蛇更引人发笑!

走进房间时,我又莫名其妙地想起基督教,它比起其他烦琐的礼拜也不足为怪。这种奇怪的宗教陡然出现于鲁昂附近的一个乡间小屋中,并从那里迅速传遍了全世界,直到得克萨斯州的牛仔们追赶着发狂的小母牛,并大叫道:"她真大胆,在裸跑哟!"——当然其中的"她"并非指小母牛,而是指在布伦沙滩上飞速奔跑的渔女们——我忘了是在哪本书上看到的了。但这种对不可替代的台词的信仰是如何出现的呢?就像所有信仰和疾病一样,神秘莫测。

"在50年代,福楼拜的名望很高。"我说。我把他的出名归根于一场反对拜伦去希腊为思想而献身的运动,或者是因为反对夏多布里昂的《墓中回忆录》,甚至可能缘于那些小偷和强盗——那些无法容忍文学的人,以至于一时间几乎所有的人都相信这样的说法:作家不需要在群仆簇拥中到大厅进餐。他不养宠物，不养蟒蛇、鹰、狼或者美洲豹。正因如此，人们会很高兴地得知福楼拜总是倚在窗口凝望着静静流淌的塞纳河，一直想着最贴切的词——虽然直到很晚他都找不到。生活中总是充满这些矛盾，这一哲理名言也就足以解释为何那些小商店都甘心出售毫无特色的糖果了。相近的感受总能汇聚奇妙的盟友，当有些人知道《包法利夫人》是作者穿着长袍写成的时，浪漫主义的反对派开始以此为武器进攻了。这种特别的信仰影响了法国五十多年之久，而除此以外我再也找不到对这种信仰更好的解释了。如果这一解释令人无法接受的话，那我们只能接受另一个也许会让人沮丧的说法了：可以这么说吧，所有的杰作都只不过是一时的情绪而已，一旦时过境迁，这些情绪就会消失——除了《圣经》，一切情绪都会消失，莎士比亚和斯特恩也会消失。有灵感的和没灵感的作家都一样，就像孪生兄弟一样。

脱鞋的时候，我想起了波德莱尔，他是唯一一个敢对这本书持冷淡态度的人，如果他知道，其他人也一定会知道，因为他不是像戈蒂耶或圣伯夫那样的聪明人。其他很多人一定知道《包法利夫人》写得不像《欧也妮·葛朗台》那样好。但没人敢这样说；或者说他们也被当时的情绪欺骗了，或者也可能是：戈蒂耶觉得通过例证来说明问题比规劝更好。他们也不是第一批默认人愚蠢的人。叛教者康斯坦丁接受了基督教，亨利四世默许了天主教。但我们不能认为他们上当受骗了。戈蒂耶、圣伯夫、热拉尔·德·内瓦尔也是这样。我们知道波德莱尔也没有。但是，既然我被欺骗了，这一切对我意味着什么呢？一年复一年，我相信《包法利夫人》和《情感教育》是伟大的作品。"上帝啊！"我喊道，扣到第三颗纽扣时我停住了——《世界评论》刊登的那篇文章终有一天会被人拿出来反对我，我不知道如何对付，除非我再回到巴黎进行另一场演讲，在其中我将采取僵硬的、无力的叙述，运用一些像捆绑的家禽一样短的句子，带上必要的形容词，每一个句子中间都有。忏悔是一大诱惑，很难理解人怎么会被欺骗；因为，甚至在《世界评论》的那些年，我也应知道写作节奏快的句子需要更高的文学才能，福楼拜的文学才能太小，所以在《情感教育》中很难找到三句连贯的对话。阿诺德在香榭丽舍大街遇到了福勒德里克。"你好吗？"他说，拉住福勒德里克的手，谈了半小时无关紧要的事。可怜的老朋友，他又犯老毛病了，并且痴迷不改。我的演讲一定不能夸张，因为虽然福楼拜不能坐在王位上，但他有资格坐在王位前的台阶上的某一个座位，就像叶芝可能会说的那样，一定不能被从觐见室里硬挤出来，因为可以肯定地说他比自己的同伴更好，比左拉好，比都德好，比龚古尔好——对最后一个作家，我还有点偏爱，因为虽然他津津乐道的都是愚蠢的琐事，但我们依然记得马奈特·莎乐美！对我而言，只需说叙述者的天职就是叙述就够了，福楼拜没有，或很少有东西要叙述。这样说是对的，我要指出的是：叙述应该永远不一样，应该永远在变化。为了更好地说清楚我的意思，我不得不谈谈阿普列乌斯及其《金驴记》。我要说的是：他的叙述优美多姿，始终充满活力，始终像《奥德修记》一样灵感四射，因为阿普列乌斯在雅典生活过很多年，了解希腊人叙述的秘密。"一切都源自希腊。"我说着，几乎昏昏欲睡，直到想起福蒂斯才醒过来。我说："千真万确，人类之爱都是为八百年后写的，这种爱情既不是兽性的，也不是天使般的，它那么美丽、那么优雅，就像一只小猫。"我一直这样说着，直到脑海里响起了古代罗马诗人的话：她腰间围着白围裙，翻动着锅里的肉，就这样翻来翻去，她的腰和屁股摇来颤去，在我看来这是值得一看的。看到这些事时，我几乎被迷住了。我站在那里，情绪慢慢平息下去，我的勇气重又回来了。我只和福蒂斯交谈，我说："噢，福蒂斯，你真会翻锅，你做的土豆真好啊。噢，幸福，双倍的幸福属于他，因为你只允许他触摸那个地方。"

我们一直在写可延续八百年的爱情场面，然而，令人起疑的是：是否还会有人像阿普列乌斯在谈到自己观看福蒂斯摇动的屁股和她翻动锅碗瓢盆的姿态时，所感受到的快乐那样没有任何借口和欺骗？但据说她是在故意搔首弄姿，因为哪一个姑娘不希望一个男人欣赏自己屁股的扭动？要摆脱一切感情的东西而保留事物原有的样子，这需要极大的天才——只是他看到的美丽画面。阿普列乌斯做到了这一点。我们忘了他看到的姑娘是一个仆女，而阿普列乌斯是一个学者，两人是在厨房里。我们忘了所有的细节，只记得那么强烈而完整的人性。触摸是完全高雅的、自然的,也是真实的;当福蒂斯答应满足他的欲望并且兑现了自己的诺言,来到摆满了酒和鲜花的床边,给了他甜蜜的一吻时,真是绝无仅有。随后,我的思绪似乎像脱缰的野马,之后不久我可能就酣然入睡了。

第十四章
巴黎寻梦（三）

"先生，什么事？"听差叫道。"几点了？"我咕哝着，翻了个身，准备继续睡。"十点了，先生。""已有人拜访了吗？他叫什么名字？""这是他的名片，先生。"听差一拉开窗帘，我就看到了一个几乎像贵族一样的名字，是一份以与众不同的声音和文学联系而著名的报纸的名字。"告诉来访的绅士，我在床上，但如果他不介意到楼上的话，我愿意见他。""好的，先生。"一两分钟之后，一个年轻的法国人来到我的房间，他为自己的来访致意，并说明自己来访的原因：他希望让我写一写我在巴黎第一年的生活。

"恐怕你要我讲的是一个长故事。""这样更好，"他回答，"我们法国人喜欢长故事。""我想事实恰恰相反，"我回答，"你们的小说都比我们的短。""故事的长度取决于讲述故事的方式。"我的拜访者回答。我从床上抬起身子，以便能欠身表示接受来访者谨慎的赞美，我开始意识到眼前的年轻人属于上流社会，一个可能正从报刊走向文学的年轻人。我的好奇心促使我再次仔细地审视了他一下,我看到一张棱角分明的小脸和温和的、几乎像女人一样的眼睛,这一切告诉我在叙述过程中可以不断得到他的鼓励,因为我的叙述恐怕很长,而且困难,没有鼓励恐怕很难坚持下去。"但他知道怎样听,"我对自己说,"这对我大有裨益,因为一个好故事有一半是由一个聪明的听者或听众提供的。"

"我愿意讲一讲你好意让我讲的故事,因为,如果我没弄错的话,这个故事也会引起一般人的兴趣;虽然我经历的事情对我来说都很独特。我的意思是:这个故事充满了决定我们命运的上帝的暗示,我认为这些暗示都是真理。任何人,不管他多么例外,不相信现存的宗教,曾经摆脱了希望、怀疑,他的生活依然没有完全摆脱约束;如果某个地方真有上帝的话,那么上帝肯定无处不在,大处和小处都一样。你得原谅我以上帝作为我小小的开场白,不谈上帝我的故事就讲不下去。"我的来访者默许了,我说:"我还想多谈一点,每个人,当他回首往事时,都会发现某个决定性的时刻,他的生活要么从这一时刻起扩展了,要么缩小了。你让我谈谈我怎样在70年代的巴黎社会崭露头角;如果我从我的故事中略去上帝不谈,我就会被看成是个人主义者,而如果我过于频繁地讲述上帝之手,我就会被看成宿命论者。难道不是这样吗?""就如你所说的,"我的拜访者回答,"上帝要么无处不在,要么不存在。我同意你的观点,即上帝是不公正的,每当争吵和无序变得让人无法忍受时,他就会出面干涉，然后再退进云端，让人自己处理自己的事情，这样的上帝是可笑的。然而，人们宁愿接受这样一个上帝，也不愿意接受全面的指引或完全没有指引。""唉，"我说，"人生本质上是不合逻辑的，只有艺术是合理的。""艺术本身不必太合乎逻辑。"我的拜访者插嘴，这使我想起我必须注意我的故事，因为听我故事的人肯定是个聪明的年轻人。

"我人生中的决定性时刻，"我言归正传，"始于吉姆·布朗，我的堂兄，一个无论如何都称不上有名的画家，也称不上有什么天才，却被赋予了能把想法表现在画布上的才能，多雷[1]式的画布。环顾四周，手里拿着画盘，背靠着一幅尤利乌斯·恺撒推翻德鲁伊特教祭坛的画，他对我说：你要想学画画就得去巴黎！'巴黎'这个词似乎在我心里燃烧起来，我无目的的人生直到那时才找到了方向，但我必须等待，直到达到合适的年龄。我刚一到二十一岁，就马上离开了，就如《一个青年的自白》中所说的那样。到了巴黎，我住在伏尔泰旅馆，在那里接受另一个画家的指导。我之所以选择伏尔泰旅馆，是因为它靠近美术学院。我在这里说的一些故事已在《一个青年的自白》里提到过，但我现在的讲述要比第一次幸运。我在卡巴内尔的工作室画了一些画，但几个星期后我就离开了那儿。""如果你没离开，后来那些偶然发生的事就都不会发生了。"我的拜

---

[1] 古斯塔夫·多雷（1833—1883），法国插图画家，擅长木版画，先后为《圣经》及但丁、巴尔扎克、塞万提斯等人的作品作插图，笔法精细、富于想象力。

访者插嘴道。"的确如此,"我回答,"你很快就会看到我从伏尔泰旅馆迁出,搬进了罗丝旅馆——意大利人的香榭丽舍。在那里,我的命运在等候着我。但是,上帝做事总是拐弯抹角。正是在巴黎美术学院的粗陋生活使我想到我应该努力去寻找一些大画家,并且试图去说服他收我当他的私人学生。我父亲曾给我看过塞夫勒的《酒神的女祭司》的照片。我拜访了他,但他和卡巴内尔一样,不收私人学生。随后我把希望集中在了朱尔斯·勒菲弗尔身上,但他和其他人一样,我也不能说服他收我做学生。'在活动画廊有一家公立画室。'他说。最后我明白了他是那家画室的教授,并在这家画室里上课。这听起来很令人高兴,我感谢了他,然后开始寻找活动画廊。我发现那里的画室没有巴黎美术学院吵闹,然后轻易地被狡猾的南方人朱利安说服加入了它。

"他的课上午八点开始,从伏尔泰码头到活动画廊要走半小时,看来有必要换个地方住了。我的银行家——约翰·阿瑟推荐我去德罗沃街和香榭丽舍交界的罗丝旅馆,那是一家老式旅馆,刚由一个有魄力的比利时人从它的上一个主人手里买下,包括一些奇怪的小收藏品,偶尔才有顾客光临。比利时人带我走上那看上去似乎毫无止境的楼梯,然后给我两间位于走廊尽头的房间。他说我应该独住,而我的男仆可以住楼上的房间,一天两个半法郎(那时候,如你所见,一个人的生活可以很节俭)。他领着我下楼来到一个糊着昏暗的墙纸的餐厅,里面摆着一些令人羡慕的橡木橱子和比利时雕塑，这些可能是里格尔先生带来的，实际上，除非这里的前任主人是比利时人，并把他的动产留给了自己的继任者。餐厅很早以前就被装修过了，当时是最流行的（我不敢说是哪种风格，我四十年没有看到过了），我断言它装修后已经和以前完全不一样了，简直就是白漆和镀金创造出的奇迹。要不是两三个音乐家找到这个角落，它可能已被放弃掉了，但是，在1873年它已经成为一个家了。用橡树雕刻成的橱子已经提到过了，但那二十五把椅子却与之不相配，正对着香榭丽舍大街的三扇窗户也不相配，而那两三个听命于里格尔先生的侍者同样也不。里格尔先生长着一张鹰脸，有着浓密的胡须和帝须[1]，这些至今仍留在我的记忆中。他好心地让我坐在山姆大叔旁边，那真是一个标准的山姆大叔，他的高脑袋、鹰钩鼻子、斑驳的脸色都使我想起了怀俄明的战斧和羽毛饰。在他旁边，我的对面坐着一个中年的意大利伯爵夫人。她用过餐后，接受了山姆大叔的一根大雪茄烟。山姆大叔把他的雪茄烟盒递给我，于是我们大家一起抽起烟来。山姆大叔告诉我——他吐字飞快，并且语气中带着威严和骄傲——他在这张餐桌的首席位置上已经坐了三十多年了，而伯爵夫人只是这里的偶客，同样，坐在她旁边的法国军官几乎也是这样。他把我的注意力引到了法国军官身上，然后充满尊敬地谈起了

---

[1] 留在下唇下面的小绺胡须，因拿破仑三世曾留此须，故又称帝须。

他。'上尉先生总是和他的妻子一起来。'我看到一个四十岁左右的漂亮妇人，但是已经发福了，前后都胖了。她也说话，但是不多，认为听到丈夫的俏皮话笑就够了。坐在客座上的那位逗人发笑的就是上尉先生，他身材矮胖，络腮胡几乎把他的脸都盖住了。他的眼睛几乎像他的胡须一样黑，随着他那比山姆大叔更有味道的笑话闪烁。我也隐隐约约记得席上还有两个西班牙人——两个言行得体的年长绅士。他们都说英语，因为这个，他们两个常常被安排在我旁边。我记得其中一个常常用微弱的声音说些不合适的故事；另一个则是因为他说人在七十岁时没有一天不想到死，而我则安慰他说，没必要到七十岁才想到死，因为一旦到了可以思考的岁数，我们就必然每天都会想到死。""这就是你融进巴黎社会，"我的拜访者说，"成为其中一员的跳板？""的确如此，"我回答道，"一会儿你就能看到这是如何实现的。"

当我正要讲述一系列幸运环节中的其中一环的时候，侍者给我送来了一杯巧克力茶和新月形面包。在我看来，让巧克力变冷对它来说是极大的不公平，于是就问我的拜访者是否允许我吃早饭：我告诉他，我没有能力控制住自己不吃刚送到身边的巧克力。我的拜访者请我开始吃饭，并且愉快地说，当我细嚼慢咽的时候，他可以写他的笔记。

"你想听听罗丝旅馆如何成就了维克多·雨果、班维尔、左拉、龚古尔、都德、马奈、德加、毕沙罗、雷诺阿、阿莱维、梅亚克、库贝、莫泊桑、卡蒂勒·孟戴斯、亚历克西斯、西阿德……我不可能马上提供出70年代那些伟人的名单。勒南？不，我从未见过他。每星期一贝纳尔·洛佩兹都来罗丝旅馆吃晚饭。他是一个矮胖的男人，硕大的秃头上只有边缘还有点头发，他的下巴一层层垂进他宽大的胸怀，就像家豚鼠一般。我忍不住要这样说，因为虽然这种比喻不太礼貌，但这样可以把我的老朋友栩栩如生地带到你面前。他用一种很高的假声谈话，向我伸出他胖乎乎的手，因为里格尔先生好意地将我们互相介绍一番，并用沙哑的声音小声对我说：'他是一个伟大的剧作家。'伟大的剧作家！——听到这个字眼儿，我立即跌坐到他身边的椅子里，顿感激动不安，决心劝他给我讲述一下他写过的剧本——这可不是个轻松的任务，因为与贝纳尔·洛佩兹的谈话有点平淡而且枯燥乏味。然而，他已经写了八九十部剧本，并在各大剧院内演出过：具体有多少部我已经忘记了，但肯定将近一百部。在我还没有形成自己的计划前，我还在犹豫——要不要在晚饭后到一家正在演出他的剧本的剧院，但当我问他愿意我去哪家剧院时，他告诉我此时他的剧本没有一部在上演。不过这不要紧，因为听这个创作了八九十部作品的伟大剧作家讲，要比看任何一部戏剧有趣得多。他所提到的名字不能不让人肃然起敬。他和大仲马、斯克里布[1]、圣乔治、戈蒂耶、班维

---

[1] 欧仁·斯克里布（1791—1861），法国戏剧家，作品情节简洁，人物形象生动逼真，代表作有闹剧《熊和巴夏》、历史剧《贝尔特朗和拉东》《一杯水》等。

尔一起写过剧本；与这么多不同的人一起写剧本，在我眼中并没降低他的形象，而是提高了他在我心中的地位，我可以想象得到他们之间的约会：一个伟人来到他家，或洛佩兹去一个伟人的家，两个剧作家面对面坐着，一起解决第三幕应该解决的问题。他的合作有助于将他送入我想象中的帕纳索斯山的山坡，一听到他用诗句写成的剧本，我就好像看到他坐在云端，手里提着里拉琴，因为这就是青春幻想的力量。既然青春已经失去，他在我眼中似乎只是《人间喜剧》中的一个角色——一个老剧作家，长期被人遗忘，靠微薄的收入生活，却总是穿着刷得很干净的礼服和洁白的亚麻衬衣。当然，他还是一个单身汉。直到几个月后，我才知道他已经和一个有钱的妇人结婚了，他每天在不同的饭店或宾馆进餐，并非因为他喜欢这一家或那一家，这都仅仅是习惯而已。

"看我喜欢与洛佩兹先生交谈，里格尔先生就安排我一直和他坐在一起。而后的每个星期一我都能多学到一点儿戏剧写作的知识以及在40年代、50年代、60年代的巴黎戏剧是如何上演的。在这个月末，我斗胆邀请他和我一起去咖啡馆，并给他买了几杯咖啡和几杯苹果汁。""抽烟了吗？"我的来访者插嘴说。"没有，贝纳尔·洛佩兹不吸烟。"很快，在几个月内，与洛佩兹做伴激励我写了两个剧本，关于这两个剧本，我可以很高兴地说，现在已没留下任何印象，但他对这些早期尝试的批评却给了我持久的帮助，这是毫无疑问的。在他的陪同下，我购买了第一册《恶之花》，而在一年之内，从这些以及其他他建议我读的诗中，诞生了我那名为《情欲之花》的小诗集。诗集封面为黑色，上面有一个死人头，与几根骨头交叉，上面还有金色的里拉琴印花。诗集引起了很多评论和谈论。埃德蒙·耶茨看到可以利用这部诗集写一篇引人注目的文章，于是就以"兽性的诗人"为题写了一篇占了专栏三分之一的文章，文章一开头就说：这本书应该让公共刽子手烧掉，而作者应绑在车尾被鞭打。在当时《世界报》是一份大报，不久，各种各样模仿耶茨先生的文章开始出现在这家报纸上，出版商普罗福斯特先生常常把这些文章送给我。一天晚上，我把这些文章摆在贝纳尔·洛佩兹面前，他虽然已习惯了言辞激烈的文章，可看到这些文章仍不免为其激烈大吃一惊。"他们似乎用尽了所有肮脏的词语。"他说。从我们所在的马德里得咖啡馆的角落，他开始发现我可以成为他的合作者。"我们应该一起写部剧本。"他说。荣幸如此突然而出乎意料地降临到我身上，真让我受宠若惊，不敢相信。我大吃一惊，把自己想成了班维尔、戈蒂耶和热拉德·德·纳维尔谦卑的追随者。"但我们写什么？"我问，"以什么为主题？"洛佩兹立即答道："我们可以写一部关于马丁·路德的剧本。"我大叫起来："你怎么想到写路德了，真是太妙了！"噢，是的，写一部关于路德的剧本，我所知道的路德是一个德国牧师，他几乎把教皇颠覆。但这就足够了。我所知道的就是：他是德国人，痛恨教皇，但这已足够了。"我们怎么写？"我疑

第十四章 巴黎寻梦（三）

感地问，因为那时我完全没有接受过教育。我的拼写和语法像厨娘一样不规范；至于停顿等，我一点也不懂，我觉得自己必须向洛佩兹承认这一事实。听到自己的合作者竟然分不清逗号和分号，洛佩兹大为震惊，但因为我保证请人把我文章中的一些逗号改成分号，他才决定继续与我合作。我毫无疑问拥有丰富的词汇，这使我备受鼓舞。我词语丰富，在接下来的三个月里，我和洛佩兹在许多不同的咖啡馆里谈论着路德，每天我都要写50行、60行、70行，有时候甚至100行的诗句。如果是星期一，我就和他在罗丝旅馆会面，而如果我有一些特殊的想法，我就会去皮加勒广场带他出去吃饭。我们经常在音乐饭店吃饭，因为罗丝旅馆在我看来已经开始过时了，所以此时我已搬到了蒙马特，住在女士旅行街，那里离皮加勒广场不远，洛佩兹就住在那里——他的房子就位于紧邻着新雅典娜咖啡馆的街区。一天晚上，我们的合作会议在一家较远的咖啡馆拖延过晚，或者是我们一起去看了一出戏，在我们到达皮加勒广场时已经将近半夜了，而此时洛佩兹或者是我忽然想到分手之前喝一份洋葱汤倒不错。

在新雅典娜咖啡馆的旁边有一家死鼠咖啡馆，此时正因自己的洋葱汤而闻名。我们推门进去，还没跨过门槛，洛佩兹就踉踉跄跄向前跑去，并向一个正在伏案疾书、身边放着一本书的人伸出他胖乎乎的小手。我诅咒自己运气差，预感到这个熟人会转移我们关于路德的谈话，那天晚上我不会知道那些有关农民起义的事实。因此，我气冲冲地允许洛佩兹招待他的熟人，并假装对一个坐在咖啡馆另一面、正对着我们喝啤酒的女人感兴趣的样子，直到有个男人过来坐在她边上。因为我无法再合理地装作对她有兴趣，我的双眼就用一种近乎敌意的眼神观察着洛佩兹的熟人。他有一张圆脸，眼睛凸出，发白的手一直不停地想扣上衬衣的领子，而这是一件不可能的事，因为扣眼不再能扣上扣子了。这些都令我很烦躁。这个男人的头衔——维利耶·德·利勒·亚当伯爵也吸引不了我，他也不会这么简单地赢得我的好感，因为他没有条理的谈话和他的外表一样激怒了我。而当他开始引用《失乐园》——一首那时我并不知道的诗时，我的不喜欢就要变为憎恶了，但当我以维利耶的英语发音使我没注意为借口掩饰我对贝纳尔·洛佩兹和维利耶正在谈论的诗一无所知时，我的情绪还没表现出来。

"你一定得认识马拉美，"维利耶说，"他星期二晚上在罗马街招待客人。""但谁是马拉美？"我问，当了解到他是一个诗人后，我的语气变得柔和起来，我表示愿意和他结识。"小伙子，给我看看你写的东西，"维利耶喊道。我看到他在咖啡馆常用的纸——几乎可以说是烟纸——上写下了六七行字，我当时还没想到这六七行字会改变我的命运。

不管马拉美有什么样的天才，他都是个诗人，在下星期二把他找出来将是一次愉快的冒险。罗马街的欧洲区的尽头有五所房子，但在香榭丽舍外街的另一面，则延伸到一个贫民区。

马拉美住的房子不像希望中的那样充满灵感，因为只有外表给我们留下了印象。阴暗狭窄的螺旋楼梯弯弯曲曲通到三层。在第四层，一个矮胖的中年男人打开了一扇门，他的外表让我想到一个法国工人，一听说是维利耶介绍我来的，他立刻表示欢迎。他请我进来，并领着我走下一条短短的过道到了大厅，大厅的一边摆着一个瓷火炉，另一边是窗户，一张桌子和几把椅子沿墙摆放着。"你习惯跟着潮流，现在就请坐到摇椅上吧。"他对我说。

"我给你带来了我的诗集，马拉美先生，《情欲之花》。""你太好了。"他回答道。他从我手里接过书，然后全神贯注看起来。他似乎沉浸其中，这鼓励我冒险把他的注意力引向那些我觉得更值得他关心的诗句。他的脸上立刻呈现出严肃的表情，并坐到煤油灯旁的椅子里，他似乎是在阅读。我脑海里立刻又出现了一个十分英俊的法国农民形象，我记得他给我开门的时候，使我想到一个房屋油漆工，但现在，当他坐在油灯下读我的书时，我开始觉得如果他是一个油漆工，并且穿着罩衫的话，一定有某种特色使他和其他油漆工区别开来，因为他的衣服不是一点也不整洁。虽然房子看上去很穷，墙上的画却表明了某种品位。角落里的家具看起来是货真价实的路易十五时代的，除此之外不可能是别的。他的优雅迷人的举止再次将我拉近他。

一个小时后，他的妻子和女儿给我们拿来两杯蜜酒，里面加了柠檬。这次友好招待之后，夫人和小姐就退下去了，留下主人继续着他那自第一个学生离去之后从未停止过的面向所有人的教诲，从一个星期二到另一个星期二，到数不胜数的星期二，直到小客厅变成了法国文化的中心。很多年后，当我再次回到那里时，我非常惊奇地发现时光的飞逝使某个人把他的椅子让给我。所有座位都有人坐，后来者就坐到了地板上，绝对不嫌麻烦，而且很高兴听仍站在瓷火炉前的诗人讲课。突然，伟大的埃雷迪亚闯入原本安静的人群，他的到来就像是西印度的飓风。马拉美热情地欢迎这个不请自来的老朋友。我们听埃雷迪亚说话，他的叙述带有德·孟德斯鸠男爵那种诙谐幽默的文学艺术风格。我应和你一起分享这些故事，亲爱的先生，如果你不这样想，那你来这里就是想听另一个故事。因此，我们将留下这个征服者继续对众人和他的赏识者讲他的故事，而我们则回到我对这个不速之客憎恶的时刻，我发现很难原谅这个闯入者，虽然他只待了一会儿。那个夜晚在我的脑海里很清晰，他被我的不屈不挠所打动，说："你非常忠实于我的星期二，并且得到了一本《牧神的午后》。"说到这里，他去了自己的图书室（客厅里没有书），回来的时候手里拿着一个印在日本纸上的活页，上面有马奈的插图，还装饰着带状花纹——这个活页是以100法郎的价格付印的，现在则值数百法郎了。

我恭恭敬敬地接过这件珍宝，但在我谈到的那些年里，我对他梦想的剧本比对他的诗更有兴趣。那的确是一部伟大的剧本，只包含一个人物：一个年轻男子，家族的最后一员，住在一座狂风怒号的古老城堡里。狂风激励着这个男人勇敢向前，去重建他家庭的财富。但这个年轻男人不知道狂风是让他向前还是让他停止不前，因为，就像马拉美运用法语的天才所说的，说风一直试图发出嗷嗷的声音，风一次又一次地说着，几乎就要说出这个词了，但它就是发不出最后一个元音。因此，这个年轻男人就陷入是该前进还是停留的怀疑之间。马拉美模仿了风的声音。当他完成这个剧本时，我问他采取什么步骤上演这个剧本，他不情愿地回答说——在我看来是这样——他想租辆篷车，自己演出这个剧本，在乡村巡回演出。他梦想这个剧本很多年了，当他不梦想的时候，他就沉浸在一部能够完成他的文学梦的史诗中。史诗的主题比《哈姆雷特》和风更充满幻想。一个男人爱上了一个女人，而且就要娶她，但这个男人身上的种子（潜在的孩子），一想到自己潜在的母亲不再是个处女，他就变得不知所措，努力劝阻自己潜在的父亲。《哈姆雷特》的思想再次出现：活着还是死去。不管是在背景中表达还是缺乏背景，他以前从来没有思考过这个问题，我们也可以说，他从来不敢确定没人建立一个先例。"一部史诗，"他认为这就是史诗，"可以表达很多微妙的东西。但不是一部长史诗。"他很快说，因为他就像坡一样不喜欢长诗。大约一千行的史诗，不能再多。然而，这部史诗不像风和男孩的悲剧那样完全占据他的身心。他相信自己的哈姆雷特，我敢肯定，但我认为其中没有一行曾进到那些用日本纸印制的神秘的笔记本，而他曾对我说，这些笔记本里包含着他思考的所有主题。他喜欢把这些笔记本给我看，有一次，他翻动着细小的纸页，显然是让我看的，但当我伸出手去拿的时候，他却把笔记本放回了抽屉，说："雨果一定知道，在写《欧那尼》和《国王取乐》时，他只是在延续莎士比亚。""他在想，"我对自己说，"那个在封建塔楼里听风的年轻男人。"

"恐怕对你谈马拉美和过去的岁月的快乐已使我脱离了你来听的故事，但仔细看来似乎并不是这样，因为，就像俗语所说，链子上没有一个环节比另一个环节更重要，就像罗丝旅馆把我领向洛佩兹一样，洛佩兹领我找到了维利耶，维利耶领我找到了马拉美，马拉美把我送到了马奈身边，我生命中的一个伟大的转折点就在一天晚上出现了。"那天晚上，我们正在谈论《牧神的午后》，我说马奈的画是唯一具有独特风格的现代绘画，马拉美把我的话记在了心里，并向马奈讲了。他认为我的金发和粉白的肌肤特别适合马奈的艺术，于是就对我说："只要你愿意，你任何晚上都能在新雅典娜咖啡馆见到马奈，我已经向他谈过你了。"如果上帝曾经向我伸出过手，那就是我带着一沓样张走进新雅典娜咖啡馆的那天晚上。马奈没让我久等，他大约半小时后就进来了，并根据马拉美的描述认出了我。他利用一个绝佳的时机说，他与德加的谈话快要结束了。"我们的谈话没打扰你修正自己的样张吧？""一点也没有。"我回答，并且加入了谈话。但德加叫他走，他说："明天到我的画室来。四点后任何时间都可以，我住在阿姆斯特丹街73号。"我像着了魔似的，斗胆奢望我们能够成为朋友。整整一晚，我就像一个英国年轻人渴望上大学一般向往着那间画室，完全没有注意到新雅典娜咖啡馆是两个伟大的文学艺术运动的集会所——它本身其实就是一所大学，但因为它是自发的文化中心，所以又优越于一所大学。大学是不自然的中心，是最后的权宜之计，但进入某一艺术时期的集会所，对艺术的追求者来说，是能够得到的最大幸运了。我有幸在这里得到天才们的教诲，实际上是被他们推着前进，我们一起合作，每个人都做出了自己的贡献。

但是这几年来，我始终无法解释的是：为什么这绝无仅有的发展优势，本来只是一时的好运，却成为我一生的奇迹，因为我的诗或画根本不值得马奈考虑，我也不敢回忆我在那些年里常常表达和拾人牙慧的粗陋观点。马奈是多么宽容我——但我对马奈的任何评价都一定会让你的读者感兴趣。值得一提的是，多年之后，我和莫奈一起在皇家餐厅吃饭，沉默了很长一段时间之后，他对我说："马奈的画多好啊！"我回答："不错。"于是我们开始想到那张漂亮的、无畏而又放肆的脸，想到那双灰白大胆的眼睛以及那美丽纯洁的眼神。如果说眼睛能说话，那他的那双眼睛就能，它们说的是：世界上只有一种羞愧——感到羞愧。现在，我准备讲一个以前从未对人讲过的故事，这会使人比读了我或他人对他的五十页的描述还能更好地理解他，哪怕这些描写是出自最伟大的作家之手。一天下午，当我们离开画室的时候,他告诉我:"昨晚,当我去新雅典娜咖啡馆的时候,遇到了两个小女孩,她们邀请我去她们的房间。我们一到那儿,她们就开始倾诉她们自己的悲惨遭遇,因为我不是去那儿听悲哀故事的,所以我就给了她们每人5法郎,然后去了新雅典娜。我只能这么做,是吗?"

如果我们想理解他的画,这个故事在我看来就非常重要,因为就是这种与生俱来的心灵的坦率赋予它们以品性。"没什么可羞愧的,只有羞愧本身可羞",这就是他的座右铭、他的象征、他的策略。既然你认识他,你将能理解对一个二十岁出头的年轻人来说,尤其是对一个心智还最易于接受影响的年轻人来说,与一个伟大的、有创造力的心灵相处是多大的优势。巴黎最挑剔的女人过去也常常去马奈的画室。在这些美丽如花的女性中,最美的要数玛丽·劳伦特了。她是一个美国牙医埃文斯的情妇,而这个牙医曾策划尤金皇后逃往英国,旧时巴黎的那些快乐的幻想家、伟大的文学家——阿德林·马克斯、库尔贝和马奈轮流去过的快乐之都。她是最聪明的女人!我时常问自己:她的聪明有多少是她自己的,又有多少是从她认识的伟人那里得来的。我还一直记得,当我问她为什么不一签订每年得到2000法郎的协议就离开医生时,她回答:"既然我对他的不忠能给我带来这么大的快乐,为什么我还要如此卑鄙?"她的美就像茶花,这种美一次又一次地出现在马奈的粉画和油画之中。我不敢肯定他有没有试过水彩画。一天晚上——但我现在想起来的逸事是医生和他的记事簿，我已在《我的死了的生活的回忆》中讲过了，现在我突然引入玛丽的名字，只是想说明一切精神解放和艺术气质的培养都将出现在那家画室。瓦特兹，这个和我比头发的人，这个左拉在写《娜娜》之前要求看看他卧室的人，是这家画室的常客。我记忆中还有其他许多名字——每想起一个男人名字，就同时要想起一个漂亮女人的名字。因此，虽然马奈是最有影响的人，但实际上还有其他许多人。我就是在马奈的画室遇到左拉的，也正是马奈促使我去了位于埃利斯·蒙马特的酒店街，而且还装扮成一个巴黎工人。而正是在那儿他把我介绍给左拉和其他许多人，因为当时是结友的时代，是留下印象和发表观点的时代。正是通过左拉，我成为龚古尔、都德、杜兰德、卡蒂勒·孟戴斯、库尔贝、埃雷迪亚的朋友。一天晚上，我和卡蒂勒去拜访维克多·雨果，被海涅称为诗坛水牛的人，那晚我们谈的是伏尔泰和卢梭，他解释了自己为什么不认为卢梭的影响可与伏尔泰的影响相提并论。班维尔也在场，正当我们要在十一点与十二点之间分手的时候，伟大的诗人突然说："不，我不让你们走，看在班维尔的面子上，我请大家一起吃一点。"我忘了我起身的时候说了些什么，但我记得班维尔说，在十七岁又三个月时恋爱很可笑。雨果顿了顿说："我想洗耳恭听，班维尔，你有什么根据来支持你夸张的说法。"班维尔发现置身于一群能够欣赏他的幽默的人中间，于是就滔滔不绝、天花乱坠地说起来，就像天上的小鸟，一会儿拼命拍动翅膀，一会儿滑翔，一会儿互相追逐……而我们则几乎窒息，只静观其危险的演变，终于高兴地看到小鸟振动着翅膀停了下来——动词、名词、形容词、副词，都各就各位；质问声、尖叫声、逗号、分号，每一个句子都在这即兴的表演中配合得严丝合缝，都符合"在十七岁又三个月时恋爱很可笑"这一主题。

"王尔德和惠斯勒的谈吐已够好的了，但与班维尔相比，他们的话简直毫无生气。我可以谈谈库尔贝与玛丽·劳伦特的恋爱故事，我过去常常称她'样样俱全'，因为她爱过的艺术家数不胜数——她最后的一次冒险对象是一个音乐家；但你希望听到的这个故事是关于一个英国人，在70年代是如何差一点被改造成一个法国人的。因为我总是自我膨胀，身体受意识支配，我的英国人外表开始淡化，被重新塑造，就像你在马奈的肖像画中所能看到的那样。但要成为法国人，就必须完全掌握法语，问题随之而来——我的作品应该用什么语言写呢？因为我的法语和英语都没接受过学校教育，写大约半个专栏的文章而不出一点错误是我最大的突破。从台球用语转到赛马用语，摩尔在这两种语言的运用上都落后了。据说奥斯卡·王尔德曾对弗兰克·哈里斯说，他必须花很长一段时间才能达到我们的起点——这种批评的错误在于不够深入。王尔德应该这样说：'自然允许自己为漫长的文学之旅准备的才智潜伏着，并缓慢地发展。'""但为什么你不选择学法语？"这个来听我的巴黎生活故事的年轻绅士问,"你的朋友都在这里,你学习语言的机会随处都有,为什么你要离开他们?我是不是可以理解为这是命运之神再一次召唤了你?"

"我回到英格兰是因为我的经济人写信告诉我从大陆联盟那里收取租金已不可能,他本人不再准备冒着生命的危险为别人代收租金了。我感到自己在巴黎的生活已经结束了,我决心彻底与巴黎告别,当船离开海岸的时候,我发誓绝不再回来了,但我会把过去经历的一切保留在回忆里。""命运之神的手,"来访者说道,"在你告诉我的故事里是清晰可见的。但命运之神似乎一直像个无用的轻佻女子。她应该把你带回英国文坛而避免在爱尔兰挑起一场战争。""在屠格涅夫的一首散文诗里,"我说道,"命运之神在她沉思的洞穴中被发现了,而且她的沉思是如此深刻,以至于她的对话者认为她在计划对人类的命运进行伟大的改革;但她告诉他,她只是在考虑如何增加跳蚤腿部的肌肉力量,从而使它能够更加容易从敌人那里逃脱。攻防的平衡被破坏了,必须修复。如果你不知道屠格涅夫关于这个主题的散文诗,你该去读一下;你会发现有一首诗的名字被错叫成了《塞妮利亚》。但我们还是继续讲你来听的故事吧。在80年代,我专注于学英文,我的英语进步的同时我的法语退步了,今天我不知道若去巴黎漫步是否要带个翻译,我学的法语大部分都忘记了,只有一些残余的碎片还留在脑子里。当这些碎片最终也消失的时候,我的英语应该会从这种语言中得到一些帮助，应更文雅一点，更进步一点，在某种程度上，这也是对我的损失的补偿。我仍然心怀希望：如果我能活到九十岁，并且身体健康、心智健全的话，我应该能够随心所欲地用法语写作。""你想到了北斋，"我的来访者打断我说，"他曾经说过，如果他活到九十岁，他就会绘画。而如果你活到那个岁数，你会忘记英语，改学法语，你和我也许相互都有点用，因为在现在和那时之间，我的英语知识或许可以达到你的英语程度。"

"就算这样，"我回答，"我的生活也不会是一条直线，因为运用语言不是一切，我越想越相信命运之神把我带离这个国家去学英语，而不是留在那里学习法语是个极大的错误，因为最好的作品应该附和民意而不是反对民意。在英格兰我是以实玛利[1]，几乎是该隐[2]，人人都反对我，而我则反对每个人。""难道你不希望公众的意见会——""会改变。"我插嘴道，"是的，我的死对我很有好处。墓穴刚一封闭，容忍就会像平静的水面上的油一样传播开来。埃德蒙·耶茨的文章中说：这本书应该让公共刽子手烧掉，而作者应绑在车尾被鞭打。这句话也会被人忘掉，但当时还没有。直到有一天，我的表亲，一个加尔默罗会修女，写信要我把我的书烧了。我的回信就在桌上；读给我听，因为你的法国口音可以告诉我，在经过了在斯特拉特福德长时间的流亡之后，我的法语是否还保留着一些巴黎法语的

---

1 《圣经》中的人物，亚伯拉罕和使女夏甲所生之子，后来与母皆被其父驱逐。
2 亚当与夏娃的长子，杀其弟亚伯，见《圣经·创世记》。

优雅。"

附件：乔治·摩尔写给他表妹杰曼妮的信，她已经在加尔默罗会当了二十三年的修女。

我亲爱的表妹，

你那封饱含善意的信让我很高兴，我已经想了很久了……在你没有怀疑的情况下，我把你和你的命运想得那么奇怪，那么浪漫；因为没有什么比把自己关在回廊里逃避生活更浪漫的了；除非从回廊里逃出来与生活和解，那就更浪漫。

我亲爱的表妹，你的信，就像树林里的玫瑰花，透着你虔诚而高尚的灵魂，我看23年的修道院生活并没有让你变得不那么像个女人；你的感情有了不同的变化，这就是全部。在我看来，修道院甚至保留了你的心，它是新鲜、温柔和自发的……我感到被你吸引了，我从未见过你，也不会见到你。亲爱的小表妹，我看到你在法国修道院的深处，有着你姐姐的棕色眼睛，我还听到你的声音里有些微的英国口音。你的信向我表明，你并没有忘记你的英语，如果我用法语给你写信，那是因为在外语的面纱下，我对你会更放心；如果我和你熟悉，那也是出于同样的原因。我们居住在不同的领域；我们的距离就像鸟和鱼一样遥远。但是，尽管我们的想法不一样，我们的灵魂是相通的，我们是一个不怎么梦幻的家庭中的两个梦想家；这两个人知道如何做出牺牲，你为上帝,我为艺术。只要我们牺牲自己,牺牲又有什么关系呢!

亲爱的表妹,不要以为我允许自己有丝毫的讽刺。我是发自内心地对你说的,如果我告诉你的事情在你看来很奇怪,那是因为每个人都有自己的真理,它对一个人来说是真的,对另一个人来说是假的。你不会接受这个教义,我知道,但既然教义这个词被我忽略了,我必须说你的信包含了一种异端。罗马教会承认,只要新教徒有良好的信仰,他就有可能得到救赎;但你又说,叛教者没有救赎。这是谁告诉你的?不是你的忏悔者吗?罗马教会已经封杀了许多圣徒,但它总是避免正式谴责它的敌人。我说过犹大是个例外,但天主教徒仍然可以寄希望于耶稣基督的仁慈,他可以原谅这个叛徒。

圣布兰登的故事是我们最古老的传说之一。在北上极地的旅途中,圣徒看到了一个红头发的人;起初他以为自己看到了耶稣基督,但当他的船接近冰川时,他意识到那张阴险的脸不可能是别人,而是犹大。犹大告诉他,每年一次,有一个小时,他被允许离开地狱,通过触摸冰块来缓解他的烧伤,而这个恩典之所以授予他,是因为他把他的斗篷扔给了贾帕的一个垂死的麻风病人。亲爱的表妹,你看,上帝的怜悯比你想象的要大。我不要求你把这个甜蜜的传说当作真理来接受;但它表明罗马教会是多么不愿意相信有灵魂在燃烧。这个传说可能过于牵强,但无论如何,当你说叛教者得不到救赎时,你是在陈述一个事实。问问你的忏悔者,他会告诉你我是对的。但这已经是神学了。让我们回到艺术,回到我的朋友胡斯曼。你怎么知道他是我的朋友?修道院里的人什么都知道吗?胡斯曼是我多年的朋友,但你说他在死前烧掉了他的书,这就错了。首先,这是不可能的,他的书有一部分属于他的出版商和他的父母,然后他是一个艺术家,除了他的草稿,他不可能烧掉任何东西。他不希望任何未完成的东西在他死后被出版。

如果我们抛开他著作的艺术价值,我的情况也一样。首先,我们必须买回所有的权利,然后把四万、五万也许是六万卷书带到这里。烧毁一本书是不容易的。厨房的炉子就不够用,放进一本书足以让火熄灭。所以我得把它们收集起来,在我的花园里堆在一起,再在这堆书上倒上几桶油。试想一下那场大火——火焰升得比房子还高,窗户被热浪震碎,邻居们被烟熏得受不了。你引起的火灾将持续几天几夜。警察会介入,我会被罚款,我的邻居会向我提起诉讼并要求赔偿。我的财富将化为乌有。

卡拉湖中的一个小岛是唯一适合你想要的"文学燔祭"的地方。可用古代战士小屋的石头做火炉,只要有时间和大量的油,我所有的文学作品都可能被销毁。但是——有一个但是——你不会希望一本好书与坏书或不那么好的书一起灭亡,因为我不能承认我的任何书都是坏的。即使从你的观点来看，这自然是有限的，《伊丝特·沃特斯》是一本好书。一个非常睿智的批评家说，我把圣训作为我的动机，这本书是对圣训的美好发展。我不愿意为这种轻率的赞美辩护，但可以肯定的是，我的作品在不太坚硬的心中唤起了对女孩母亲的同情，它为以我的小说为名的庇护所带来了捐款。你的心太温柔了，你太了解基督的话语了，不会想烧掉创建这个慈善机构并支持它的书。你也不会希望我烧掉特雷莎修女，因为在写这本书时，我经常梦到你的修道院，在创造维罗妮卡修女的灵魂时，我只想到了你。像你一样，她只是离开学校，进入见习期；像你一样，她从不后悔选择自己的道路；像你一样，她是完全幸福的。你在信中告诉我，你很幸福，没有什么幸福比与上帝和圣礼生活在一起更完美。我也可以说，我对我的艺术非常满意；它从头到尾充满了我的生活。我已经告诉过你，我们是一个不怎么有梦想的家庭里的梦想家。是的，我们是真正幸福的人。我们没有因为徒劳的生活而使自己疲惫不堪，而是满足于梦想。只要我们有梦想，那又有什么关系呢？

现在，亲爱的表妹，请接受我对你的牺牲生活的同情和钦佩，你的生活与我的生活如此相似，尽管又如此不同，请相信，我将永远乐意听到你的消息。

第十五章
什么是艺术

鲍尔德斯顿：你的咖啡还是和以前一样好，虽然你已和你的厨师分手了。

摩尔：几年前，在呷了几口弗兰克·哈里斯的香浓摩卡之后，我对他说："我以前把你当成了单身汉，哈里斯。我也知道你结过婚，现在我知道你离婚了或者说分居了，但你的咖啡还是一样好。"他答道："咖啡依旧，我却找不到你提到过的那种煮好咖啡的厨师，我是运气不好——不可能找到好厨师了。他们都是跟我学会煮咖啡的。因为要煮出美味的咖啡，只需要一个带滤网的土制咖啡壶就行了；我们看到的那些带进餐厅的复杂器具都没用。用三只到四只调羹就可以弄一杯。现在谈到秘密之处了。先把水在煤气炉上烧开，你可以倒一些在咖啡上，然后把壶放到炉上继续烧。当咖啡充分溶解后，再多放一些开水进去，让咖啡的味道充分散发出来。必须重复三次。厨师们会尽量避免麻烦，但你必须坚持让他们这样做，因为如果不这么做，咖啡就不值一品了。"

鲍尔德斯顿：对你这个对酒冷漠的人来说，这一定是一个宝贵的秘密。但你是真不在乎酒呢，还是故意这样说的？

摩尔：我唯有的做作也是自然的，因为我相信爱默生的观点，"是"比"似乎是"更好。若说"是"，我对酒的诱惑感到厌恶，几乎可以说非常激烈；若说"似乎是"，因为我最老的一个朋友泰奥多尔·迪雷每次和我一起吃饭，都用他那高调的假声对我的顽固发表他的开场白。他大声说："一个男人，喜欢生活中一切美好的东西，并已经享受了这些——艺术、美女和一定程度的美味，却独独不品尝美酒，这真是一件不寻常的事。"

鲍尔德斯顿：我们今晚喝的酒似乎很好。

摩尔：一种很好的普通葡萄酒，是战前在皇家酒店买的，18便士一瓶，以后再也不可能以这个价钱买一瓶酒了。也许有人怀疑未来的圣朱利安酒是否还会和我们今晚喝的酒一样货真价实。那里的酒总是只有这一种，都在通往药店的小路上。因为旧世界正从我们脚下流走，鲍尔德斯顿，比以前流失得更快。

鲍尔德斯顿：当战争结束时——

摩尔：我不是听你讲过，我们都应该为那古老而美丽的战争岁月哭泣吗？你在这个世上生活的时间还不长，鲍尔德斯顿，首先是对自尼尼微和巴比伦以来的旧世界思考得还不够。

鲍尔德斯顿：我们害怕变化，但变化并非始于昨天，世界从没停止过，即使在巴比伦时代也没有。

摩尔：是的，我们总在变化，但19世纪以来，世界的变化让人看不见了。变化不再是可见的了。也许有人坚持认为18世纪在英格兰一直持续到1830年或1840年，而在爱尔兰则一直持续到1870年。你知道，鲍尔德斯顿，我生于封建时期，我的世界已经结束、完结了。虽然它并不像石器时代那么遥远，但它已经死了。

鲍尔德斯顿：你不是反对所有的进步吧？

摩尔：不是，但我反对把变化称为进步，因为人们仍和他们以前一样。人的本能使今天的世界和以前一样。

鲍尔德斯顿：但为什么说得好像世界只会恶化？为什么你假设世界只会朝一个方向变化？

摩尔：地球现在肯定比过去支撑着更多的人类，但我们讨论的并非地球，而是世界；进步从美学上讲是不可能的。我们不能相信现在的雕塑比雅典和罗马时的好。你会说，如果你不说，也会有别人说，菲狄亚斯的天才无法被证明像算术上的总和一样；然而，它永远不会消失，因为在这个世界上，总会有那种艺术使其活在人的灵魂里。

鲍尔德斯顿：但你为什么假定将来的艺术不会和过去的艺术平等？

摩尔：我的理由很明白易懂——

鲍尔德斯顿：请原谅我打断你，但我们从艺术的定义开始讨论不是更好吗？

摩尔：托尔斯泰在其著作《艺术论》中列举了许多定义，都是从最优秀的美学著作中收集到的，但他对这些定义都不满意，以至于他发现自己不得不再找出一条定义来。他让我们选择的定义是比赫伯特·斯宾塞的定义——艺术让成年人开心，就像洋娃娃使孩子们开心一样——更让他偏爱的定义：艺术是我们将感情传递给他人的媒介。这条定义还没有赫伯特·斯宾塞的定义让我满意，因为如果一个人用力踩在我的脚趾上，他传递了一种感情，但不能说他这么做就创作了一件艺术作品。一件东西不存在是因为无法对它定义。让我们谈谈艺术，在谈话的过程中你会明白，我为什么相信在我们面前的民主社会，不能创造出任何使菲狄亚斯和米开朗基罗的艺术显得寒酸的东西。

鲍尔德斯顿：如果我们不想定义什么是艺术，那么我们也许不会错误地定义艺术的起源。

摩尔：人类有模仿自然的本能欲望。实际上，如果你愿意，你可以在我面前扔一块绊脚石，说艺术的源头可以在迷信中找到，就像山洞中的人之所以能画出美妙的鹿和马的图像，就是因为相信画动物就意味着把它推向死亡。但我只将这归因于科学心理，因为在我们收集的史前画中，有一幅是关于家庭妇女的，我们不能说画这幅画是为了让她被杀掉或吃掉。因此，在缺乏任何相反证据的情况下，我们应该继续相信这幅妇女与孩子的草图是人类第一次对自然秘密的评价。这也是一种十分自然和感人的评价，是诗歌在人类心中的觉醒。山洞人在互相拜访时仔细观看对方的画，所以从最初的本能中产生了第二种本能，即从那边山头的邻居那里接受启示的本能。当族群聚集在美索不达米亚平原上建造城市时，第一个艺术时期已经过去，因为现在它已经混杂了其他许多景象，而在这种混杂的景象之外，又产生了一种奇怪的让人产生敬畏的亚述飞牛。因为亚述先于埃及，艺术在向西发展的过程中趋向于自然主义，正如英国博物馆内的埃及狮明确告诉我们的，同时它还警告我们在某年某地一种新的艺术形式正在人们心中产生，我们可以说它至少在一千年前在我们这个时代就已产生。无论这个狮子属于什么年代，总的问题并不会因此而改变，创造一种完整的艺术形式需要许多人的智慧，我们必须偶尔互相从对方的肩膀上望过去，但只能偶尔这样做，在机器时代之前，宽泛地说，国家之间彼此很少了解。可以说希腊艺术来源于埃及，但从孟菲斯到雅典之间有很长的路程——很少有人走这条路，两者之间的距离这么长，以至于希腊的天才都有足够的时间吸收亚洲所有未开化的神，把耶和华变为宙斯，把阿斯托勒变为维纳斯。我们把一切，甚至耶稣都归功于希腊。我觉得有必要在这里说的是（"我们必须偶尔互相从对方的肩膀上望过去，但只能偶尔这样做"这句话不充分）：如果有一船的埃尔金大理石雕在17世纪被运到大阪，那就不会产生日本艺术了[1]。日本人会这样说：这就是我们要做的事。他们也会和罗马人以及每一个欧洲民族一样拙劣地模仿希腊。

希腊传统是在或大约是在4世纪灭亡的，一直到13世纪，这期间世界没有艺术了，因为大约就是在这个时候人们开始发明哥特艺术，一种源于对帕特农神庙[2]一无所知的风格。正是在或大约在14世纪，希腊被重新发现，并导致了文艺复兴——古典与哥特的组合。人们就是这样描述的，或许有一定的道理，要讨论这个主题恐怕得写一本书。但是，虽然可以说明能在文艺复兴的大教堂中发现一些哥特式传统，但很明显，文艺复兴渴望摆脱一切哥特艺术的影响；如果他们没有回到希腊神庙，那也是因为基督教已经把人吸引到宗教了。牧师们以人的名义祭拜神灵已经不够了；教堂需要更多的房间，文艺复兴也被称为宫殿时期，这一时期建造了许多宫殿式大教堂。那个时代到处是宫殿

---

[1] 此处埃尔金大理石雕指雅典帕特农神庙上的雕刻及建筑残件，于19世纪由英国伯爵托马斯·埃尔金盗运至英国，后卖给大英博物馆，影响了英国的审美和艺术风格。

[2] 雅典卫城上供奉希腊雅典娜女神的主神庙，建于公元前5世纪，被认为是多立克柱式发展的顶峰。

式建筑。16世纪的画家和雕刻家双目所及都是宫殿。宫殿就在他们心里，激发着他们的艺术灵感，就像房子激发了17世纪的荷兰画家一样。我们现在已经进入第六个艺术时期，这个时期可以用一个词概括，那就是"气氛"，因为即使当荷兰画家在意大利旅行时，"气氛"一词也从未离开过他们的思想。在克伊普[1]的画中总弥漫着一股荷兰气息，即使当他迷醉于弗罗芒坦所说的意大利的金色光芒中时，也是这样。伟大的批判家也许会补充说，如果我们不能原谅伦勃朗从平图里乔那里借鉴了小型人像的话，那么我们就必须允许他使他们不再微小。

鲍尔德斯顿：因此，如果你能，你可以偷，因为如果你能靠自己的手艺将偷来的便士变为欧洲通用货币，这种行为可以是一种美德。那就想方设法从穷人那里偷吧，因为他们的光都藏于一蒲式耳[2]的容器之中。

摩尔：我同意你说的每一句话，因为真正的艺术和真正的基督教毫无共同之处，我们很容易想象出意大利人会多么快乐，而鲁本斯也是得益于意大利人才在安特卫普实现了他的梦想。这样无私地分享艺术的荣光，用惠斯勒的话说，在艺

---

1 阿尔伯特·克伊普（1620—1691），荷兰风景画画家，擅长画乡村宁静的风景，亦绘肖像画和动物画，代表作有《笛手与牛群》《林荫道》等。
2 英美制计量单位，用于计量干散颗粒物，英制1蒲式耳约合36.37升，美制1蒲式耳约合35.24升。

术转向城镇之前的幸福时光是可能的，因为城镇就像每个路人都可以摸她下巴的荡妇。如果你愿意，你也可以称之为是艺术批评家们和男爵的奇思怪想。在《十点钟》中，在遇到男爵之前，他爆发了自己对艺术赞助人的不满，然而却没告诉我们如果没有艺术赞助人，艺术家该怎么生活。两者谁是寄生者，这很难说，但将艺术赞助人看成艺术家的同体，是不会有异议的，虽然他们并不必然平等，但属于同时代。这一对孪生兄弟相互依存，共同繁荣，只要有艺术家存在，这种关系就会一直存在。

鲍尔德斯顿：你认为艺术家减少的时代就要到来了吗？

摩尔：缪斯讨厌运动。

鲍尔德斯顿：有人问斯蒂芬森，如果动物在铁路线上迷路了，将会发生什么事。他回答说："对牛来说将很糟糕。"而如果他是预言家或发明家，他或许会说："我们有很多牛，丢掉一些无所谓，但我相信缪斯会离铁路远远的。"

摩尔：现在我想不起九位缪斯的名字和职责了，也想不起谁负责造型艺术了。

鲍尔德斯顿：一想到她们的名字我也头昏脑涨。好像她们都消失了；这种稳重、高额头的女人是很容易被征服的。忒耳西科瑞肯定会从铁轨上跳开，但卡利俄珀、墨尔波墨涅和乌拉尼亚则会在沉思中走下去。

摩尔：旧世界边走边沉思边梦想着一个更美好的世界，但现在只是一种运动之梦,快速穿过美丽的风景却几乎没意识到它的存在。

鲍尔德斯顿:或者更快,以每小时一千英里的速度。

摩尔:有一天,我在地铁站看到一个贪婪的侍者在卖加牛奶的咖啡,他那种强横的表情太令人厌恶了,以至于有一天我再也忍不住了,我从座位上跳起来说:"我不能坐在那种人的对面。"我的旅伴生气地站起来,但当我向他解释我所说的不是针对他,而是对那个侍者时,他也笑了起来。至于艺术,空中的旅行者将会结识一个女护士,她脸上带着不凡的冷静为本杰送来食物。他将让自己的眼睛享受一下推销浓缩牛奶的女孩那硕大的乳房和四个快乐的威士忌酒鬼,接着转到合作宣传霍尔酒的家庭医生的脸上——这张脸是不折不扣的象征主义杰作,他给我们推荐别墅、小儿摇篮车、太太、厨子、客厅女仆和病人。

鲍尔德斯顿:难道想象中的旅行不能被艺术专业的学生有效运用,他们会带着研究委拉斯开兹[1]和戈雅画法的目的去走访马德里?

摩尔:我很抱歉,鲍尔德斯顿,你早应该发表你对想象的旅行的巧妙辩护。我希望能在我们的艺术评论专栏中读到它。

---

1 迭戈·委拉斯开兹(1599—1600),西班牙画家,画风写实,代表作有《腓力四世》《纺织女》《镜前维纳斯》等。

鲍尔德斯顿：你将在两个专栏中读到它，亲爱的主人，如果你不害怕的话。但那种被我们抛在脑后的古老文明难道不是建立在奴隶制和对穷人的压迫之上？难道百万富翁就值得塑一尊大理石雕像？

摩尔：人们今天是否比过去更快乐这个问题我们现在不讨论。请允许我回到美学上来。过去，国家并不为所有的人提供艺术学校。

鲍尔德斯顿：难道这些学校不传播对艺术的热爱吗？

摩尔：19世纪在巴黎成立的艺术学校吸引了世界各地的学生，而且创造出了风格、技巧和捷径，这些使学生一离校就充满了羞耻感；而如果他还有点天才的话，他的任务就是竭力忘其所学。但我们不会摆脱我们学过的东西，而且不再容易说出一幅肖像是在利马画的还是在"自由城"画的。

鲍尔德斯顿：在《一个青年的自白》中，你提到雷诺阿说："男人可能会为一幅画或一本书牺牲自己，但依靠公众支持的艺术却死亡了。"

摩尔：雷诺阿认为虽然市郊已沦入我们的敌人，即公众之手，但首都却能保住。他错了。艺术以各种形式团结起来。移去一根棒，整个架子都会松掉。漂亮的家具和瓷器不可重做，没人能为一本书作插图的时代又一次过去了。我们拣出花几先令买的拉封丹的《寓言集》，上面都是雕刻在石头上的插图，从它们身上可以发现一种已经永远消失了的艺术。

鲍尔德斯顿：在洗耳恭听你的高见时，我一直想从我可怜的记忆中一个个找出缪斯们的名字，我想我已经全部找到了：卡利俄珀，主管雄辩和英雄史诗的女神，为九缪斯之首；其次是塔利亚，主管喜剧和田园诗的女神；埃拉托，主管爱情诗的女神，头上戴着花冠；克利俄，主管历史的女神；墨尔波墨涅，主管悲剧的女神；欧特耳珀，主管音乐和抒情诗的女神；乌拉尼亚，主管天文的女神；忒耳西科瑞，主管舞蹈和合唱的女神；还有——

摩尔：那第九个呢？

鲍尔德斯顿：我已经绞尽脑汁了，但没有用，真可惜，因为第九个缪斯可能是在车轨上被轧死的那位女神。

摩尔：就因为没有一个缪斯来照顾她们，造型艺术在铁路上迷路而死了。你接下来可能会说：一切文学形式，雄辩、戏剧和田园诗、抒情诗、爱情诗、历史都被拯救了。这是一种大胆的观点，但是在心不在焉的时刻想出来的，因为你知道，我们最好的作者都渴望被提供一种能与在最时髦的饭店举行的国际晚餐会相媲美的文学食粮，而只要他们得到一种世界语言，这种志向就能实现，而这种语言不久就会出现。

鲍尔德斯顿：你认为这种语言会像狂犬病一样被带上飞机？

摩尔：这是有所不同的，虽然我们厌恶感染狂犬病，但我们都愿意尽可能多说几种语言，哪怕所学不多，只会说几句。

鲍尔德斯顿：我要提醒你，你已经在不止一个场合承认你受益于法国和法语很多，但如果我迫使你摆脱你现在明显处于的矛盾状态，我就听不到你要谈的很多有趣话题了——语言的衰退，如果说的是英语的话，它曾在15世纪末开始被当作一种文学语言，而在16世纪末基本成型。你不会忘记，在伊丽莎白时代，人们已经在谈语言的衰退了。

摩尔：但我为什么要谈一个你比我还了解的话题？

鲍尔德斯顿：因为你曾参加了爱尔兰的语法改革运动，并在那里待了十年以上，还对盎格鲁-撒克逊民族语言中的"格"深感遗憾；而我认为，关于介词不如"格"优美这个问题还值得商榷。

摩尔：关于"格"的问题，我完全和你一致，但与动词第二人称的消失相比，这还只是一个小损失。

鲍尔德斯顿：我们贵格教派曾试图以道德的名义恢复动词第二人称。

摩尔：这是最有趣的一次实验，会使你陷入泥潭。漂亮的主格"你"[thou]因此消失，thee被当作了主格和与格，这太野蛮了，野蛮得使我以为我们的种族对语法的魅力完全没有感觉了。

鲍尔德斯顿：你不会认为语法比惯用语更重要吧？

摩尔：惯用语是语法的主人，但人们很难想象会有一种只有用法、没有规则的语言。

鲍尔德斯顿：但每一个词都和另一个词相配的语言，像拉丁语，变化很难，而且态度很严格。

摩尔：真是这样吗？我们从未遇到有人不愿意承认：如果他不得不选择他自己之外的诗，他会选择维吉尔的诗。我记得，在一个明月高挂的晚上，卡蒂斯·孟戴斯在皮加勒广场把法国的诗比喻成拉着四轮马车，伴随着美妙的旋律慢跑的两匹马，而将英国诗比喻成可以飞离地球的飞马。

鲍尔德斯顿：但飞离地球不好吗？

摩尔：当然好，但前提是你不会在云层中迷路，如果将语法扔到风中，不幸就会发生。你看我还在想着飞机。you已变成了单数，然而现在是与复数动词连用；如果18世纪的语法是正确的，我们应该说you was。因为英语已经失去了自己的语法，所以似乎它就直接失去了自己浪漫的习语，而正是靠着这些习语，英语才能成为一种文学语言。因为每一所学校的教师都坚信有责任从孩子们身上消除掉所有活的习语。我听到thouing和theeing还在大量流行。"所以我想你们希望自己一辈子都是小乡巴佬。"老师站在门槛上对正在玩耍的小孩们严厉训斥着。

寄宿学校是作家的敌人，就像照相机是画家的敌人一样。文学的火花被教育部长扑灭了。他当然坚持认为每个人在进工厂或矿山之前都必须接受大量的教育。课程表中包括一门"现代语言"课，尽管事实上没人能学懂第二种语言，甚至很少人能学会母语。教育部长自己不会用法语进行交谈，他也清楚地认识到即使他当初用几年的时间去学，也学不会法语，但他认为他可以教授他人。啊，每个人都会认为自己能够教。凭着这个信念，成千上万的人来到肯辛顿通过仿人体泥塑的考试，并得到一张证书。有了这张证书，他们就可以在省内教授雕塑课。要有一点点的绘画功底，一点点的雕塑技巧，一点点的钢琴基础，当然首先必须有一点点的法语基础，因为每一个男孩、女孩一定有一个机会学习法语。这种学习法语的结果是中产阶级不久就能知道与上流社会一样多的法语，而他们所知道的法语全部加起来还抵不上已消失的英语。对许多人来说，把模式化的法语扔进模式化的英语短句中听起来很优雅，甚至显得很有教养。他们用 badinage［开玩笑］来代替 banter［打趣］，认为两者之间有细微的差别，或者我想我应该说是意思上的细微差别。是的，鲍尔德斯顿，我渴望能在报纸中读到一份 communique［公报］的 résumé［摘要］的 précis［提纲］。你看，我在最后一个 e 上疏忽了语调。我希望你能告诉我是不是写这种行话的作者认为 résumé 比 summary、abridgment、compendium 更优雅。在社交场所，每个女士都 trés raffinée［法语非常优雅］。我曾经遇到过一个作者，他曾在文章中用过 small 和 petite［都是"小"的意思，后者是法语］，当我问他为什么这样用时，他告诉我：petite意味着小而巧。我说："不，根本不是这么一回事，如果你想说'小巧'的话，你为什么不直接说dainty呢？"在我们的语言里，有一个很美的词，bodice［紧身胸衣］，但它已经让位给corsage［胸衣］了。现在我们的作家中没有一个不喜欢这样写：它可真naivete［天真］，而不是写simplicity［单纯］，或写成innocency［幼稚］。似乎没人意识到naivete在我们的语言中已经消失了，然而不幸的无赖说他们若不用法语就不能正确地表达他们的思想，对此，我的回答是：不要担心思想，只想到词，最重要的是尽力去辨别所有现用的和消失的词。innocenc 和 simplicity这两个词在语言中已经有两百多年的运用史了，有着独特的芳香。在最近的四个月里，我们又发现了armisuce［休战协议］，但从未见有人用truce［停战］。在现代的书中，很难发现有作者不在自己的作品中炫耀自己知道métier［法语，技巧］这个词。我说炫耀，是因为他一定知道他有三个词可以选择：trade、business、craft。我们的语言正变得越来越贫乏。你会将*Memoirs of my Dead Life*［《我的死了的生活的回忆》］译成*Memoirs de ma Vie Morte*。我有一个表妹在罗尔斯德的修道院，在过去的二十年中，她一直住在法国，所以我认为她一定忘记了英语，于是我用法语写信给她。在我的信中就出现了这句话：Nous sommes les deux rêveurs d'une famille peu rêveuse（法语：我们是一个没

第十五章　什么是艺术

有梦想的家庭中爱幻想的两个人）。这个句子难以被翻译成英语的短语，因为缺乏我们统一的帝国所要求的语法。万物皆有自己独特的价值，帝国肯定也是这样：似乎我们必须提供一种能让我们的附属国很容易学会的语言，事实上，我们已经在这样做了，我是不是应该说，进行得非常迅速。在美国，你可以自己创造新的单词，而且所有来自我们自己想象的词汇都是受欢迎的。然而，许多不愿用stunt［阻碍］的人，却很乐于用那个不雅的词——camouflage［掩饰］，并随意将它转变为一个动词，这对法国人或者任何对法语略有所知的人来说都是不可想象的。但是，你能不能告诉我哪一种语言拥有最完整的语法，英语还是苏语[1]？

鲍尔德斯顿：当我在哈佛的时候，苏语是选修课。

摩尔：苏语可能是这样，如果你选择学苏语，也许会更好一点。因为我相信，没有多少用苏语写成的文学作品。而且因为它的发源地是新生的，印第安人也没受过教育，所以你的影响可以与英语被寄宿学校腐蚀之前，农民所发挥的那种影响相提并论。农民运用他们的所见引发出形象。如果我要求我那位不久前还是农民的客厅女仆找回我丢失的东西，她会说："我会四处去找找（I'll have a look around）。"而如果我问你同样的问题，你会回答："我会尽力找到它（I'll

---

[1] 苏语属于印第安语群苏语组。

try to find it）。"那么哪个句子更有形象感呢？鲍尔德斯顿，看来我今晚谈得太多了，我请你也讲些什么，让我稍微沉默一会儿。

鲍尔德斯顿：当你去巴黎，然后成为所有17—18世纪的作家和画家的朋友时，你倾听着他们的谈话；你不会用粗鲁的意见去打断龚古尔，因为在17世纪，你只是刚开始形成那些你今天可以用语言表达出来的观念。

摩尔：你回答得真是优雅而明智！然而也几乎可以说是一种指责。

鲍尔德斯顿：我没那个意思，实事求是不应被理解为指责。

摩尔：相当正确。指责来自我。我指责你让我唱独角戏。

鲍尔德斯顿：弗兰德前线的军事形势一变化，我的转折点就来了。不过，为了让它来得慢一点，我还想说的是我注意到桌上有一本棕色书皮的书：惠斯勒的《制造敌人的高雅艺术》。就是这个！让我用它驳斥你。他会替我说话，说明为什么历史上从未出现过什么艺术时期，让你难以反驳。他还会说艺术家是一个远离大众并不受其影响的人，因此他会否认隔绝、运动或任何外部条件会对艺术产生影响，因为艺术是艺术家的。

摩尔：因此，可以肯定的是，如果惠斯勒出生于15世纪，他的画在风格上应该与他19世纪的作品相近。我在巴黎就这个问题与他有过交流，惠斯勒一开始就解释说他一直被误解了，这意味着惠斯勒已经认为自己走得太远了。我没有嘲笑他，我说："艺术时期只是一个时间概念，在这期间出现了比其他时期更多的优秀艺术家。"我问他是不是准备否认16世纪的艺术家远比10世纪的多，否认米开朗基罗、多那太罗[1]、安德烈·德尔·萨尔托[2]和莱奥纳多同时生活在一个只有半个切尔西大的城镇里。因为雪车的铁橇不是用来捕捉蝴蝶的工具，所以我打算再讲一个故事。斯托里，一个雕刻家，在惠斯勒控诉罗斯金诽谤案中提供证据支持他，在那之后，惠斯勒觉得自己不得不说，斯托里过去常常在格罗夫纳画廊展出的那些放在托盘里的六英尺高的小人，即使不能完全等同于埃尔金大理石雕像，但也应该说很相似。而我因为当时完全臣服于惠斯勒的天才，所以也不敢说别的什么，只得默许他对斯托里那种微不足道的才能的奇怪的赞美。每当他的名字被提及时，我都满脸放光，兴奋不已。斯托里——埃尔金大理石雕像，那是当然！但大师刚一背向我，我的脸色就黯淡下来，我开始问自己为什么斯托里的人物像埃尔金大理石雕像，我用所有的空闲时

---

1 多那太罗（1386—1466），意大利文艺复兴初期佛罗伦萨雕刻家，写实主义雕塑的奠基人之一。他研究过人体结构，所做的雕塑生动逼真，代表作有《大卫》《格达梅拉骑马像》等。

2 安德烈·德尔·萨尔托（1486—1530），意大利文艺复兴盛期佛罗伦萨的代表画家，其作品构图堪称完美，笔法流畅，代表作有《施洗约翰的诞生》等。

间试图揭开这个谜。直到有一天，在格罗夫纳画廊，我正站在那儿思考斯托里的小人物像与埃尔金大理石雕像如何相像的问题，我看到惠斯勒正朝画廊走来。机不可失，时不再来，这正是我揭开谜底的大好机会。我上前抓住大师的手臂，说："请告诉我，先生，为什么这些人物都像埃尔金大理石雕像？""噢，你看，"惠斯勒回答道，"你知道——好吧——你看你能把它拿起来，也能把它放下。然后，你看，你好好看看。你能把它拿起来，也能把它放下去。你再看看——这是——为什么，当然，这是艺术与自然之间的关系——艺术家的特权。因为艺术不是自然，所以艺术就是艺术，自然不是艺术，因为艺术——自然不是艺术，因为它是自然——不是自然；因为——是的，因为艺术家自然的创造和生动的创造的是——"他话还未说完就大叫道："来吧，我亲爱的朋友，来吧，午饭—花束，午饭—花束，午饭—花束，午饭—花束。"

就像我所说的，因为斯托里在惠斯勒控诉罗斯金的案件中作过证，所以惠斯勒将斯托里的作品比作埃尔金大理石雕像只是作为回报而已。

鲍尔德斯顿：这件事真有意思。但我想听一听为什么惠斯勒说一个艺术家远离人群，不受环境的影响。

摩尔：一天，大师和我一起外出散步，他说："摩尔，你看上去很傻，你的鞋子太难看。"我非常惊讶地问："傻，鞋子难看！它们为什么难看？我认为它们非常合脚。我上星期刚在伯灵顿拱廊街的公牛专卖店里买的，而且这个店被认为是——""为什么穿这么一双难看的鞋子？"大师继续说，"像你穿的这种尖头鞋子不适合你这样的人穿，因为你——"一阵大笑打断了他的话，很快我听他说艺术家都只认为自己应该穿方头鞋。我从未想过尖头鞋有什么令人震惊或可怕之处，但是，因为我从未想过要去反驳惠斯勒的观点，所以我决定不再买这样的鞋子了，而且除非在乡下没人看的时候，否则绝不再穿这双鞋子。不久，我遇到了惠斯勒太太，正好谈到了她丈夫的"鞋子美学"。她说："吉米不得不穿方头鞋，因为他的脚是畸形的。"所以，你看，因为他的脚畸形，所以他发现自己不得不发展一种理论，即方头鞋美观、尖头鞋丑陋，而因为他是个美国人，而美国没有艺术传统，他就发现自己不得不大声宣布从来就不存在什么艺术时期，艺术家应该离群索居，不受社会影响。他在巴黎师从库尔贝等人学习绘画，但隐藏了一个事实，即他也只不过是个普通人而已。他把自己在巴黎的日子说成是无价值的，说当别人在画室里辛勤工作的时候他只是在公园里闲逛或者在码头狂想。"我就是我。"这就是他的信仰，和耶和华的信仰一样。他的巴勒斯坦先祖也没有这样的信仰，因为他从未叫他的摩西写评论，他都是亲自执笔，以至于《十点钟》迫使他人把他看成一个饱学之士、一种圣事、一种信仰。

鲍尔德斯顿：我看到他在你那本《制造敌人的高雅艺术》上写了一些东西。我能看看吗？

摩尔：当然。

鲍尔德斯顿："致乔治·摩尔——偷读来的。"

摩尔：你看，惠斯勒已经读过《现代绘画》，并发现书中一些内容和他自己对绘画艺术的理解不谋而合，所以他就只能对我说，《现代绘画》源自《十点钟》，所以才会有上面那条题签。他问我是否介意他在书上写一些东西，诸如此类。我记不清这句话是怎么结束的。有可能根本就没结束，但他的举止使我猜出来他想要和我开个玩笑，所以我同意了他的请求，于是他就手写了"偷读来的"。这就是说，乔治·摩尔所写的东西——所有他写的关于绘画的好观点——都是从我詹姆斯·麦克居尔·惠斯勒这儿抄袭来的。

就像德加所说的，要使自己免于被嘲笑，就需要拿出你的天才。惠斯勒是一个愚蠢的好虚荣的人，但他的画却与其他画一样具有独创性，而《十点钟》是英国文学中最漂亮的散文之一。我来给你读一段：

又错了，传说中的艺术的壮丽和国家的光荣与美德的联系，因为艺术不依赖于国家，人类可能会从地球上消失，但艺术不会。

现在正是我们抛弃可厌的责任和合作的好时候，要知道，我们的美德绝不会对艺术的价值有任何帮助，我们的恶行也不会对我们的胜利有任何妨碍。

多么令人厌烦啊！多么无助啊！只有超人才自告奋勇把国家的任务扛在己身！应该高尚地生活，否则艺术就会消亡，这种信仰多么空洞啊！

让我们相信，我们自己的选择就是我们的美德。艺术对我们来说毫无意义。

一个古怪的女神，她反复无常，她对享乐的强烈欲望使得她无法忍受枯燥的生活，我们从来没有这样纯洁地生活，虽然她仍会不理睬我们。

就像在久远得难以追忆的时代，她在瑞士的高山上对瑞士人所做的那样。

多么有价值的人！他们的每一个阿尔卑斯山谷都会因传统而裂开，它总是充满着高尚的故事；然而，没有任何邪恶和轻蔑的人，爱国者的儿子带着转动磨坊的钟走了，突然而至的杜鹃被艰难地塞进它的笼子里。

威廉·退尔[1]因此成为一个英雄！恺撒因此而死！

艺术，这个残忍的女子，毫不在乎，硬起心肠，来到了东方，去寻找，在南京的吸鸦片者中寻找。她爱怜地抚

---

1 瑞士民间传说中的英雄，被誉为"瑞士国父"，席勒和罗西尼的同名歌剧使他闻名世界。

摩着她看中的——抚摩着他蓝色的瓷器，上面画着他羞怯的女仆，把她的六个选择放在他的盘子上——他对与她相伴无动于衷，只是为了拯救他高雅的美德！

他就是那个呼唤她的人，他就是那个拥有她的人！

噢，鲍尔德斯顿，这儿还有一篇，你一定要读一读：

自然总是对的，它是一种宣言，艺术的宣言，就像假的一样，它是宇宙天然的真理。自然很少是对的，甚至可以说自然常常是错的，也就是说，值得画上画的那种可以带来完美和谐的事物几乎不存在，一点也不常见。

即使对最聪明的人来说，这也似乎是一种亵渎神明的主义。所以，所谓的哲理就与我们所受的教育不和谐了，它的信仰被认为是我们道德生活的一部分，而这些词汇自身，对我们来说，是宗教的纽带。尽管，自然极少成功地画出一幅画。

太阳在闪耀，风从东方吹来，天空一丝云彩也没有。从伦敦的各个角落都可以看见水晶宫的窗子。旅游商们为有这美丽的日子而欢欣鼓舞，画家也转到一旁闭上了眼睛。

可没多少人理解这一切，而大自然的随意却被人理所当然地视为崇高的，这可从愚蠢的落日每天制造的无限崇拜中一目了然。

白雪皑皑的山峰的尊贵消失在一片洁白之中，但旅行者的快乐就是辨认到达顶峰的旅行者。看一看的渴望，就是为了能去看一看，是和许多人在一起时，能独自感到开心快乐，所以快乐是具体的。

当夜幕使河边蒙上了一层诗意，就像是一层面纱，破旧的建筑在昏暗的夜空中消失了踪影，高高的烟囱变成了钟楼，装满家具的宫殿豪宅隐在夜色之中，似乎和整个城市一同悬浮于天堂之中，仙境就在我们面前——行人匆匆回家。工作的人和有教养的人，聪明的人和快乐的人，都停止了思考，因为他们什么都看不见了，而大自然却再次吟唱着，唱着优美动听的歌，只为艺术家，即她的儿子和她的主人唱——爱她的儿子，理解她的主人。

对他而言，她的秘密是公开的；对他而言，她的教训已经逐渐变得清晰明朗……

通过他的大脑——他的大脑似乎是最新的蒸馏器——来提取那来自众神思想的精粹本质，他们把这工作留给他去完成。

他被分别派去完成他们的作品，而他产出了那种被称作杰作的东西，从完美上讲，这些杰作超出了他们在自然中创造出的所有东西。众神站在一旁，惊奇不已，觉察到《米洛斯的维纳斯》比他们自己的夏娃不知要美多少倍。

这篇文章多美啊,美得让人欲罢不能。你还想再听一遍吗?

鲍尔德斯顿:我真想。

摩尔:年轻一代中很少有人翻阅过《制造敌人的高雅艺术》,而更少有人曾欣赏过罗斯金美丽的画,因为惠斯勒顽固的自我主义迫使他自己说些贬低和轻视它们的话,虽然没人比他更了解这些画的价值。从他嘴里读出那篇生硬的散文《建筑的七盏明灯》是多么好的事呀,而忧郁地随着他面对沿着山脉展开的海岸的铅笔也已得到殊荣了。

鲍尔德斯顿:你指责我沉默不语,指责我是一个太好的倾听者。

摩尔:你应该忘了那些指责,如果曾有过的话。

鲍尔德斯顿:我会的。如果我能察觉到你话中的漏洞,我也许会提高自己的注意力。

摩尔:尽一切可能吧。

鲍尔德斯顿:音乐还未受到汽船、火车和电话线的影响。

摩尔:我很高兴你谈到了音乐,因为我可以讲一个故事。昨晚,在一场漫无目的的谈话中,我向让·奥布里讲起我曾听过三节让我思考的乐曲。"我给你描述一下这三节乐曲,"我说,"我们可以看一看你能不能猜出作曲者的名字,这一定会十分有意思。第一节是一首五重奏。用的乐器是单簧管、小提琴、中提琴和大提琴。在第一个乐章中,作曲者似乎仅想让单簧管来表现优美的旋律,他还加入了一段宏大奢华的曲调，以模糊的沙沙的摩弦声、朦胧的鸟鸣声为背景，大提琴时而发出一些低沉严肃的旋律。我的想象力被这未成形的想法点燃了，我说："就像一只夜莺正在一根光秃秃的枝头上歌唱，歌声使得树林里的鸟儿个个毫无睡意。朱顶雀、鹡鸰、苍头燕雀和花园里的鸣禽，都无法安眠，这歌声真是令人难以抵抗啊！大提琴突然再次鸣响，使得小提琴发出叽叽喳喳的声音，就好像它们只不过是朱顶雀一般。然后中提琴突然奏响，我的思绪也开始搜寻有哪一种鸟可以配这种旋律，但在我找到之前，单簧管就像一只夜莺，迫使我全神贯注于它。和谐悦耳的旋律划出一道又一道曲线，螺旋形的曲调一会儿形成，一会儿消融，崭新的音乐形态一会儿出现，一会儿又像云一样消失得无影无踪。我可以和你谈谈雪莱的《云雀》，它通过准备美妙的曲子，传达了一种道德情绪，而我从单簧管的演奏中却一点也听不出。""你把单簧管比作夜莺。"奥布里回答。

他猜对了那位作曲者的名字。"我担心的是，"我说，"我无法栩栩如生地描述第二个五重奏，因为它使用了同样的乐器——单簧管、中提琴、小提琴和大提琴，因为这乐章没有在我心中唤起任何画面或形象。只有对那位作曲者的处理技巧我很尊敬，他能将单簧管融入音乐的结构之中，没有使它游离于其他乐器之外。这是一首杰出的音乐，这是毋庸置疑的，几乎可以说完美无缺，只除了民族性和个人天才。它似乎流露出作曲者对贝多芬枯燥乐曲的崇拜痕迹。"这次,奥布里猜错了两个,猜对了一个。

"第三个乐章,"我说,"一开始是十五个或二十个带有轻松舞曲旋律的音乐小节,而任何人都可以写出这样的旋律,只要他记下他或许会在聚集在谷仓里的农民跳舞时听到的旋律就行了。这是第二个乐章粗糙的前奏,而在第二个乐章,我大略听懂了其中一组用来表现修道士们正在修道院中唱圣歌的旋律。关于如何制造最大不和谐的指导似乎是精心设计的,而最后的乐章('乐章'一词似乎无法与如此粗鲁的东西协调)表现了一个耍把戏的人正在表演,这是一个音乐家告诉我的。可能如此,也可能是别的。但是你,奥布里,对现代音乐非常了解,可以冒着失去名誉的危险猜一猜。"他一开始的猜测范围很大,但在承认失败之前,他问:"它是英国音乐吗?"而当我告诉他不是的时候,他说,那么它是——他不假思索地说出了正确的名字。当然他可能是狡猾地假装真不知道,由此让我佩服他能从我的描述中猜出这三个乐章的作曲者。但即使他是在骗我,也没关系,因为我想表明的是这三个乐章告诉了人们:艺术如何在第一阶段鼓舞人心,在第二阶段靠技艺、技巧和博学来支撑,以及在其后就陷入了乏味的怪诞。

鲍尔德斯顿:如果我不担心这个问题将使我们远离此次对话的主题,我会很想问问你这三个作曲者的名字。你的朋友聪明地猜出来了,但在你告诉我之前,我想问你:如果艺术已在欧洲画卷上走向了自己的终点,那么女神难道不会在美洲重新放松吗?

摩尔:我们并不太关心艺术的衰败,因为艺术的历史是完整的,就像惠斯勒在他的《十点钟》中所说的——我冒着可能使自己的文章看上去不足挂齿的危险,再引用他一段文章:

因而我们已经快乐无比!——抛弃一切的忧虑——坚定认为一切都是好的——就像以前一样好——我们不该哭泣,而要被迫采取行动!

我们已经受够了无聊乏味!我们已经厌烦哭泣,我们的眼泪已经错误地欺骗了我们,因为它们已经喊出了不幸!当悲哀不存在的时候,唉,在那里一切都是公平的!

于是我们只能等待——直到众神在他身上留下自己的痕迹——于是我们得再一次选择——谁将延续以前已经消失的东西。即使他永远不会出现,人们仍满足于知道美丽的故事已经完整——用帕特农神殿的大理石雕成——用停在浮世绘下方的葛饰北斋扇子上的鸟来刺绣。

这段话里的每一个句子都让人想到蚀刻画家的针,风格是如此优美。他的油画、水彩画和散文几乎都带有这种浓厚的色彩。但我赞美得够多了。你想让我回答你一个问题：艺术会继续发展还是会倒退——我今天就给你一个我能给出的最好答案：可以肯定，我们所知道的过去四个世纪里的那种艺术规则不会再来了，这块田地已经收割完毕，谷物已被收进谷仓。

鲍尔德斯顿：难道在美国这个新兴国家不可能出现另一种规则吗？

摩尔：惠斯勒的虚荣心阻碍他去接受一个非常明显的事实：一个人无法创造规则。这需要出现许多天才和某种生活条件。但就像惠斯勒规劝我们的那样，我们没必要为女神的消失而呻吟，其他东西已经替代了她的位置。我们有各种各样的运动；我们不久就能从地球的这一端去旅行、去听、去看来自地球另一端的相同景色和声音。为什么要悲吟？当这些条件被其他条件取代了时，艺术还会回到我们身边。鲍尔德斯顿，你知道，我们都知道，在大约八百年前是没有艺术的。无论过去发生了什么，它都会再次发生的。最亲密的朋友为了再次相见而不得不经常分开。艺术伴随我们大约已经有四百年了，四百年是一次很长时间的拜访了。

鲍尔德斯顿：但她会在八百年后回来吗？

摩尔：可能会，因为英国可为铁路和工厂提供的煤再过一百年就会消耗完的。

鲍尔德斯顿：还会发现其他手段——比如电。

摩尔：为什么这样悲观呢，鲍尔德斯顿？现在只有我是乐观主义者，一想到在大约一百年后英国的人口将开始逐渐减少，在大约二百年后在现在堆积炉渣的地方会出现原野和庭院，我就感到高兴。贵国将长久保持丑陋，因为你们的煤炭储量很大，而且还有丰富的石油。但即使在美国，煤和石油也不是用之不尽的。一旦两者被消耗殆尽，世界将开始一次新的赛跑：又可以在开阔的高地看到驮负的马；在森林里又可以看到背着箭袋正穿过沼泽的射手用更快的箭射杀迅跑的鹿；女人会再次回到自己的小屋门口纺纱织被单；陶瓷器又会在轮子上制作，人们将给它们涂色，重新用起了自己的手。一种新的美学观点将赋予人类。

图书在版编目（CIP）数据

宣言/（爱尔兰）乔治·摩尔著；孙宜学译.—北京：商务印书馆，2025
（涵芬书坊：新版）
ISBN 978－7－100－22696－7

Ⅰ.①宣… Ⅱ.①乔…②孙… Ⅲ.①世界文学—文学评论—文集 Ⅳ.①I106-53

中国国家版本馆CIP数据核字（2023）第127211号

权利保留，侵权必究。

宣 言
〔爱尔兰〕乔治·摩尔 著
孙宜学 译

商 务 印 书 馆 出 版
（北京王府井大街36号 邮政编码100710）
商 务 印 书 馆 发 行
山西人民印刷有限责任公司印刷
ISBN 978－7－100－22696－7

| 2025年1月第1版 | 开本 889×1194 1/32 |
| 2025年1月第1次印刷 | 印张 11¼ 插页 2 |

定价：68.00元